# 秋夜的反思

从历史角度看人生

林中泽 著

上海三联书店

在这秋雨绵绵的夜间，
我向着万物的主宰
袒露一名寻道者的真情实感：
既然祸福全由您来定夺，
既然夭寿均任您去决断，
我便将我已有的一切，
视作您赐予的恩典；
可是，全能的造物主啊，
基于对人自身价值的尊重，
我还是要向您
发出不揣冒昧的企愿——
请别让我的余生
活得没有足够的尊严，
请别让我的归途
充满太多的耻辱和黑暗。

# 目　　录

# 自 序

本书稿由我的部分工作日记整理而成。

我在长达36年的大学工作历程中，保持着撰写工作日记的习惯。工作日记未必就是每天工作的流水账，也未必是每天一记。由于我的工作主要是教学工作，故所谓工作日记，实则就是教学日记。在课堂讲授时，我总会留点时间与学生进行互动，让他们有机会对讲授的内容进行深化甚至提出质疑。可是教学实践告诉我们，学生们所讨论的东西并不总是很切题，他们会东拉西扯，从社会到人生，从健康到房价，从感情危机到国际热点，似乎不问出一个所以然来，便不足以构建他们心目中的老师形象。为了尽量与学生拉近距离，我不得不尽可能多地了解这个星球上的方方面面，因此也就激发了我撰写工作日记的热情；学生所提出的某些重要而有趣的问题，就是我记述和琢磨的目标，把它们写下来是为了抽空进行较深层次的思考，以满足自己的好奇心和求知欲。如此日积月累，遂成待考问题近三百条。如今我将其中考虑得相对较为成熟的少部分，分章整理和收集成一个集子，集子题名为"秋夜的反思——从历史角度看人生"。

之所以会取这样一个书名，主要还是考虑到我自己的教师角色。在孟子看来，一名理想的教师，应当“以其昭昭，使人昭昭”。亦即说，在相关问题上，教育者只有洞若观火般地明晰，受教育者才有可能从中获益。而要做到通达和明事理，教育者本身就必须具有反思的能力。我们在课堂上传授给学生的，是否都是真确无误的真理；即便是真理，我们的传授方式是否得当？等等，诸如此类的问题，均是值得我们花大力气去加以反思的。反思的能力是人类所特有的本能，能反思就意味着能够自觉地检讨自己，纠正错误，从而避免犯新的错误。因此从某种意义上说，反思是迈向真理的第一步。曾子每天都要进行三次自我反省；苏格拉底经过反省后诚恳地发现自己原来是无知的；早期基督教修士更是以忏悔反省作为日常的必做功课。这说明至少在中世纪以前，人类的反思本能仍没有丧失。今天的人却以“太忙”为借口，以“难得糊涂”相标榜，将反思这一环节省略得一干二净。其实，教师本该是最有资格和条件进行反思的族类，可是他们除了成天诲人不倦之外，还有各种各样的名利场等待着他们去周旋，哪有多余的功夫和心思去搞什么反思呢？我并不是一个刻意的复古主义者，不过我还是坚持认为，在一个如此庸碌的世界里，重弹古人的反思老调，虽然无法起到振聋发聩的作用，但至少可以给世人提一个醒：未必一切向前看均能推动社会的进步，为了让这个世界不至于变得污秽不堪，人们回过头来检查一下自己的步履和着装是否得体，有时候还是必要的。

至于这样的反思为何要发生于“秋夜”，那当然与我个人的现实状况有关。我今年底将满62周岁，这个年龄称得上是人生的秋季；而这个集子的整理工作一般并不占用正常的上班时间，而是用业余尤其是夜晚时间来完成。因此，“秋夜”之说所反映的实际上是两个问题：其一，我本人已经拥有了相当的人生及工作阅历，故有了一定的资格来对这些经验进行初步概括和总结；其二，我的这一撰述工作没有干扰到我的本职工作，相反，从长远看，两者可以起到相得益彰的作用。

最后，我必须对本书的基本概况和撰述目的有所交代。本书是一部有关生活伦理方面的随笔，主体部分由32个相关专题所构成，加上附录的8篇短文，内容涉及情感世界、个人修养、群体意识、信仰习俗、学术规范、历史能力及家庭与社会关系等诸多方面。作者希望通过一种聊天式的谈论，将学术融入社会，用历史观照生活，以理性拷问灵魂，借思辨剖析人性，给读者提供一个既轻松愉快又有某种助益的阅读范本，旨在帮助读者增进个人整体素养，构建正确人生观，提升生活品味。本书的预期读者是具有大专以上起点的普通大众，期求对它的阅读，能成为一种较高层次的文化消遣。

# 论祭祖、扫墓及山火

中国传统上对尊长的孝是多方面的。按孔夫子的说法，孝包括养亲、事亲、葬亲及祭亲等四大环节。光这最后一项“祭亲”，便是一个没完没了的长功夫。例如过年过节要祭，祖先忌辰要祭，遇红白喜事要祭，清明扫墓更是一年之中的一次大祭。倘若家人有信佛道者，则在佛道节庆时也须顺带祭祖，因为总不能在神仙和菩萨们大饱口福的同时，让自己的先人光有咽口水的份吧。如此一年下来，每位先人平均所享受的祭飨，保守估计也有十来次。显然，祭祖已经成为活人的一个死义务，人们无论工作再繁忙，囊中再羞涩，也要竭尽全力把此事办好，不然就会受到良心的谴责和乡邻的唾弃。笔者的家姐几年前已经移居中山市去投靠自己的儿子，可是她在乡下老家仍留下了一套房子，她不时要回去一趟，目的只有一个，就是祭祖。

万幸的是，人们对于祖先的孝，也是具有亲疏等级差异的，否则大家就会更加不胜其扰。细细观察整个祭祖场面，你会发现通常一张祭坛上只摆五碗饭、五双筷子、五杯酒和五杯茶，祭坛下只摆五张凳椅，这表明受祭者只限于五代以内的祖先。五代以前的祖先，被当作是远祖，一般并不享受家祭，他们的牌位被后人“祧”（亦即“挑”）了出来，集中放置在同一宗族的祠堂里，接受同宗族人每年一至两次的“公祭”。

在笔者老家，于清明日上山向祖坟献祭之前，必得先进行一次家祭。最初笔者百思不得其解：为何有此繁复祭礼？后来终于想通了。原来二者的方式和意义均有所不同：家祭的祭品经过了细加工，墓祭的祭品则满足于粗加工；家祭时是将先人当作家庭成员来献祭的；而墓祭时则是将先人当作宗族成员来献祭的。如此讲究，足见兹事体大，我等俗辈，切勿造次。

有需求就有生产，祭祖的普遍化必然推动了祭祖经济的繁荣和发展。笔者的老家是一个仅有六七万人口的边陲小镇，可是在这个镇里的大街小巷上，却散落着不少香烛纸钱的专卖店；许多店铺虽然主营其他商品，但也附带出售多种祭祖物品，人们只需走出家门口几步，就可以很方便地购买到所需的祭品。祭祖用品的涵盖面之广，从衣食住行到高端消费及娱乐，与活人的日常生活用品几乎相匹敌；换言之，死人的消费水平，总是与活人的欲望成正比发展。据估算，这个镇里至少有二成人口经营着与祭祖有关的行当，亦即说，如果祭祖现象消失了，镇里至少有一万多人要面临失业。

祭祖当然不是笔者老家所特有的现象，它作为汉人的一种文化习俗，最初也是发源于中原地区。随着中原的动荡和大量移民的南迁，祭祖习俗反倒落脚和固化于南方边陲地区，正所谓“礼失而求诸野”。如今，祭祖之风，南盛于北，边炽于畿，其中又以福建和广东的闽语地区为甚，历史文化学者可以从该地区中随时发现汉人古老祭俗的活化石。祭祖所要达到的最终目的是什么？曾子早已给出了答案，那就是“慎终追远，民德归厚矣”。也就是说，对亡者尽审慎之礼，并时时追怀先人事迹，就能使民风淳朴，民心向上。曾老先生不愧为孔夫子的高足，他在两千多年前就为统治者设计好了驾驭老百姓的妙法，即将民众的主要精力引向没完没了的祭祀上，从而达到不治而治的目的。两千多年来的历史实践，证明此法在大体上是有效的和成功的。

中国人的祭祖究竟是一种单纯纪念先人的习俗，还是一种迷信活动？这是一个颇有意思的问题。明朝末年的西方耶稣会传教士在向中国人传播基督教时，所遇到的首个最大难题，就是中国信徒能否祭祖。如果只是将祭祖理解为单纯的纪念习俗，那么基督教信徒祭祖就是无可非议的；而倘若将其视作迷信，那么信徒就不能祭祖。传教士的先驱人物利玛窦，基于传教上的功利主义和实用主义原则，竭力主张祭祖不过是中国人纪念先人的特有形式而已，其中并没有什么迷信的成分，故应当允许中国基督徒从事这一活动。利氏的这一主张引起了激烈的争端，最终甚至把皇帝也给惊动了，这就是中西交流史上著名的“礼仪之争”，该事件最终导致了中西关系的紧张和朝廷对基督教的全面拒绝。如今我们再来重温这段历史，发现事情虽然过去了，但问题并未解决。事实证明利玛窦是错的。说祭祖是一种习俗，这本身并没有错，但说它不存在迷信成分，则是不符合历史实际的。中国传统上认为人死时魂魄与躯体分离，魂上天为神，魄下地为鬼。显然，中国人在祭祖时，是明确将献祭对象当作神来崇拜的。试问，倘若不是将祖先当作神，那为何在祭祀时要施予与祭神完全相同的礼数呢？祭祖无疑是祖先崇拜的一种仪式化实践活动，同时也是中国人实现神人沟通的最常见方式。将已死先人当作神来崇拜，本质上就是一种多神教，它与作为一神教的基督教立教原则是格格不入的，这就是两者难以相容的关键所在。

因此我们就可以推断出，祭祖与世界历史上形形色色的多神教献祭活动具有一个共同的理论前提，即认为来世或阴间是一个物质极端匮乏的世界，死者的存在状况是十分不理想的。如果像基督教或伊斯兰教的天堂那样，来世的物质条件极度丰富，死者的存在状况尽善尽美，那又何劳活着的人去竭尽心思为死者准备各式物品呢？基督徒认为，神既是万物的创造者，也是万物的所有者，他不缺乏任何东西，因此人对神的献祭毫无意义。相比之下，中国人却深信神亦即死去的祖先总是可怜巴巴地等候着活人定期提供的生活用品和消费品，亦即说，神是一无所能的，他注定需要由人来供养。既然如此，人们又有何理由指望他会给人施予任何的恩惠呢？

在理解了祭祖的本质之后，我们便有必要将话题集中于扫墓。清明扫墓，是中国人纪念先人的一种特殊方式，其积极意义甚至超出了宗教信仰的范围。首先，人们通过扫墓实现亲族团聚，联络感情；一年一度的聚会，表示人在情未了，年年有今日，这对于那些刚刚成长起来的新新人类，更不啻为传承家族家风及生活价值的大好时机。其次，人们可以借机忙里偷闲，利用清明扫墓达到远足踏青和轻松换气的目的，以便带着足够的精力去继续应对繁忙的工作和学习压力。最后，对于那些比较喜欢张扬的人士而言，清明扫墓则给他们提供了刷存在感的难得机会，在这种场合上，他们尽可以一身名牌，大奔开路，向父老乡亲显示自己在外头混得并不比别人差。

至于扫墓与山火的关系，则远非一言两语可以说清，需要从最早的时候讲起。根据传说，春秋时期的晋国公子重耳亦即后来的晋文公逃难在外十九年，随行人员介子推不离不弃，在饥饿难忍的关键时刻，从自己的大腿上割下一块肉让主人充饥。晋文公对此自然念念不忘，在其回国复位之后，他便想以高官厚禄报答介子推一肉之情。后者婉言相拒，并携老母隐居绵山。为了逼迫介子推出来当官，晋文公命人放火烧山，不料却将介子推母子活活烧死。晋文公感念其忠义之志，下令在介子推死难之日禁火寒食，以寄哀思。据说这便是寒食节的由来，而寒食节则是清明节的前身。

这则故事从一个侧面反映了价值观上的某些中国特色：以封官进爵作为报答忠诚行为的最高酬劳。而为了达到这一目的，甚至不惜采用强制手段，其潜台词无非是："我让你出来当官，全是为了你好。"当然，该故事更为切题的内容在于纵火烧山。为了逼一个人出来当官，竟使用了一种当代社会里连刑事罪犯也未必做得出来的极端方式。这位君王在设计这个恶作剧的过程中，是全然不会考虑到环境问题的，当然也就更不可能去顾及山中的其他生物和生命了。

由此看来，清明扫墓与山火之间似乎从一开始就存在着某种关联，虽然这种关联是非常间接的。而等到扫墓的重点程序被固定下来之后，二者的关联就变得毫无疑义了。在扫墓的过程中，燃香烛、烧纸钱和打鞭炮成为无法省略的内容，这便是问题的症结所在，因为这些环节中的任何一个均离不开火。南方人多将坟墓建造在丘陵山地，粗率的扫墓活动容易引发山火，这也许早就为人们所了解。故扫墓的第一道程序是将坟墓周围的杂草割除干净，此举虽能在一定程度上降低山火发生的频率，却无法完全杜绝山火。过去的人相对低调，使用的香烛、纸钱和鞭炮无论是质还是量，都相当有限，由此引发的山火还算是属于可控的范围。因此，历史上因扫墓引发的山火，文献虽时有记载，但并不多见。可是，如今随着日子的逐渐好转，人们开始在扫墓祭品上互相攀比。以纸钱为例，过去烧纸钱最多不超过五六分钟，现在则至少需要半个钟头。其实人们完全可以用一张极大面额的"支票"去取代大量的"零钞"，可是据说这样做会加大阴间银行兑换的压力，为了先人使用的方便，还是有整有零的好。其结果便是山火频频。一年到头，令笔者最为担忧的时刻就是清明节。因为每逢扫墓，你就得挖空心思去监控亲属们的用火行为，绝对保证用火安全。今年清明前后发生严重干旱，空气湿度不足百分之三十，坟墓四周的干草哪怕是遇上丁点火星，也有可能即刻成燎原之势。面对如此形势，笔者要求大家以花代香，不烧纸钱和炮仗；某些食古不化的亲属仍想坚守旧规，笔者只好发毒誓说：如果列祖列宗会因旧规的改变而不满，让他们冲我一个人来好了，我本人对这一变通负完全责任。

人们也清楚地看到，清明节前后数天内，是政府部门和消防队疲于应对的最繁忙时期，他们一方面把守在各个入山通道口，拦阻扫墓者将易燃祭品带入山里；另一方面则分头去扑灭已经燃起的山火。应当说，地方政府的初衷是不错的，就是尽力把损失减少到最低限度；可是所使用的方式则过于原始。这种治标不治本的做法，到头来必然是事倍功半。

在笔者的家乡，由于一年一度的扫墓所引发的山火，沿路所能见到的山头，树木已经极为罕见。植被的大量减少，成倍地加大了天灾发生的频率。过去春夏季可以蓄水、秋冬季可以引水灌田的水库，如今竟然发挥不了作用。既然土地因植被的消失而失去了保水的功能，旱季大旱、雨季大涝的局面便在所难免。这些灾害所导致的水土流失，更是使农作物连连减产，环境污染日益严重。这一切灾难的根源，均与民众的不良葬俗和祭俗有关。人们喜欢选择丘陵地带的“风水宝地”埋葬自己的先人，结果是坟墓遍地开花，甚至达到了无山不墓的地步。在这种情况下，只要有一处墓地出现山火，就足以将整座山头的林木烧个精光，如果扑灭不及时，还会累及其他山体。因此，对于地方政府而言，当务之急，应当是建造廉价的公墓墓场，一方面将分散于各个山头的坟墓，集中迁移到公墓山；另一方面，抓紧时机植树造林，让原先被坟墓所侵占的山头迅速还绿，以恢复土地保水功能和正常的生态环境。

实际上，由私人公司经营的公墓，在笔者家乡也赢得了一部分市场，不少开明人士愿意将逝世的亲人埋葬在公墓山。公墓山山清水秀，道路畅通，环境优美，而且价格也不算昂贵（按 2016 年的价格，每个墓位 3.5 万元，可以安置五个骨灰瓶），是先人安息的一个好处所，笔者已将自己祖父及父亲的骨灰迁葬于此。不过，当笔者试图鼓动将同宗公祖的全部遗骸迁入公墓山时，却遭到了族人们的坚决反对。其中的一个理由是，公墓山的墓位太逼仄，让先人挤在一起不吉利。笔者经过调查后才发现，上述理由不过是一个借口而已，更为深层的理由恐怕是：实行规范化管理的公墓山基本上杜绝了风水术的介入，将先人埋葬于这样一个地方，对于习惯将自身境遇的好坏直接归咎于祖上风水的族人来说，便完全失去了利用风水来调控自身机运的重要空间和手段。

# 论经典

在中国传统文化的意义上，“经”为经书，“典”为标准或准则，“经典”即指传统的权威性作品；不过在习惯上，它更多地被用来指儒家经典。西方意义上的经典（Classics）与此相似，即指“被接纳为准则的典范之作”，其最初有两个来源：一是希腊罗马古典时代的著名作品，另一是犹太—基督教的圣经典籍，因此最初的经典，实际上是指希腊罗马文化和基督教文化中的核心文献及代表性作品。随着时间的推移，无论是在中国的语境中，还是在西方的文化中，“经典”一词均被推而广之，成为一切具有典范作用的传世杰作的代名词。

一部作品若想成为经典之作，首先必须经得起时间的考验。经典既是作者思想个性的体现，也是作者奇思妙想的产物，其基本思路无法为他人所预先设定和想象，因此它便是无法复制和批量生产的。尽管经典一词的内涵已经大为扩展，可是在人类不可胜数的精神产品中，经典作品仍然属于凤毛麟角的极少数。大多数作品都是时间的过客，它们匆匆而来，匆匆而逝，不是孤寂地躺在图书馆或藏书楼某个尘封的角落里，就是早已成为垃圾填埋场中的一分子。只有经典才成为时间的主人，它们的影响力所及，不只是一两代人，而且是所有时代的人。就这一意义上而言，经典是不朽的；一位创作了经典的作者，也能够借助其不朽之经典作品而超越死亡，达于不朽。孔子因其《论语》而被后人所纪念，希罗多德因其《希波战争史》而名垂青史，但丁则因其《神曲》而声名显赫。不少战争英雄的确由于参与了历史的创造而扬名四海，但更多的文化精英，却是由于记录下了这种创造的历程并揭示出相关的思想原则而千古流芳，因为作为经典的创作者，他们同时也是时间的真正穿越者。

经典的基本思想和理念，绝对不会随着时间的推移而过时。当然，从局部上看，经典作家由于阶级和时代的局限，其所创作出来的作品，难免存在着这样那样的疏忽、漏洞或谬误，它们的个别观点和结论可能会因不合时宜而要被抛弃；可是从总体上看，贯穿其间的基本思想、方法和理念，则无论在哪个时代均具有准则和规范的意义，它们一般是不会有错误的，正是这些思想、方法和理念，成为经典作品发光的光源，也是其成为经典的关键之所在。柏拉图在《蒂迈欧篇》一书中有关宇宙万物的创造的谈论，在今天看来也许是幼稚的，甚至是荒谬可笑的，可是该作品所关涉到的有关天体运作规律、万物运动模式、生物生长变化进程及善恶原因和本质等论述却是充满着智慧和预见的，因而是极其有意义的；爱德华·吉本在《罗马帝国衰亡史》一书中有关基督教的评论的确发泄着太多的个人偏见与傲慢，但这并未从根本上降低该书在利用大量珍贵史料去说明具体历史细节方面的重要价值。

经典无疑还具有跨越空间的性质。显而易见，真正的经典，是早晚要打破地域限制的。从明朝末年开始，在西方传教士的努力下，东西方思想文化获得了实质性的交流，原先局限于本区域的著名典籍，如今传播到了异域他乡，成为各不同民族共享的精神财富。由东向西传播的有如《论语》、《孟子》及《道德经》等，由西向东传播的有如《圣经》、《理想国》及《工具论》等。虽然孔子和老子的作品在西方世界不过是轰动一时，但他们的思想却已经深深地渗入到西方文化的内里，对于启蒙时代以后的西方历史进程产生过不同程度的影响。西方的思想和文化，更是借助基督教的全面扩张而影响全世界。尽管相对于庞大的人口基数而言，基督教在中国内地的进展的确显得有些可怜，可是作为西方最重要一部经典亦即圣经的思想，及其所衍生出来的现代观念及文化体制，却在无时无刻地制约着中国人的社会生活。东西方的文化殊异，如果没有经典的居间疏通作用，今天东西方对话中要想形成某些共识，便是不大可能的事情。

众所周知，倘若古代的东西对于现代人来说仅仅是糟粕，就完全不存在历史传承的问题，因为糟粕是没有任何现代价值的。古时的文明遗产之所以值得后人去批判性地继承，正是因为它的超越时空性，用一个比较时髦的词语叫做具有某种“现代性”。柏拉图在《会饮篇》中所揭示出的人类对真善美的执著追求，奥古斯丁在《忏悔录》中所透露出的信仰历程的艰辛和不屈不挠，西塞罗在《论神性》中所体现出的有关人与自然万物间的复杂关系，亚里士多德《政治学》中所描绘出的理想政治蓝图，等等，不仅仅对于作者们所处的时代具有鞭策作用，而且对于我们的这个时代也具有或多或少的借鉴意义，故其现代性是不言而喻的。此外，由于此类经典的影响力并不局限于西方民族，而且还扩及到整个世界，惠及一切开化或未开化的民族，故其普世性也是不言而喻的。换言之，真正的经典之作，还必须具有某种现代性和普世性特征。

当然，就对读者的具体影响而言，经典作品并不像技术常识类作品那样具有立竿见影的效用；经典既不教人疗伤治病，也不教人烹调裁缝，它只教人如何正确认识人自身以及人与客观世界的关系，而且这样的一种认识也并非一书一读便可以完全达到的，它需要反复和广泛的阅读，不断的推敲，是一个持之以恒的漫长过程。经典虽然不是“实用”之物，但却值得一读再读和反复玩味。就如农家酒窖里的老酒一样，时间越久，价值越高，即所谓“历久弥香”。不过与此同时，对经典作品的鉴赏，常常也像人们品酒一样，浅尝生趣，豪饮则会醉人。故阅读经典，对于多数人来说，只能循序渐进，积少成多，决不能囫囵吞枣，幻想一餐吃成一个胖子。

经典固然无法直接给人带来美德，可是既然它以教人正确认识人之本质和意义为己任，它便有可能在造就和影响人的人生观、世界观、价值观和审美情趣方面，以及在规范人的行为方式、促成人生信念的形成和确立等方面，发挥独特的作用。换言之，经典不仅教人以生活知识，而且教人以人生智慧；阅读经典对于普通读者而言，不啻为提升生活品味和个人素养的一个重要手段。经典甚至可以达到引领某些人士走上专业研究领域的目的。实际上，目前的许多学有所成的专业人士，尤其是从事人文社会科学研究的人士，常常是在经典作品的直接或间接的影响和启发下选定其研究方向的；从理论上来说，在这些成功人士的众多研究作品中，也必定会逐渐诞生出足以令后一代去反复玩味的经典来；人类的经典史，就是这样被一代接一代的优秀学人所接力书写出来的。

经典作品未必会在其问世的那个时代里就立刻受到人们的欢迎，这意味着，“经典”之认定，常常是子孙后代的职责。亚里士多德的《工具论》问世之后，整个古典世界的反应很平淡；从中世纪开始，亚氏的名声连同其作品一起，更是被埋没了近八百年之久，只是到了中世纪盛期，随着人们对经院哲学的兴趣的剧增，亚氏的作品才似乎一夜之间跃升为经典中的经典。基督教《圣经》最初也仅仅是极少数基督徒的阅读资料，它因宣传一种与占主流地位的多神教世界格格不入的一神教思想而长期受到罗马官方和民众的打压；可是后来随着整个罗马帝国的基督教化，它的独一无二的经典地位却得到了牢牢的树立。奥利金的《论首要原理》在最初发行的好几个世纪里，一直因被正统教会判为异端而声名狼藉，到了文艺复兴时代，这部伟大的神学作品才算熬出了重见天日的机会。

经典作品虽然都是经典作家们的用心之作，但他们决不会事先有意识地瞄准经典作品这一目标去进行写作的，类似于今天反复倡导的“精品意识”，在那个时代里是根本不存在的；只有在基本上没有了精品的时代，人们才会开始意识到精品意识的难能可贵。孔子曾经揶揄他那个时代的文人过于功利，因而怀恋起西周人为内在良心所驱使的写作动机（“古之学者为己，今之学者为人”）。假设希罗多德有幸复生，他必定会对于自己在不经意间当上了“历史之父”而感到错愕不已；同样，李白的多数诗作似乎均是随情所发和随性所至之产物，他也绝不可能预料到自己在死后会夺得“诗仙”的桂冠。由史学个体户司马迁所发明的纪传体撰述体例，倒成了日后官修史书的楷模和样式。这些事实足以引发今人的深思：是什么样的动力能够真正推动经典作品的繁育和问世，又是什么样的障碍正在阻挡优秀论著的出现和诞生？

# 论拙作与劣作

“拙作”与“劣作”，一字之差，涵义完全不同，影响也迥然有异。

在很多场合中，“拙作”一词主要用于自谦，而与“大作”相对应。当需要向别人（尤其是长上）提及自己的作品时，我们通常会谦称为“拙作”（含“拙文”、“拙著”或“拙诗”等等），而无论此作实际上有多么优秀和卓越；就如当需要提及对方的作品时，我们通常会充满尊敬地使用“大作”一词一样，而无论此作实际上有多么低档和不堪。

故许多看稿人常常接到作者主动投送的作品，上面总会题上：“呈上拙作一部，敬请阁下不吝赐教。”这当然不能排除作者诚心诚意地希望看稿者中肯地提出作品中存在问题，以期从中获得教益。不过根据现实经验，这种题献本身，更多地透露出作者对自己作品的某种不言而喻的自信，其潜台词无非是：在下既然拿得出手，便断无让您老人家失望之虞了。我们也不好说这是作者的故意卖弄，因为谁都想要自己的作品在得到更高档次的承认的同时，也体面地掩饰一下自己成名心切的窘境。当然，此时倘若碰上一位不太识相的看稿者，以诲人不倦的精神给作品提出了一大堆自以为是的真知灼见，那此名作者也就真的“弄巧成拙”了。

即使是真正的拙作，也只是相对于“巧作”而言的，它仅表明作品不够巧妙，亦即巧妙的缺乏。巧妙的缺乏是由许多的原因造成的：从大的方面看，有可能是因为论述结构失当，或是因为叙述空洞，材料证据不足；从小的方面看，有可能是因为文笔生硬，用词不当，或是因为逻辑关系不够清晰，叙述深度仍有待进一步挖掘，等等。真正的拙作，如果是新手的练笔之作，因缺乏足够的经验而不得要领，理论观点上稳妥有余，创意不足，写作风格上长于晦涩，短于明晰，那当然是情有可原的；假如拙作出自于老手，由于趋时和应景的需要，它们就难免是在无病呻吟的情况下被勉强敷衍出来的败笔，既然它们以广大读者的智慧为嘲弄对象，那么它们自身也就不可避免地成为读者进行冷处理的目标。

拙作自然谈不上美，不美即为丑；可是它还不至于有太恶劣的后果，故称其为“丑而不恶”，是比较恰如其分的。由于扬美避丑的本能和自然规律的作用，随着时间的推移，拙作会以各种不同的速度淡出人们的视线，最终毫无声息地退出历史舞台。其中少量运气较好的，会如某些小品所说的那样，变身成为贫困人家的糊墙纸，不过随着国家扶贫计划的稳步推行，越来越多的穷人告别贫困迈入小康，书本作为糊墙纸因其过于低档而日益遭到淘汰；更多的纸质作品不是加入到原料循环再利用的流程中，就是直接成为垃圾填埋场的新成员。

值得特别指出的是，不管拙作“拙”到何种程度，均与作者的学品没有直接关系：作者也许并不是不愿意写出优秀之作，只是写不出来而已。

相比之下，“劣作”则直接牵涉到学品问题。劣者，伪劣之谓也。由于劣作的制作过程同时也是造假的过程，这就等于说劣作作者所做的“学问”其实是假学问。一个做假学问的人，与一个制作假药、假食品抑或假货币的人，其品德的恶劣程度难道还有高低之分吗？

目前学术界的劣作有非常复杂的表现形式，不过其中最通常的形式不外乎两种：一为剽窃或抄袭，另一为制作假证据。“剽窃”(plagiarize/plagiarism)一词，西文意为“将别人的思想、发明或作品等据为己有”；中文的“剽”意指抢劫，“窃”意指盗窃，合起来便是学术上的抢劫和盗窃，剽窃者即是思想文化上的土匪和盗贼。可见仅从词源上看，剽窃已经是地地道道的作恶行为。在实践上，由于文化背景的差异，中西对待剽窃的忍耐度稍有差异。西方传统较早尊重个人权利，故视剽窃为侵害他人权利之举，它即便不受法律制裁，也为社会舆论所不齿。中国由于重视历史传承，忌讳道统上的任何发明和创新，故对实际上的剽窃行为采取了某种相对宽容的态度，这种情况在史著方面尤为明显。例如，《后汉书》作者在转抄《史记》和《三国志》的叙述时，以及《新唐书》作者在引用《旧唐书》的材料时，均不需要注明其出处，后人也将其视作理所当然。这在古代的历史条件下是可以理解的。可是在权利意识和学术规范均高度发展的当今社会，如果再以古人的榜样为借口来为自己的抄袭行为作辩解，那就不仅是食古不化，而且是明知故犯了。纵观今日中文书刊，抄袭之风并不因为查重系统的发明和应用而有所减缓，许多抄袭之作仍能逃过外审专家的法眼而堂而皇之地登上学术期刊或出版社的大雅之堂。其中最为大胆的抄袭是对单一作品进行全文复制，这种抄袭手法干脆利索，连标点符号及原作的错误一并照抄不误，这实际上不过是将别人作品的署名换上自己的署名而已；当然，这种带有明抢性质的剽窃行为，因其过于明目张胆和目标过大而越来越容易失手，故对于一般的剽窃者而言是不太受用的。另一种比较普遍的抄袭手法，是一抄多本，亦即不限于抄袭一部作品，而是抄袭多部作品，其结果就是成为许多同一题材的作品的摘抄；曾有一名该方面的“高手”形象地说道：“如今做学问就是抄，抄一本叫做‘剽窃’，抄两本叫做‘综合’，抄三本则叫做‘独创’。”而较为隐蔽同时也更为普遍的抄袭，是亦抄亦作，即在抄袭而来的材料中，夹杂着自己的话语，如果这一拼凑过程得当，便会给读者造成一种真假难辨的局面。最为隐蔽同时危害最大的抄袭是对抄来的材料进行字面上的改头换面，这种手法不仅可以欺骗一般读者和忽悠审稿专家，甚至得以巧妙地躲过查重系统的检查。

至于制造假证据，那更是花样百出，无奇不有。例如，在没有进行任何问卷调查的情况下，却能信手推出一整套有关问卷调查的“数据”；在没有查证任何原始文献的情况下，却能凭空引出一连串恰好可以用来证明其观点正确无误的“史料”。某个近现代人的话语，竟被处理成某位古代名人说出的警句；某个流行于法国的历史传说，竟被移译为确实发生于英国的历史事件，等等，不一而足。假证据编造者的灵感是否来自于跨越时空的无厘头文学作品的影响，我们不得而知。不过，无厘头作品的合法存在，是因为其一开始就标明自身的虚假性和搞笑本质，而学术的造假者则打着学术的幌子来造假，不明就里的读者常常在大受其骗的同时以讹传讹，从而使这种假学术在社会上逐渐蔓延，难怪有些读者会惊叹道：原来学术也可以拿来搞笑！

除了上述两大表现形式之外，劣作还存在着一种较为特殊的表现形式：将译作径直当作是译者自己的原创作品。这种做法本质上仍属于剽窃，不过是较高档次的剽窃。翻译无疑是一种真正的劳动过程，这种劳动付出理当受到社会的尊重，从而获得相应的酬劳。可是如果译者并不满足于这种尊重和酬劳，进而将原创作者的劳动成果一并据为己有，其目的无非是要获得更大的尊重和酬劳。在这种情况下，译作本身纵然可能是精当和优美的，而事主的动机和嘴脸则无疑是无比丑陋和邪恶的。须知道，对于这样一种较为复杂一些的造假和剽窃勾当，机械的查重系统自然是束手无策，即便是素有令誉的学术权威，有时也难以觉察出来，故其隐蔽性和社会危害就必然会更大。

劣作的流行，不仅扰乱了正常的学术秩序，造成了学术竞争过程的不公，引起学术领域的逆淘汰现象，从而产生了学术繁荣假象掩盖下的学术呆滞和倒退，而且会给子孙后代带来后患无穷的恶果。可以料想，劣作不可能全都立刻走进垃圾填埋场，它们中的相当一部分将会不幸地残存下来：或是被搁置于公共图书馆的角落里，或是被收藏于私人写字间的书橱里；多年之后，当我们的子孙后代带着可以理解的好奇心打开这些所谓“先人遗作”的页面时，其对于他们心灵深处的毒害，将会是如何巨大和可怕啊！

实事求是地说，劣作流行的问题，是当今的一个世界性难题。不过它在国内却有泛滥成灾之虞。正如众所周知的，这其中的主要原因，是我们的学术评价体系存在着结构性的缺陷，其中一个根本缺陷，便是重量不重质，重硬性指标不重软实力。曾有一名同事告诉笔者，那年政策规定评副高职称必须要有正式出版的二十万字以上的个人专著，于是他的一位朋友便硬是在两个月内按所要求的字数炮制出了一部“专著”，并花了一万元在一周之内在边远地区的一家出版社印制出版；他因此而如愿以偿地评上了副教授；可是他事后却坦承：他的这部所谓“专著”，连他自己都不忍心读下去。看来此君还算是良心未泯。根据阿克顿的权力腐败论，任何腐败均来自于政治权力的不受制约和监督。作为学术腐败的表征之一的劣作流行，无疑也与行政权力对学术运作的过多干预直接相关；因此，减少和杜绝劣作的唯一出路，就在于坚持学术活动的去行政化；而把希望寄托在学者的自觉性和良知上的做法，本身就是不切实际的和没有希望的。

# 论旅行

旅行(travel),通常是指从一个地方到另一个地方作较长距离的移动。无论是从个人的角度还是从集体的角度看,在和平的年代里,人类的移动频率总是与社会的活力成正比发展的。中国俗话说:树挪死,人挪活。人群的不断流动无疑是人类文明的重要杠杆。西谚也说:生命在于运动。人类文明的发展,又何尝不在于人们恒常不息的移动呢?

旅行在某种意义上来说就是迁徙。人类的集体性大迁徙,最重要的有三次。其中的第一次可以追溯到千万年前的远古时代。最初的一部分古猿从树上迁移到地面上,这是人、猿分离的最为关键的一步:下地者逐步发展成为人,留在树上者则进化成为各式各样的现代猿。如果我们的祖先不迈出这关键的一步,我们就只能与动物园里的猩猩们同室而居了。人类的第二次大迁徙则促成了原始人向文明人的转变,例如,古代埃及人、巴比伦人、印度人及中国人,从大河沿岸向内陆地区作大规模的陆上迁移,结果分别造就了埃及文明、巴比伦文明、南亚文明及中国文明;古代希腊人和罗马人向地中海沿海及岛屿作海上殖民运动,结果创造了希腊罗马城邦文明。具体的情形，汤因比先生已有过详尽而又生动的描述。人类的第三次大迁徙，则促成了中世纪文明向近现代文明的转变，哥伦布和麦哲伦等人所开启的大航海活动，使整个世界真正连成一片，人们的眼界由原来的旧大陆拓展到了整个地球。从此以后，任何族群、任何人类均不可能故步自封地维持独居式的生活。尽管人类的每一次大迁徙均有其特定的目标和具体的结果，但它们在极大地推动人类社会进步方面，却体现出了重要的共性。

由于历史发展的不平衡，在某些人群过上定居的农业生活之后，另一些人群则仍然停留在游牧时代，因而造就了农业民族与游牧民族亦即“文明人”与“野蛮人”的分野。游牧民族基本上是马上的民族，他们没有固定的住所，哪里牧草丰腴，就走到哪里，亦即为“逐水草而居”，这自然给定居的农业民族带来了极大的困扰。例如，居住于黄河流域的汉人，就常常受到北部和西部胡人的袭击；居住于幼发拉底河和底格里斯河流域的居民，也常常遭到来自四面八方的外族的蹂躏。可是，这样一种冲突及互动，则是人类早期文明发展所必需：一方面，借助野蛮人的阶段性和规律性冲击，文明人的文明才得以不因陈腐而枯萎；另一方面，借助文明人的文化影响，野蛮人才得以实现从野蛮向文明的进化。换言之，由野蛮人的暴力迁徙所引致的早期战争，是不同族群的人类实现文化交流和互动的一种特殊形式，人们在看到其破坏性作用的同时，也切勿忽略其推动历史进步的作用；就这一角度而言，游牧民族的迁徙，也算是一种广义上的旅行活动。

在有关长途旅行的心态方面，中国人与西方人略有不同。与西方人的开放性格相比，中国人相对保守。作为地地道道的农耕民族，中国人具有重土难迁的传统习性，尤其是在古代。张骞和甘英等人虽然也进行过伟大的长途旅行，但他们往往知难而退，冒险的毅力明显不足。我们知道，西方古诗多以命运、人性、阴谋与爱情为主题，而中国的古诗则常常以“思归”为主题。寓居外地的人士，时间稍长就会想家，因此便有了所谓的“乡愁”。中国的民谚也经常表达了这种情绪，如“在家日日好，出门朝朝难”，“外地的龙庭，不如自家的狗窝”，等等。这种状况直到晚清时期，仍基本没有改变。例如在慈禧太后摄政时，朝廷在按国际惯例派遣驻外使节的问题上，就感到非常头疼：没有一位大臣愿意冒这样的险，他们径直将出使国外看作是去赴死。因此，在中国传统语境中，所谓“四海为家”，不过是无家可归者的一种无奈宣泄而已。

在一个文明的社会里，人们的旅行方式无疑是多种多样的。如果我们根据旅行的目的来划分旅行的类别，那么第一种较为普遍的旅行是商务旅行。正如司马迁所说：“天下熙熙，皆为利来；天下攘攘，皆为利往。”商贸的巨大利润促使人们起早贪黑，不辞辛劳地往返于货物供应地和货物抛售地。据希罗多德的记载，早在公元前7—前6世纪之间，希腊的商人就有可能活跃于欧亚商道上。到了罗马帝国早期，据中国方面的文献记载，罗马人甚至出现在越南中部，他们自称是罗马皇帝马可·奥勒留派遣出使中国的使节，但有人推论说，他们更可能是经由红海—印度洋航道来到印支半岛的罗马商人。在中国的朝贡体制确立之后，中外之间的国际贸易开始以朝贡贸易的形式全面展开，许多域外的商人，更是借助朝贡的名义，万里迢迢地来到天朝上国兜售自己的商品，从而获取巨大的利益。古代中世纪的历史条件，甚至造就了某些以经商为特长的民族，如犹太人、粟特人和阿拉伯人，既然以经商为主业，这些民族就注定要住无常所了，他们在欧、亚、非三大洲之间做穿梭旅行，哪里出现商机就往哪里跑，是真正以四海为家之人。新航路开辟之后，欧洲的商人更是蜂拥前往东方和美洲，他们往往将这些远程的商贸旅行，当作是一种新的征战和探险。

第二种较为普遍的旅行是学术旅行。学术旅行包括学者的学术考察、参加学术聚会及学生外出就读等方面的内容。如俗话所说："读万卷书，不如行万里路。"历史上似乎还没出现过终身宅男成就学术伟业的例子，几乎所有学有所成的学者，都会在不同程度上有过长途旅行的经历。孔子周游列国而促成了儒家学说的诞生，希罗多德的东地中海之旅成就了其作为历史学之父的名声，柏拉图的埃及之行给其思想体系刻上了鲜明的埃及文化印记，亚里士多德的长期漫游生活奠定了其作为百科全书式人物的实践基础，达尔文的环球旅行孵化了生物进化论的胚胎，马克思对欧洲列国的考察则直接推动了《资本论》的构思及写作，等等。所谓"秀才不出门，全知天下事"之说，在信息极不发达的传统社会里，不过是宅男们的自娱自乐和自我安慰。学术需要切磋和交流，才有升华的机会。这就解释了古今中外的好学之士，为何总是喜欢到外地去求学。古希腊第一位真正意义上的哲学家泰勒斯，为了弄清楚天体运行的规则，曾亲自跑到巴比伦和埃及等地去请教当地的祭司；原子论的代表人物德谟克利特，为了寻找这个世界的最终本源，足迹遍及埃及、埃塞俄比亚、波斯和印度；即使一贯追求宁静的伊壁鸠鲁，为了解开幸福之谜，也不断地穿梭于小亚细亚和雅典之间。从中世纪盛期开始，随着大学的普遍建立，学子们异地求学的现象更是成了常态。文艺复兴初期，意大利的大学成为人们向往的文化圣地，因此它便自然是那个时代的一个重要的旅行目的地。后来，随着法国和英国大学的勃兴，以及德国宗教改革的展开，学子们开始往这些国家挪动，整个欧洲因学术旅行而被编织成了一个纵横交错的学术网络。

第三种较为普遍的旅行是宗教旅行。早在希腊罗马古典时代，人们便常常为了宗教的目的而进行旅行。例如为了获得好运，人们会前往奥林匹斯山神庙去献祭，或前往德尔菲阿波罗神谕所去求签。不过与为了世俗的目的而作的旅行相比，此类宗教旅行在当时还是无足轻重的。然而在进入中世纪之后，由于基督教开始占据了万流归宗的支配地位，宗教旅行迅速发展成为主导性的旅行方式。谈到宗教旅行，人们马上就会想到朝圣，因为朝圣是最具典型意义的和最重要的宗教旅行。在西方世界，最初的朝圣目的地是耶路撒冷的所谓圣墓，亦即耶稣被埋葬的场所。公元 4 世纪早期，首位基督教皇帝君士坦丁的母亲海伦娜不顾年老体衰，千里迢迢从君士坦丁堡跑到耶路撒冷圣墓去朝觐，从此便在西方社会当中卷起了一股经久不衰的朝圣狂潮；此后不久，随着圣徒崇拜的兴起，人们开始把耶稣、圣母及圣徒的遗体和遗物当作圣物来顶礼膜拜，朝圣的目的地便从耶路撒冷一地扩散到地中海地区的几乎所有国家，罗马、小亚细亚及西班牙等地也都发展成为新的朝圣中心。公元 7 世纪以后，随着伊斯兰教的兴起，朝圣的习惯也开始为穆斯林所沿用。发生于 11 世纪末至 13 世纪末的十字军东征，实际上就是因基督徒与穆斯林争夺最大的朝圣中心耶路撒冷而引发的。在基督教的范围内，虽然绝大多数的朝圣活动是人们的自发行为，可是也有一部分朝圣旅行是针对罪人的一种惩罚措施，因为根据教会的惯例，被判轻微犯罪的基督徒，其通常的惩罚方式就是到某处圣地去朝圣，这便使得朝圣旅行具有了更大的普遍性。至于中国佛教高僧法显、玄奘和义净等人的西行活动，则明显兼有朝圣、学术考察及学术交流等多重性质。

宗教旅行的另一种方式，则与各式各样的宗教会议有关。据说公元 1 世纪 50 年代，使徒彼得和保罗等人在耶路撒冷召开了首次宗教会议，从而开创了用宗教会议解决教会问题的惯例。而第一次真正意义上的全基督教“大公会议”，则是公元 325 年在皇帝君士坦丁的命令下召开的尼西亚会议，此后此类会议举行过多次，最近一次全天主教的大公会议是 20 世纪 60 年代召开的第二届梵蒂冈公会议。除了大公会议之外，还有按教规规定召开的各种不同层级的地方性宗教会议。参会者照例是主教或其他高级神职人员。这些大大小小的宗教会议的召开，在很大程度上促进了人员的流动。例如325年的尼西亚会议之所以选择在尼西亚召开，据说便是充分考虑到来自四面八方的与会人员的交通安全及旅行便利。此外，传教士的传教旅行，也是宗教旅行的重要形式之一。在漫长的中世纪时期，许多托钵修会的成员深入蛮族地区，通过他们的努力，许多蛮族被改造成了虔诚的基督徒。这些传教修士往往赤脚步行于荒野之地，一边乞讨一边传教，精神的确可嘉。宗教改革之后，天主教在欧洲失去了半壁江山，作为天主教传教先锋队的耶稣会士，希望将在欧洲的损失从别的地方弥补回来，因此他们叩开了美洲和东方的大门，许多人有去无回，客死于异国他乡，利玛窦和艾儒略等，就是其中的典型代表。

第四种较为流行的旅行是旅游观光。旅游观光是一种单纯以参观访问和休闲娱乐为目的的旅行。在过去的日子里，由于普遍的贫困状态，纯粹的旅游观光往往是富人的专利，一般人只能借助出公差的机会，或借助其他私人活动的机会，去顺便放松一下自己的心身，并趁机长长见识。如今在日子稍微宽松一些之后，人们的旅行热情马上就像打开阀门的水流那样迸发了出来。在最近几年里，一些退休人士似乎成了旅游观光的主角，在他们当中流行着一句新名言，叫做“人生的最大遗憾是人死的时候还有剩钱。”于是乎，大叔大妈们在刚刚完成了筋疲力尽的欧洲九国深度游之后，马上又着手捣鼓和策划海岛浪漫游或东南亚购物游；总之，他们希望借助旅游观光的方式，在撒手人寰之前将囊中之物花个一干二净。除了退休人士之外，青少年学生也是旅游观光的重要人群。为了酬劳和奖励孩子们在学习上所付出的代价和努力，父母常常会在假期时资助孩子们去旅游。据说在第二次世界大战之后的日本，在家长们的热心推动下，全社会兴起了所谓“修学旅行”运动，为此还专门成立了修学旅行学会，创办了《修学旅行》杂志，其目的就在于鼓励青少年学生走出校园，去享受大自然的美景和呼吸大自然的清新空气。观光旅游业的发展，必然导致观光景点的勃兴。如今，某些旅游资源比较丰富的地方，几乎全靠旅游业来维持基本的生存和经济的繁荣。这当然存在着一定的风险：一旦旅游业因故而受挫，建立在它上面的整座经济大厦，就会动摇不定，甚至有可能在一夜之间彻底倾覆。

当然，除了上述四种形式之外，旅行还包括了政务旅行、外交旅行、军事远征和移民等多种形式，在此恕不赘述。

# 论迷信

“迷信”(superstition)是一个具有广泛争议的词汇,人们对它的定义可谓五花八门。较为简洁的说法如:“对非真实和不可能的事情的相信”;“因无知而产生的一种非理性信仰”;“对那些无法用理性或科学加以证实的特别事件的相信”;“对那些会带来好运或厄运的特别事件的相信”,等等。稍微复杂一些的解释如:“一种不是建立在理性或事实基础上,而是建立在联想基础上的信念”;“一个用来指称任何非理性信念或实践的贬义词,该信念或实践起因于对科学或偶然事件的无知或误解,对命运或巫术的绝对相信,或对未知事物的恐惧”,等等。

综合上述各种说法,我们可以给出一个更加清晰明了的中国式定义:迷信是指盲目的信仰或崇拜,它牵涉到对预言、巫术、星占、卜筮、风水、命相、炼丹术及鬼魔等的相信及其相应的实践活动。

既然迷信本质上是一种信仰或崇拜,它便与宗教发生了难以割断的联系,因为信仰和崇拜恰恰也是宗教的主要表现形式。可是,我们又不能否定,“宗教”基本上是一个褒义词,它的核心信念是相信神的存在和灵魂在不同程度上的不朽；而“迷信”则是一个彻头彻尾的贬义词，它被看作是对于宗教的歪曲和误导。换言之，宗教与迷信在很大程度上是相对立的。从历史上看，宗教是一个既定社会的主流信仰，迷信则是受到主流社会打压的弱势信仰。例如，在公元1世纪前后的拉丁世界里，巫术在罗马帝国的民间社会中大行其道，这严重冲击了以奥林匹斯神系为主体的罗马国教的正常运作，于是，老普林尼等上流社会的作家开始将巫术斥为“迷信”，并要求元老院加以立法禁绝。此外，一些外来的宗教在无法被主流社会接受的情况下，也常常沦落为“迷信”，如来自于东方的各种秘仪，以及来自于高卢等地的凯尔特人崇拜仪式（druids）等。在古代中国，不符合统治规范和礼制要求的崇拜活动被称作“淫祀”，被用来进行淫祀的场所被称作“淫祠”；淫祀和淫祠，实际上就是迷信的崇拜活动与场所，它们自然源自于民间社会或外来影响。

在各式各样的信仰中，基督教地位的变化，最能说明“迷信”一词的历史相对性。基督教诞生伊始，便与罗马国教形成了激烈竞争的态势，为了将这个新生的宗教扼杀于萌芽状态，罗马皇帝图密善于公元80年以立法的形式，宣布基督教为一种新型的迷信。可是基督教毕竟不同于一般的民间秘仪，它在与罗马多神教进行全方位抗争的过程中，以历史事实和理性论证为武器，反唇相讥地指控对方才是真正的迷信。后来随着基督教的最终胜利，基督徒获得了政治话语权，该教作为一种唯一真正宗教的地位，牢牢地确立了起来，而传统的多神教信仰，不是作为合理要素得到改造和再利用，便是作为彻头彻尾的迷信而被抛弃。不过基督教在自身的发展过程中，也逐渐沾染上了不少迷信的习气，如对圣物、天使及魔鬼的崇拜等等；而16世纪的新教徒，则以破除天主教的迷信习气相标榜，于是围绕着何为迷信的问题，基督教出现了新的分裂。这充分说明，迷信作为一种历史现象，不仅具有相对的意义，而且具有历史的流动性。

虽然时至今日，迷信与宗教之间的界限仍然有些模糊不清，可是经过中西文明的长期冲突及互动，人们（至少是学术界）开始达成了某种接近一致的看法，亦即从信仰与崇拜的手段和动机去划定迷信与宗教的边界：凡是以获取现实利益为目的，并诉诸于不文明和非理性手段的信仰和崇拜，就是迷信；凡是以祈求来世幸福为目的，并诉诸于文明和理性手段的信仰和崇拜，即为宗教。根据这一标准，星占、梦占、鸟占、脏占、卜筮、风水、命相、炼丹术和鬼魔崇拜等，通常被归入迷信的行列；而祈祷、祝福、歌赞及咏诵等，则多被纳入宗教仪式的范畴。不过这样的划分也只具有相对的意义，因为我们常常在迷信的活动中，找到某些宗教的要素，也可以在宗教的仪式中，发现某些迷信的成分。一般而言，在一神教流行的地区里，宗教与迷信之间的对立比较明显；而在多神教流行的地区里，宗教与迷信常常纠缠在一起，以至于许多无神论者根本就抹杀了二者的分野，径直将宗教等同于迷信，例如在中国，“宗教”与“迷信”二词连用（“宗教迷信”）几成常态，这当然是不公正的，因为它粗暴地否定了宗教的内在价值，而将其变成一种单纯迷信的勾当。

即使某些表面看来是迷信的行为，其实也未必算是真正的迷信，而可能是一种习俗。虽然迷信与习俗之间的关系更加复杂，可是只要能够弄清其中的动机和目的，就可以将其进行正确的归类。毫无疑问，许多的民间习俗均是由宗教或迷信发展和进化而来的。随着科学技术的进步和人类认识水平的不断提高，某些属于宗教或迷信的实践活动和仪式虽然传承了下来，但其宗教或迷信的属性却不断在弱化，并最终可能演变成为单纯的民俗。我们不妨以对先人的祭祀为例，进行具体考察。从历史上看，这个对于一般中国人而言是重中之重的仪式，它最初既是一种宗教形式，同时也夹杂着迷信成分：说它是宗教，是因为它表明人们相信人死后灵魂犹在，而且会上天成神，对于灵魂和神的相信，正是宗教信念的本质所在；而说它具有迷信色彩，则是因为与这种崇拜相伴随的动机（祈求祖先神对子孙福祉的护佑）和手段（采用烧纸钱献祭等方式）是非理性的和不文明的。假设今天的中国民众在现代文明的影响下，虽然保留了祭祖的形式，却同时摒除了其宗教的内涵和迷信的色彩，用追思献花等文明手段取代烧纸钱和献牲等野蛮做法，那么祭祖就很可能会质变为一种单纯的纪念先人的民俗活动。而不夹杂着迷信成分的祭祖活动，显然是一种社会良俗，理应得到大力的鼓励。

如果说祭祖正在朝着民俗化的方向迈进，那么庙会和国家祭典更是如此。在传统的宗法制社会里，庙会不过是祭祖的扩大，国家祭典则是庙会的延伸。在“家祭——社祭——国家公祭”三级祭祀体系中，每一层级的祭祀活动均在不同程度上具有迷信色彩，故在对其积极意义进行充分肯定的同时，切勿忘记对其消极作用的反思和批判。

毫无疑问，雕塑和竖立神像的活动也是宗教和迷信的伴生现象。南北朝时期，随着佛教从宫廷向民间的扩散，朝野广泛兴起了造像运动。基督教在崛起之初，曾以反对偶像崇拜相标榜，可是它后来也不得不对信徒崇拜圣像的热情让步。实事求是地说，宗教塑像对于宗教信念的传播还是具有积极意义的：它至少得以借助具象的和生动的形象，去向无法阅读经书的普通民众，直观地传递宗教信息和理念。这就是说，最初的塑像者未必真正希望民众要对其所塑神像进行顶礼膜拜。不过后来事态的进展却表明，塑像者的初衷最终不得不屈服于广大民众的迷信心理。对偶像进行顶礼膜拜显然是一种非理性的迷信，如早期基督教教父们所指出的，由人工制作出来的偶像，怎么能够代表超越人之权能的神呢？于是我们就可以依据神像的功能作出初步判断：当神像被制作出来是为了传递和宣传宗教信息及理念时，它便是一种宗教象征；当它被制作出来只是为了某种艺术观赏的目的时，它便是一种单纯的艺术品；而当它被造成来是为了给信徒提供顶礼膜拜的对象时，它便成为一种迷信的手段。

有趣的是，在中国现代文化的语境下，迷信因常常被与“封建”联系在一起而有了“封建迷信”之说。封建与迷信本来并没有必然的联系。中国的“封建”是先秦特有的历史现象，它指的是因封侯建国所导致的政治乱象，这种乱象自秦统一六国和建立中央集权政治体制之后便宣告结束。可是后来的马克思主义历史学家为了对应西方同时期的历史形态，将中国的传统社会统统定义为“封建社会”；由于在这个历时特别长久（两千多年）的所谓“封建社会”中，各种宗教信仰又特别发达，于是在一个喜欢把宗教与迷信混为一谈的社会氛围里，“迷信”便与“封建”莫名其妙地结上了缘。如今看来，“封建迷信”一说，不仅与中国历史不相符，而且与西方历史也不相符，可以说是一个不伦不类的术语。

迷信甚至不能够简单地与落后画等号。西方历史上许多走在时代前沿的自然科学家，均有迷恋占星术和炼金术的嗜好。当代中国不少一流的学者，常常热衷于气功，并相信所谓“气场”的存在。实际上，迷信的形式也在与时俱进，不断地迎合科学的进步和人们的新需要。近年来，易学大师们日渐走红，他们在利用最新科技去为人们排忧解难的同时，腰包也屡屡暴涨。那些意气风发的官场新一代，借助求签问卜和看手相、算八字等多种方式去探明未来的官途和财路。每个家庭的客厅或书房里均不可或缺的祝福挂历，照例要标明每一天的“宜”和“忌”；令人哭笑不得的是，这些宜忌常常自相矛盾，互相打架，看来制作者充其量不过是小学肄业的程度。担任着启发民智重任的学校老师，更是迷信得可爱，他们在每年组织学生参加高考的前后，必游大庙名观，目的是为了求神佛保佑本校本班考生一举命中。某些高等院校甚至公开鼓励教师开设风水课程，为羽翼未丰的青年学生传授取悦于神鬼之道。献祭给祖先的地府钞票，如今面额越来越大，不知阴间是否也出现了金融危机或通货膨胀？至于其他仿生祭品，凡人世间有的，阴间自然也要有，哪怕是刚刚面世的新玩意；一般的全自动洗衣机、环保型电冰箱及美貌女佣或小妾等已不在话下，最新一款的智能手机，及最被玩家们看好的上市公司股票，也早已在阴间世界中被隆重推出。

某些体面人士今天自称是佛陀弟子，明天又自诩为观世音的崇拜者，偶尔被和尚摸过一次头，就宣称已经信了佛。平日里对佛理一窍不通，却硬要临时死背几句佛偈来显示自己的博学和虔敬，开口闭口阿弥陀佛，仿佛一下子被提升上了佛国净土。这种令人啼笑皆非的做派，只是表明了一种迷信的浅薄，当然也就谈不上任何真正的宗教内涵和素养。

# 论贫困

贫困一般是指物质生活上的短缺和不足。那些从根本上危及个人基本生存和健康、导致营养不良甚至死亡的贫困，叫做绝对贫困；那些与富有阶层相比不够富裕、生活上常捉襟见肘的贫困，叫做相对贫困。绝对贫困有时也用来指因某种特殊理由而导致的整个社会上自统治阶级下至普通民众的普遍贫困，亦即整个社会经济生活陷入崩溃；而相对贫困则指社会分化的一定程度，亦即绝大多数财富掌握在极少数人手里，绝大多数人拥有极少的财富，于是，多数人的贫困便与少数人的富足形成了鲜明的对照。

贫困的历史与人类自身的历史一样悠久。史前时代的人类生活根本就没有富足的说法，那个时期的人们忍饥挨冻是家常便饭。即使进入文明时代之后的很长时期内，虽然少量的人口拥有了剩余财富，但多数人无疑仍然挣扎在死亡线上。历史上因绝对贫困而导致人口大量死亡的事例屡见不鲜。群体性的绝对贫困常常是天灾（如洪水、干旱、地震、瘟疫等自然灾害）或人祸（如弊政、内乱、外敌入侵等政治动荡）的副产品。由于兵连祸结，既有的生活秩序被打乱，民众为了逃离灾难而作一定规模的迁移和流动，故而形成了难民；难民走到哪里，就给那里带来了生存压力，造成生活资料连环性短缺的恶性循环。故史书上常用“哀鸿遍野、满目疮痍”来描述非常时期中人民流离失所的惨状，他们在逃难过程中最大的危机便是饥寒交迫，既无以果腹，又无从蔽体，甚至达到了“易子而食”的地步。

灾难过后，一旦人口得到了安置和生产获得了恢复，造成群死群伤的绝对贫困化就会逐渐消退，可是相对贫困的现象却永远不会消失。在相对和平的时期里，贫困的固化状态往往被称作“贫穷”；贫穷即为贫困的持续。在一个正常的社会里，大多数人天生是爱富嫌贫的动物，这其间的道理很简单：富裕带来的是物质上的宽松，生活上的闲暇，以及身体上的营养丰富和健康等等；而贫穷则带来物质上的局促，生活上的艰难，以及营养不良甚至短寿和死亡。古人通常将富足归之于勤劳，将贫穷归之于懒惰；因此千百年来，导致富足的勤劳受到赞颂，导致贫穷的懒惰遭到贬斥，这是由普通民众朴素的思维逻辑所决定的。在这方面，哲学家们似乎站的更高，看得更远，他们发现，在某些高尚而又特殊的行业中——如哲学，勤劳只能带来精神上的富足，而无法带来物质上的富足。既然哲学家追求的是精神富足，他们对于物质富足就不怎么讲究，因此也就很容易被普通民众讥笑为“贫穷的懒汉”。为了回应这样的讥笑，希腊早期著名哲学家泰勒斯有一年利用自己预测天象的能力投资榨油业，结果发了一笔财。他以此向世人证明，哲学家想要致富并不难，只是他们的抱负并不在此。

进入希腊化时代之后，人们的精神状态日趋颓废，勤劳致富的思想似乎已不再受用。此时出现的犬儒学派，看到许多动物不需要忙碌劳作照样可以生活得很好，于是便仿效起动物的生活方式来。据说该派著名领袖狄奥根尼只有两样“财产”：一样是其身上所披大衣，另一样是其手上所持水杯。有一次他看到一名小孩竟然用双手就可以捧起泉水进行饮用，他便立刻将自己仅有的水杯也扔掉了。受其影响，罗马时代的斯多亚主义者塞涅卡和爱比克泰德，也一再劝告自己的门徒，物质财富不是什么好东西，故不是越多越好，适度的贫穷反倒有利于一个人的哲学沉思。与哲学家拥有类似情怀的宗教人士，也无不以贫穷相标榜。例如道士自称“贫道”，和尚自称“贫僧”，他们无非是要告诉人们，只有经得起贫穷考验的人，才有资格进入神的境界。6 世纪上半叶，意大利修士本尼狄克为自己创办的修道院订立了一个院规，其中的第一条就是守贫，包括修士不能拥有任何个人财产，出门不得骑驴马等交通工具，只能赤脚走路，等等。该院规很快就成了几乎所有拉丁世界修道院共同遵守的准则，后来陆续兴起的修会，无不以守贫作为会员入会时所发的第一个誓愿。

在正常状态下，富人总是产生于统治阶级当中，穷人则总是出现于被统治阶级内部。不过，当一个社会脱离正轨时，情况就会出现逆转。例如在罗马奴隶制的末期，某些奴隶常常富得流油，某些奴隶主则穷得叮当响，以至于后者有时反倒沦为前者的债务人。中世纪社会更是如此，在工商业城市出现之后，脱胎于农奴阶级的市民常常富能敌国，他们不仅是穷困潦倒的贵族们的债主，而且最终成为了世俗君王打击封建势力的可靠盟友和主要经济来源。

如果说在古代社会里，只有少量的哲学家才对贫穷称颂有加，而多数民众仍然我行我素，将财富视作一如既往追求的目标，那么到了中世纪时期，不仅教会人士和贵族阶级，连广大民众都把贫穷当作是无限的荣耀去加以追逐。西方的中世纪社会具有两大特色：第一个特色是基督教处于万流归宗的地位，人们普遍以圣经的教导作为自身的行动指南，而圣经尤其是新约圣经则以持守贫穷作为第一要则。例如在福音书中，耶稣便一再号召人们不要追逐世俗财富，他甚至以飞鸟为比喻，认为人们应当像它那样自由自在，不用为生活担忧劳碌。而且，早期教父们在解释旧约圣经时，刻意将工作解释为上帝对人的原罪的惩罚，由工作所带来的财富及其标志金钱，自然便成为万恶之源。中世纪社会的第二大特征是上自统治阶级下至普通民众的普遍贫穷。长期的政治动荡和生产技术的滞后共同导致了生产效率的低下，而生产效率的低下反过来又大大挫伤了劳动者的劳动积极性，促成了普遍的慵懒和怠惰，从而进一步阻碍了生产技术的进步并引起政治局面的更加动荡不安，这种恶性循环所造成的怪圈，一直笼罩着中世纪社会千余年。既然整个社会均在维持着一种不断重复的简单再生产，贫困便是随时迎候每一个人的自然厄运。有人对中世纪欧洲的帝王没有固定首都感到惊奇，其实这也与普遍贫困直接相关：在贫困的驱使下，帝王们不得不像候鸟一样在自己的领地内不断迁徙，走到哪里吃到哪里，将一个地方的资源消耗殆尽之后便转移到另一个地方去。由此看来，一方面，中世纪普遍贫困的现象迫使人们面对现实，以贫为安；另一方面，圣经的某些教导和教会的大力宣传则使贫穷神圣化，人们开始以贫穷为时髦，甚至将其作为互相炫耀的资本。这便部分地解释了中世纪的人们为何会竞相捐赠或施舍自己的余资和财产。中世纪社会只承认教会和君王拥有财产，任何其他个人拥有财产均被等同于背上了魔鬼，只有把财产赠送给教会或分发给穷人，才能甩掉这个魔鬼。这虽在一定程度上实现了社会的"均富"（更确切地说是"均贫"），却同时打击了人们的创业精神，显然不利于社会的进步。

首先对以贫为荣的中世纪时尚提出质疑的，是 14—16 世纪期间的人文主义者和新教改革家。与传统的理论相反，他们谴责懒惰和贫穷，认为借助劳动致富的人，才配当上帝的真正选民。有趣的是，人文主义者和新教改革家也从圣经当中寻找自身的理论依据，在他们看来，上帝的创造，便是最神圣的劳动，人类通过对这一伟大事件的仿效，证明了劳动及其自然产物即财富的高尚；此外，使徒保罗有关"不工作者不得食"的教导，也表明工作是人最重要的本能之一，只有工作，才有财富，而只有财富，人才能过得体面，也才不至于辱没上帝对人的恩典。这种与中世纪时尚大异其趣的理论，通常被人们看作是迈入近代社会的一个重要拐点。

由于文明的进步，如今即使是就世界的范围而言，贫困现象也是大大减少了，贫困的程度也大大降低了。体验和亲历过贫困生活的人，一般是不会希望走回头路再去体验和经历一遍的。曾记得20世纪60—70年代，镇里的居民常常与乡下农民发生争执，原因竟然是进城收购居民所蓄人尿的农民，怀疑尿液被兑了水；其实这不过是误会，尿液不够浓度甚至缺乏臭味，均因普遍的营养不良所导致，而不是人们为了多赚点钱有意造假。由此可以窥见当时人们生活窘境之一斑。吊诡的是，那个时代的人竟然有心思大搞什么“忆苦思甜”，而且做得像模像样。拿一个贫困不堪的时代去与先前另一个更加贫困不堪的时代相比较，这既荒诞可笑，又缺乏说服力，难怪那个时候的忆苦餐对于某些实在饿得慌的人士而言并不是过分难吃的东西。笔者的一位同族老前辈有一次被街道居民大会请去控诉万恶的旧社会，她老人家说着说着，突然话锋一转：“这些还不算太惨，最惨的是三年自然灾害时期……”大会主持人被吓得脸无人色，只好立刻叫停。此类弄巧成拙的事情，在那个年代里屡屡发生。

值得注意的是，目前社会上似乎涌动着一股怀恋20世纪60—70年代的复古暗流。这股暗流的鼓动者认为，那个时代虽然人们普遍贫穷，但至少人际关系没有今天复杂，贫富分化没有今天严重，因此是值得向往的时代。这些人不是当年那些享有特权的阶层，就是成长于改革开放之后的新新人类，他们甚至连贫困的真正内涵还没有弄清楚。这对于他们而言是极大的不幸，因而便使对后一代的危难教育显得更加必要。与他们相比，经受过穷困煎熬的人们才是有福的，因为贫困不仅磨砺了个人的意志力，刺激和增强了人们的生存欲望，而且锤炼了个人操守，使其幸福观更具高尚的内涵。可是这些均不能作为走回头路的理由，因为在任何情况下，倒退都是没有出路的。

当然，与贫困有关的社会行为及意义是错综复杂的，它随着时间的推移而有不同的表现形式。例如在过去，如果有人穿着破旧衣服或有补丁的衣服，我们会初步判定他是一名穷人，或至少是装成的穷人，换言之，穿破旧衣服是一件迫不得已的事情；而如今，某类破衣服却成了时尚的标志，尤其是坚固呢布做成的牛仔衣裤上面的破洞，更是价值无量，似乎是越破旧价钱越高。这种现象，既可以看作是人们向过去淳朴生活回归的一种心理隐喻，也可以看作是人们对当今爱富嫌贫的势利社会的一种直接宣泄。最后必须特别指出，尽力减少和逐步消除贫困是任何国家政府应尽的职责，其中的道理很简单：在连圈养的大熊猫都能过上富足生活的当今社会，我们没有理由让我们的人类同胞仍处于挨饥受冻的状态之下。

# 论宽容

宽容(tolerance),简单地说,就是心胸宽阔而能容人,一般是指允许他人按照与自己不同的方式进行思考、信仰、言说或生活。

宽容既然以容纳不同意见和生活方式为前提,它便与自由结下了缘。没有自由的社会,即便有宽容,这种宽容也是不充分的和极其有限的。古代雅典人把城邦集体自由看得比个人自由还重要,因此它常常不能容忍稍有"出格"行为的公民;苏格拉底之死,就是很好的证据。古代罗马人比希腊人更为看重公民个人自由,因而在对待异质文化方面,前者比后者要宽容得多。罗马人的确是一个心胸开阔的民族,他们在长期的对外征服战争中,允许被征服地区的人民保持原有的宗教信仰和生活习惯,而并不强求文化上的大一统。当然,罗马人也是讲原则的,基本的原则有两条:第一,被征服者不得从事旨在颠覆罗马政权的活动,包括相关的崇拜活动;第二,被征服者只能沿袭自己祖先的宗教信仰,而不能创立任何新的宗教。对于一个以当时的整个"世界"为活动舞台的强势民族而言,这两条似乎是合情合理的。

除了不同民族间或不同文化间的宽容之外,还存在着不同阶级间的宽容和不同学派间的宽容。在罗马奴隶制走向崩溃的时期，由于奴隶来源的枯竭，奴隶劳动力严重不足，奴隶主失去了虐待奴隶的资本和条件，于是，罗马的一些有识之士便开始倡导对奴隶要像对待自己的亲生儿女一样宽容。与此同时，哲学家们也逐渐突破了各自的门户之见，在坚持自身学派独立的基础上，开始广泛借用和容纳不同学派的观点和意见。这一方面做得最有声色的是斯多亚学派。该学派自称以苏格拉底为开山鼻祖，却同时综合吸收了学园派、逍遥派及犬儒学派等其他学派的合理要素，它甚至对自己的劲敌伊壁鸠鲁学派，有时候也表现出了某种好感。斯多亚主义的代表人物爱比克泰德曾有过一句名言：当一个人只指责别人而不指责自己时，他显然是未受教育的；当一个人只指责自己而不指责别人时，他显然正在接受教育；而当一个人既不指责别人也不指责自己时，他明显已经接受过了教育。这表明至少在爱比克泰德看来，真正有教养的人，由于能够用超然和出世的态度去看待这个世界，因而就具有了非凡的宽容精神。

尽管如此，西方宽容精神的种子，仍不是罗马人播下的，而是基督教播下的。基督教的宽容，渊源于新约圣经尤其是福音书的教导。福音书宣扬了一种以德报怨的思想。在福音书中，耶稣一再教导要待人如己，以爱处世，而且这种爱是无条件的和不求回报的，亦即不以任何利益作交换，爱的对象由邻人扩及陌生人甚至敌人，因此是普世性的。耶稣告诫自己的门徒：要爱你们的仇敌，为那些逼迫你们的人祷告；有人打你这边的脸，连那边的脸也由他打，有人夺你的外衣，连内衣也由他拿去。早期的基督徒从耶稣的这种以德报怨思想中，自然而然地引伸出了一种反对以暴易暴的主张；基督教式的宽容，便集中体现在对外在暴力的宽恕态度上。因此，在面对罗马帝国的暴力迫害时，基督徒从来不组织任何的暴力对抗活动，因为他们认为罗马皇帝是上帝在人间的代表，他们对基督徒的迫害，实际上是代表上帝对基督徒实施考验，或是代表上帝惩罚基督徒的罪过。不过，基督徒的以德报怨，并不意味着他们丧失了信仰原则，相反，他们中的许多人正是因为不屈从于罗马当局有关献祭的要求而成为殉道者的，这充分体现了早期基督教外柔内刚和以柔克刚的秉性。

随着基督教的官方化和体制化，该教的宽容精神也日渐退化，它变得越来越不宽容。不宽容的心理基础是不自信。那么，基督教的不自信又从何讲起呢？首先，因基督教的迅速扩展而导致的内部差异性，促成了各式各样的异端教派的大量产生，这直接威胁到教会的统一和顺利发展；其次，基督教的官方化和体制化促使世俗君权对教会事务的直接干预，而一旦掌握暴力资源的君王涉足宗教领域，宗教问题的解决就很难避免诉诸暴力手段；再次，中世纪封建混乱的政治现实，迫使教会不得不去拥有或依附武力，以求自保，而武力的持有，恰恰体现了教会的极大不自信；最后，公元 7 世纪初伊斯兰教的崛起，使基督教的生存危机进一步被激化。这最后一点，尤其被学者们认为是促使基督教脱胎换骨、由一个宽容的宗教蜕变成一种具有暴力倾向的信仰的一个关键因素。在中世纪早期的封建内讧中，教会尚且能够通过“上帝的休战”和“上帝的和平”等措施来延续自身的非暴力传统。可是到了中世纪盛期，教会却通过改造骑士队伍和发动十字军东征等方式，将西方人的暴力诉求引向中东穆斯林的身上；更为离谱的是，教会在用暴力对待穆斯林的同时，对西欧基督教内部的异端，也大开杀戒，其仅有的那点宽容的和非暴力的传统，也就荡然无存了。

教会的不宽容，在中世纪晚期及近代早期达到了登峰造极的地步，其主要的标志便是宗教裁判所的设立和猎巫运动的展开。猎巫本质上是教会当局打着反对迷信的旗帜对宗教异见者或所谓异端分子进行的系统迫害，它在西方人权历史上留下了一个耻辱的印记，从而在很大程度上刷新了不宽容的历史记录。奇怪的是，几乎与此同时的意大利文艺复兴运动，却以思想宽容相标榜，结果是，不仅各种异教异说，而且包括占星术、炼金术及求签问卜在内的许多真正的迷信活动，也得到了极大的包容。

值得注意的是，16 世纪的宗教改革运动虽然从文艺复兴运动中汲取了某些人文主义的养分，但新教改革家却远未具备人文主义者的宽容精神。在对付异教异说的强硬态度方面，新教与天主教如出一辙，这一点也许是加剧两者势不两立乃至导致后来一系列宗教战争的一个重要的思想渊源。

现代意义上的宽容，来自于宗教与政治的彻底分离。当宗教信仰最终内化为个人的私事而与公共政治完全剥离开来时，才有可能杜绝政治暴力对宗教的无端干涉，从而实现真正的信仰自由。这个过程未必一定要以宗教信仰的衰落为代价，相反，现代社会中的政教分离，反倒在很大程度上促进了宗教的健康发展，基督教的现代转型就是有力的证明。有鉴于此，精明的现代政治家从来就不敢逾越政治与宗教之间的边界，去对人们的信仰事务指手画脚，因为惨痛的历史教训早已教会他们如何去尊重人们的信仰。具有讽刺意味的是，某些新儒学学者竟然公开倡导建立一个以儒家学说为主体的"国教"。他们认为，随着我国综合国力的迅速增强，我们的经济和政治制度方面的优势日益显示出来，可是思想文化却远远落后于政治经济的发展；为了与西方争夺意识形态方面的话语权，我们有必要将思想儒学改造为体制儒学，最终建立起一个具有中国特色的和统一的国教。这显然是一个逆世界历史潮流而动的馊主意，其要害就在于企图将政治与宗教公开结合一起，一方面用儒教去改造现行政治体制，另一方面用政治权力去组织和干预人们的宗教生活。结果必然是灾难性的：群体性的宗教狂热将被重新煽起，人们的意见分歧将更多地用暴力手段来解决，宽容精神将荡然无存，历史将出现大幅度的倒退。

按理说，"国教"的倡导者即便不熟悉西方的历史，也应当了解中国的过去。的确，中国传统文化具有很大的包容性，这种包容性常常被人们说成是宽容。例如，佛教作为一种外来的文化进入中国以后，逐渐为中国文化所吸收。可是必须特别指出的是，当佛教被中国文化所完全吸收的时候(如在唐代),佛教本身也就彻底失去了其原来的面目,它变成了一种彻头彻尾的“汉化佛教”,亦即这种外来的宗教已经被中国传统文化消化殆尽,因此才有了后来的所谓“三教合流”。如此看来,中国文化的“宽容”,是一种居高临下的慈父式宽容,它决不是以平等为基础,它与所有外来文化的互动,虽然也有求同存异的诉求,但求同存异只不过是手段,其最终目的是要达到“化异为同”,亦即将对方消灭和吞噬。例如,浪迹天涯的犹太人,两千多年来走到哪里均能显示出自身的存在和特色,唯独他们在进入中国之后,很快便消失于中国文化的汪洋大海之中而身影无存。这只能表明中国传统文化的极强消化力,而不能说它很宽容。在中国历史上,居于主流的宗教信仰从来就附属于政治权力,成为后者进行有效统治的驯服工具;而即便如此,因政教利益的差异和分歧所引致的暴力冲突,仍频频发生,其中最著名的历史事件便是所谓“三武一宗”法难。因此,无论是从西方历史还是从中国历史的角度看,真正以平等为基础的宽容,是借助宗教信仰个人化的途径,实现真正的政教分离和信仰自由,而不是开历史的倒车,把希望寄托在建立一种政教合一的国家体制这样一种不切实际的幻想上。

对于个人来说,宽容常常被看作是一种美德。然而即便是美德,也应当注意度的把握,否则,美德就会转化成恶行。因为宽容与纵容只有一字之差,二者之间的实际边界经常模糊不清。目前,许多人以皈依佛法为时髦,他们虽无从获取佛学中博大精深的内核，却能借助不断地咀嚼其中的残渣烂滓，将佛的出世超脱片面地理解为是对自身的宽容和自恋，结果便是一边吃斋念佛，自诩虔诚，另一边犬马声色，纵欲无度。对于一般外人尤其是敌手的充分宽容，的确得到了人们的普遍认可和赞誉，可是这也并不意味着宽容是无需任何原则和前提的。当然，一名君主如果过于不宽容和心胸褊狭，很容易成为尼禄式的暴君；但一名君主如果宽容无度而失去原则性，他便容易成为刘后主式的昏君。拿取之于民的财富去讨好某些权贵和施行所谓的宽容，这对于一名执政者来说是最容易做到的事情，这叫“慷人民之慨”。历史上的第一位基督教皇帝君士坦丁据说是一名明君，可是在他死后，仍有不少人指责他因对臣民的过度施恩而掏空了国库。不过话说回来，如果他施恩的对象是全体臣民而不仅仅是其中的一小撮人，纵使国库真的被掏空了，也是物有所值。总而言之，执政者的宽容，更应当以国家法度和人民利益为依归；而对普通人来说，严于律已和宽以待人，则仍然是值得提倡的处世之道。

# 论诚信

诚信(faith),意指诚实而不欺诈,守信誉,是人际关系中最基本的伦理规范。孔子认为交朋友不能不守信,并把其作为"仁"的重要表现之一。孟子则断言,信必须以善为前提,自身确实具有善德才叫做信。

在西方,信是与有神论直接勾连一起的。公元前 399 年,哲学家苏格拉底被雅典公民法庭判处死刑。在当时的情况下,苏格拉底完全可以借助越狱的方式逃脱死刑的执行,可是他坚决拒绝这样做。因为在他看来,雅典人是根据雅典的法律亦即以合法的方式来对他实施判决的,而法律则是神的意志的体现;法律判他有罪,就等于神认同他有罪;此时如果他刻意逃脱法律的惩罚,就是失信于神,失信于神便是对神的最大冒犯,这当然是一名哲学家所不屑于做的事情。罗马人基本继承了希腊人的思想遗产。公元前 250 年,罗马将军勒古鲁斯在第一次布匿战争期间因兵败被对手迦太基人所俘获;不久后,迦太基人派遣他前往罗马交涉有关停战事宜,但在勒古鲁斯出发之前必须以神的名义起誓:一旦差事完毕,他必须重新返回迦太基。勒古鲁斯虽然极力促使罗马人继续对迦太基人的进攻，但他在完成差事之后，坚持按原有的约定返回了迦太基，最后在那里被敌人活活折磨而死。在这里，欲置勒古鲁斯于死地的并非自己的公民同胞，而是战场上的敌人，那么他又何以如此执拗地去忠实履行一个与敌人缔结的协定，而不惜以自己的宝贵生命做代价呢？驱使他去这样做的关键实际上并不是敌人，而是神。他虽然是与敌人缔结的协定，可问题是他是以神的名义缔约的；既然神是协定的见证者，那该协定就具有了法律的神圣性，违反了它，也就等于失信于神。

某些国人必定会暗地里认为，无论是苏格拉底，还是勒古鲁斯，无疑均是迂腐透顶之徒，他们在生存与守信之间竟然会选择后者！可是，历史的逻辑却最终证明了这两位历史名人，不仅不迂腐，而且相当精明和深谋远虑。试想，如果苏格拉底听从了弟子们的规劝越狱而去，他的确是可以捡回一条命，但他从此就为雅典社会开创了用越狱逃脱法律制裁的先例，以神的名义所订立的雅典法律就会统统变成一纸空文，一个法治社会顷刻间就会变得混乱不堪；倘若勒古鲁斯到达罗马后便一去不复返，他个人的确是不必再受凶恶敌人的折磨了，可是他从此便为古代的战场树立了一个背信弃义的恶劣风气，国际间以神的名义所缔结的条约就再也没有任何的约束力，人们之间的争斗因再也不需要任何约定俗成的规矩而变得更形残酷和无序。所幸的是，这两位伟人没有那么短视，他们以其区区一己之命，在维护了人神共认的古人游戏规则的同时，也维护了一名正直公民的尊严，和一名智勇双全的将军的体面。

勒古鲁斯的故事还告诉我们，在西方社会，发誓是一种极其严肃的事情，在一般没有绝对把握做到的时候，人们是不敢轻易发誓的，因为发誓常常要借神的名义来进行，这就等于说，神是这场誓约的见证者和担保者；发过誓最终却无法做到，那便构成了对神的亵渎和冒犯。由此看来，至少在西方文化的语境下，誓约的重要性就在于神的直接参与；这意味着最初的誓约，是产生于有神论者当中的，这当然也就解释了为何从理论上说，无神论者一般不需要订立誓约，因为没有神做担保，订立誓约有何用？不过从历史的发展实践上看，发誓后来也演变成了一种一般性的个人承诺方式，而并无有神论与无神论的区分。例如，有些人信誓旦旦，在急于促成一件事情之时胡乱承诺，过后却出尔反尔，将先前的誓约一概抛之脑后。有鉴于此，犹太圣经亦即基督教旧约在十诫第三条中明文规定“不可滥用神的名义”。对于这一诫律的解释虽然存在着较大的分歧，可是通过此条来规范人们的誓约的神圣属性，其目的性是极其明确的，它的弦外之音就是人们不可随便发誓，而一旦作出发誓承诺，就得确保其兑现，否则就是“滥用神的名义”。

我们一直在强调人的承诺与神的关系，其实这种关系并不是一蹴而就的，它经历过漫长的历史波折。例如古代犹太人与他们的神耶和华之间的关系，最初就发展得不太顺利。根据基督教旧约的记载，刚刚走出埃及的犹太人，虽然通过摩西与上帝订立过誓约，但犹太人似乎并不怎么严肃对待这一誓约。我们知道该誓约最核心的一条是上帝挑选犹太人为选民，赐予应许之地，并许诺犹太人未来的繁荣和发达；而作为回报，犹太人必须只崇拜耶和华，并遵守其他的上帝诫律。可是犹太人屡屡违反诫律，崇拜多神教神祇。而作为惩罚，耶和华上帝让犹太人历经迁徙和亡国等诸多苦难。在这里，以誓约为中心所展开的神、人互动，归根结底就是要把犹太人最终改造成为守信的民族，整个圣经故事贯穿着这样一个主题：当犹太人守信的时候，上帝就给予恩典和荣誉，当犹太人失信的时候，上帝就收回恩典并给予毫不留情的惩罚。在中国传统文化背景下，虽然人们的守法观念未必直接来自于对神祇的崇拜，但传统中国人对于先人的尊重和敬畏，却也几乎达到了信仰的高度。既然故去的祖先常常被直接当作神，借由对祖先崇拜而萌发的个人信誉，就必然具有家族遗传的特性。由此可见，我们通常所讲的诚信，最初无非起源于人们对神的信仰，在希腊罗马文化中是如此，在希伯来文化中也是如此，在中国传统文化中还是如此。

基督教崛起以后，神、人之约当中的信，更被强调到了无以复加的程度。使徒保罗在《哥林多前书》中提出了基督徒的信（faith）、望（hope）、爱（love）三原则，虽然他认为这三样之中最大的是爱，但不可否认的是，他既然把信排在第一位，便说明了在他心目中，信是人、神维持合宜关系的最基本的条件和纽带。这一推断在保罗的另一篇书信即《罗马人书》中得到了证实，在此书中，保罗提出了著名的“因信得救”的理论，亦即基督徒只需对上帝信守誓约就能获得拯救。当然，这里的“信”可以作稍微灵活的解释，你可以将之理解为信仰，也可以理解为信心或信用，总之，基督徒与上帝的关系，最初是以信来维系的。

此外，在西方文化传统中，信的一个重要体现是不说谎。旧约的十诫虽然没有直接提到这一点，却间接涉及。例如第九诫规定“不可作假证陷害人”，和第三诫规定“不可滥用神的名义”，就明显包含了戒谎的内容。不说谎意味着要说诚实话，这便与诚信连接在一起。据晚明入华耶稣会士利玛窦的报道，他在南昌时遇到的一件小事曾使他的在华声望倍增。事情的经过是这样的：利氏因采用了儒士的社交礼节并以其博学强记及西儒的新颖面孔赢得了南昌城内士大夫阶层的好感，拜访他的人日益增多，这使得他在体力上及精神上均有些吃不消。他把自己的苦恼告诉了当地的一位绅士首领，于是这位绅士便“建议叫看门人说神父不在家。神父说，如果一个人要想有德行，就不可说谎。听了这话，那位绅士不禁大笑起来。就趁这个机会，利神父把天主教会对说谎的态度详加解释，认为基督徒不但不能说谎害人，就是连在开玩笑时亦不可说谎。他说这项法律在欧洲都实行，尤其是教会人员，或是教书的人。利氏又说有地位的人绝不可说谎。开始，大家对这样一项法则感到惊讶，不久大家都开始称赞它。受过高等教育的这位文人，经过细微的观察，从这一个实例，他可以看出基督信仰的纯洁。这位学者，把这件事告诉了别人……[即]

利氏依照自己的宗教，及自己国家的习惯，不愿意说谎。当他们在讨论会中提起这件事时，主席认为，一个人羞于说谎已经足够证明这人的人格。他[下]结论说：‘我不敢相信，我们中有任何人会达到永远不说谎的地步。’”这个历史的小插曲颇有意思，它一方面证明了西方人的确把戒谎当作是诚信的一个重要组成部分，另一方面则说明了在中国人的诚信概念中，戒谎似乎是无关重要的，尽管佛教戒律中也有戒谎的明文规定。

与西方社会相似，中国传统上的诚信也与神祇崇拜有关，虽然随着历史的发展，诚信的世俗化倾向日益明显。大体说来，中国式的诚信直接发源于商品生产和商业运作。为了保证生产与贸易的正常进行，工匠和商人们迫切需要建立一个良好的生产及贸易秩序，这个秩序理所当然地由大家的誓约来维系，而作为这样一种誓约的担保和见证者，商业神的地位就必然会凸显出来。由于商业活动直接带来了财富和金钱，故在传统中国，商业神同时也是财神。在古代的很长一段时期里，中国最重要的财神是赵公明。不过最迟从明朝中叶开始，赵公明的角色逐渐被关公所取代。这一变化与明代商品货币经济的长足发展所引致的对商业诚信的迫切呼唤有着直接的关联。根据《三国志·蜀书》的记载，关羽兵败被曹操擒获之后，受厚礼待之；不久后关羽刀斩袁绍部将颜良，帮曹操解了白马之围，从而立了大功；但他不忘与刘备的交谊，“誓以共死，不可背之”，时刻准备投归刘备；曹操感念他的守信，遂允他辞去。此段描述为一个讲诚信的关公提供了一个基础底本，后经元明之际罗贯中在《三国演义》中的进一步加工渲染，一个以信义著称的关公形象便普遍流传于广大的民间社会。如今，关公早已成为中国社会家喻户晓的武财神和商业神：一方面，他的高强武艺使其具有保护性命及财产安全的作用，另一方面，他的信义则使其拥有保证商业运作有序进行的功能。这也许便是在一个普遍缺乏诚信的时代里，关公崇拜复兴的积极意义之所在。

# 论个性

个性（individuality），是指使得一个人或一种事物不同于别的人或别的事物的特性。故个性所反映的，是一种差异性和与众不同。一般而言，外在的个性靠短期的观察和直觉经验就可以得出，如我们只要看到某人拥有白皮肤、高鼻子、蓝眼睛和黄头发，就可以较有把握地断定他是北欧人，至少是具有北欧血统的人；而内在的个性却无法靠简单的目击就能了解到，如某人的爱好、生活习惯及性格特征等，这些只能经由较长时间的相处之后才能得出。

对于特定事物的个性差异的了解，时间和观察深度显得至关重要。例如当我们来到一个大型养鸡场，面对着几百甚至上千只品种相同个头相近的鸡时，我们一时肯定难以找出此鸡与彼鸡之间的差别来；即便经过一段时间的接触之后，我们也只能认住其中较有个性的少数几只而已。对于不同族类的人群也是如此。人们通常对于本种族的个性差异的判断，要比对于不同种族的个性差异的判断来得准确和敏感。在黄种人看来，白种人的个性差异不大，反之亦然。要区分开同一种族中的一对双胞胎兄弟尚且不易，而要区分开不同种族中的一对双胞胎姐妹，就更加困难。我们之所以需要花更多的时间，才能对白种人作出正确的个体辨别，是因为我们自身存在着文化上的先入为主，而不是因为白种人缺乏个性特征——事实上，白种人的个性特征比黄种人似乎还要彰显。

从本质上说，个性就是异乎寻常，就是另辟蹊径，就是不同凡响。个性发端于公民的自由教育，终结于社会活力和创造力的迸发。被伯利克里誉为“全希腊学校”的古代雅典，把教育当作是培养自由公民的基本途径，尽最大努力去发掘受教育者的各种潜质，其结果便是造就了一个个具有明显个性的高素质公民，由此类公民所组成的公民集体亦即雅典城邦，借助自身的社会活力和无限的创造力，将古典文明推向了顶峰。与此形成鲜明对照的是古代斯巴达。据普鲁塔克的描述，喜同厌异的教育制度使斯巴达人既没有独立生活的愿望，又缺乏独立生活的能力，他们不得不像蜜蜂环绕着蜂王一样，离开国家权威就难以生存。故即使在古典时期，斯巴达人仍然是文化创造的低能儿。罗马文明虽然起点并不算高，可是它急起直追，竟然也后来居上，不仅继承了希腊文明传统，而且还充分汲取古代东方的文明成果，其在抚育公民个性与造就法治环境之间取得了基本的平衡，从而促成了社会创造力的高度发展。当然，由于历史条件的限制，对于个性的彰显，即使在古代罗马社会，也并非到处都受到欢迎。例如，罗马人民素来是娱乐活动的观看者而不是参与者，他们认为只有奴隶才会在众目睽睽之下进行公开的表演;因此,当尼禄皇帝打破惯例亲自进入竞技场去大显身手时,便立即遭致舆论的无情嘲笑和猛烈攻击。我们虽然可以以保护公民自由为据去为尼禄的这一行为作辩护,不过他的这种个性,也的确超出了习俗所规定的界限。

就个性的彰显而言,西欧中世纪早期大体上是一个倒退的时代。由于众多落后的蛮族进入西欧腹地以及长期的政治动荡和战乱,古代文明销声匿迹,广大素质低下的民众不得不开始接受基督教会的启蒙。如今社会所迫切需求的是千篇一律的规范,而不是鹤立鸡群般的个性。千人一面的圣经说教、单调而又枯燥的圣徒传记、风格毫无变化的教堂建筑、严肃刻板并带有光轮和打赤脚的圣人画像、刻意隐匿作者名字的教会作品,等等,构成一幅有关早期中世纪欧洲的沉闷风景画。这种情况到了中世纪中期才逐渐有了改观。从 11 世纪起,随着工商业城市的崛起和市民阶级的成长,以自由教育为内容的欧洲大学陆续出现,此类大学的共性是鼓励差异性和创新,其结果必然是为万马齐喑的中世纪社会注入了久违的个性要素。个性一旦获得了弘扬,其发展的步速简直就是一日千里,以至于到了文艺复兴时期,个性的彰显几乎成了时代的最强音。根据布克哈特的说法,在文艺复兴时期的意大利主要城邦中,出类拔萃既然是人们追求的共同目标,社会舆论所鼓励的,就不是模仿,而是创新。于是我们便可以看到:任何人在做任何事情时都想标新立异;有品位的贵族妇女在出席文艺沙龙时,最害怕的一件事情,便是自己的着装被别人指责为抄袭(今天的广东话叫做“撞衫”),而不是独出心裁。如今,文艺复兴运动所解放出来的个性,已经内化为近现代西方社会的灵魂,换言之,个性成为自由的本质要素,任何妨害个性发展的做法,都会被视作是对公民自由权利的侵夺。

在探究个性的特质时,弄清楚个性与时尚的关系甚有必要。个性并不意味着要去追逐时代潮流,而是意味着要引领和造就时代潮流。凡是盲目追赶社会时尚的行为,均是没有个性的表现。社会上的多数人甘愿平庸,因此才有跟风赶潮流之举。工厂流水线上生产出来的产品总是千篇一律,故谈不上个性;阅兵场上受阅士兵的动作犹如机器人,更无个性可言。20 世纪 60—70 年代人们以穿军装戴军帽为时尚,如果不追逐该时尚,反倒会因被当成是异类而受到歧视。改革开放以后人们崇拜港台歌星或影星,倘若有某名这样的歌星或影星进入大陆某地开演唱会或见面会,第二天他(她)的发型及服装款式必然会成为全中国模仿的对象。几年前某欧美男影星以两边剃光中间留长的飞机头发型首次出现于屏幕上,很快中国大陆的街道上,便充斥着留该发型的男子。对于这种热衷于追逐时尚的做法,社会舆论越来越宽容,这是可以理解的;不过人们为之辩护的理由则是有问题的:他们常常说这是有个性的体现。其实正好相反,对于社会时尚的盲目追逐,恰恰反映了个性的缺失和社会活力的不足。人们之所以要追逐社会时尚,从心理学的角度看,主要是源自于对被社会集体所抛弃和孤立的恐惧,从而导致了一种普遍的从众心理。由此看来,追逐时尚不过是低俗者用以自卫的被动手段，它对于社会创造力的激发毫无建树。例如，当某个权威人士发明了某个新的政治词汇之后，人们总是纷纷效仿，以不断重复该词汇为荣，因为不这样做就不足以保证自身的政治安全和政治正确。在这种情况下，发明了该词汇的人，便因成为新时尚的创建者而凸显了自身的个性，而仿效和重复该词汇的芸芸众生，便成了时尚的被动追逐者。既然追逐时尚者不过是随波逐流的普通民众，这一人群越庞大，便越说明社会总体素质的低下，如中世纪社会；相反，如果引领和创造时尚者不是个别人，而是一大批人，社会便总是充满着活力和创新精神，如文艺复兴时期的西欧社会。简言之，中世纪的人们崇尚平庸和雷同，文艺复兴时期的人们崇尚异样和独创，这便在西方传统社会与近代社会之间划上了一道标志十分明显的界碑。

西方当代社会的公民个性之所以能够获得充分的弘扬，与西方的信仰体系有着直接的关联。近代以来支配西方主流思想的基本信念有两个：一神教和自然神论。这两者共同促成了社会思想的全面开放。一神教传统意味着世界上只有一个绝对存在，在该绝对存在之下，其他的万事万物均是相对的，亦即除上帝以外的一切所谓真理都是可以公开质疑的；自然神论原则则意味着上帝在创世之后便不再干预人事，他将人事留给世人去自行处理，亦即人对于除上帝以外的客观世界拥有完全的支配权和管辖权，自由地和毫无顾忌地探索客观世界和人本身的奥秘，便是世人不可剥夺的神圣权利。如此一来，虽然绝对的真理仍然只有一个，可是达到真理的路径，却有无数，这便成为鼓励冒尖和高人一筹的关键之所在。

相比之下，中国的个性发展史基本上乏善可陈。从秦汉开始，由于大一统专制政治的确立和思想钳制机制的形成，个性一直处于受压抑的状态。例如中国的史学的确很发达，也很规范，但从司马迁以后，正史的撰述体例陈陈相因，近两千年没有任何突破。思想上的百家争鸣，早已成为历史的陈迹。历史上唯一敢于贸然挑战儒家经典权威并公开自称是“异端”的，是晚明的狷狂士人李贽，可是这位出现于中国历史上思想最僵化时期的个性化人物，最终也难免沦为专制政治的祭品。有人说中国传统文化的主旨是“求同存异”，其实更像是“求同灭异”，因为要专制体制兼容异己成分，无异于异想天开。

传统中国个性的不彰显，类似于西欧中世纪早期。在这个过程中，主流信仰也发挥了至关重要的作用。中国的多神教信仰在得到专制政治的改造和滋养之后，便逐步形成了一种把真理绝对化的悠久传统，亦即执拗地认为万事万物均存在着其固有的绝对真理，这些真理早就被决定性地写进以经典为依据的教科书或考试题目的标准答案上，人们只需记住和背诵这些标准答案或教科书条条，他在实际上便掌握了真理；因此真理在传统中国人看来是不需要探求的，只需要背诵和记住即可，而且要分毫不差。千百年来，我国的教育，从家庭、学校到社会，均是围绕着培育背诵

“真理”的人才这一核心去进行运作的。今天国人特有的精神气质，亦即习惯于背诵和模仿而不善于创造的秉性，便是在这种文化氛围潜移默化的浸染下逐渐形成的。大学本应是最具个性化的场所，如今借助各种各样的评估，将仅存的个性也抹杀掉了。一般的评估均有统一的评判标准，其一级指标 7—10 个，二级指标几十个，三级指标一两百个，从办学硬件到软件，每个大学均必须对着这些指标逐个落实整改；结果是所有的大学，从专业设置、课程体系、办学模式到具体的教学方法，搞得一模一样，大家高度统一。最搞笑的是，为了迎接评估，某些单位还要求所有教职员工统一着装。笔者的单位在一次预评估中，单位领导在某个教学文件上的签名，被查出“太潦草”而受到了专家的严厉批评。连签名这样一种极为琐屑的个性化权利都无法保留，你还能够对社会的创新抱有什么指望呢？

最近有国内新闻报道说，某大型养猪场研制出了一种猪脸识别技术，由此可以实现对猪的个性化管理。连猪都朝着个性化方向发展，而我们人却一直坚定地朝着标准化和规范化的目标努力奋斗，这一鲜明对照难道还不足以引起人们的深思吗？

# 论名声

名声(reputation),一般是指人们对某人或某事的功过优劣所作出的总体意见或评价。因有功或质优而获积极评价者,即为获得好名声;因过错或质劣而获消极评价者,则为得到坏名声。当某人某事的实际品质与其良好名声相一致时,叫做实至名归;当某人在品质不良的情况下仍借助不当手段去博取好名声时,叫做沽名钓誉。苏格拉底曾经认为,没有人不希望自己有一个好名声,人们的荣誉感是与生俱来的。这当然是一种过于理想化的观点。

对名声的注重源自于人的社会性和合群性。在个体严重依赖于集体的人类社会里,个人名声在很大程度上决定了他是否被社会所真正接纳。一般而言,名声越佳,社会的接纳度越高;名声越差,社会的接纳度便越低。倘若大多数人均倾向于寻求最大限度地为社会所接纳,就会有大多数人在最大限度地追求良好的名声,这实际上意味着社会的主体部分是积极向上的。换言之,既然追求良好名声是一个社会健康发展的重要指标,它就应当受到适当的鼓励。

希腊罗马古典时期基本上是一个荣誉至上的时代，城邦的公民们以追求良好名声为时尚，因此整个社会充满着创造性的生机和活力。在那个时代里，由于过度强调城邦政治体制与公民自由之间的密切关系，公民公共生活的空间大大地挤压了个人私生活的空间，故公民的名声主要是通过参与城邦公共政治活动来体现的。在这种情况下，公民的公共表现便成为其名声好坏的最重要的决定因素。例如，雅典平民政治家伯利克里在个人私生活方面虽然十分不检点，但民众却对之毫不介意，他们看重的是他的实际才能和政绩，于是才有他连续十届出任首席将军的破例现象。至于罗马著名政客苏拉和庞培等人，在家庭生活上更是一塌糊涂，可是这并不能妨碍他们因公共表现的出色而在仕途上连连得手。根据某些罗马史专家的研究，共和时代的罗马人，使个人品德及家庭利益完全服从于城邦国家政治。在他们看来，个人的德行和家庭的利益必须与国家的荣誉取得一致，真正的美德只存在于为国家服务的一系列伟大行为当中，人生成功的标志是“职务、声望、美德、荣誉和与生俱有的天才”；如果个人的行为没能导致公共的成就，那么这种行为就不是善行而只是恶行；拒绝在公共生活当中担任角色的公民，不仅使自己蒙受耻辱，而且使自己的家族——包括已死的祖先和未出生的后代——遭受亵渎。概言之，真正的罗马人应当具有这样的抱负：使自己成为一名第一阵列的战士、最好的雄辩家、最勇敢的将军，尽自己的职责管理好公共事务，同时享有最大的荣誉，拥有最高的聪明才智，被公认为最杰出的元老，以高尚的手段获取巨大的财富，留下大量的后代，并成为国家中最著名的人物。

进入帝国时代之后，由于城邦体制的瓦解，政治日益蜕变成为极少数特权人士的专利，公民谋求借助公共表现去博取良好名声的梦幻彻底破灭，人们纷纷从公共生活领域撤退至私人领域。这种趋势从哲学研究的转型上，也能看出一些端倪来。例如，古典时代的哲学家多数以柏拉图和亚里士多德的学说为依据，刻意凸显人的政治性和社会性，大力强调维护良好名声的重要性；而到了帝国时代，传统的学园派和逍遥派学说开始销声匿迹，伊壁鸠鲁主义、斯多亚主义、怀疑主义及犬儒主义等学说则大行其道，这些学说的一个重要共性，是自我标榜为医治人们精神创伤的灵丹妙药，公然斥责名声的虚假性，极力主张通过改变个人的心态去适应变幻莫测的时局。著名的罗马斯多亚学者爱比克泰德就一再教导自己的学生说，既然名声不过是一种身外物，人们就不可为其所累。

值得注意的是，最终彻底葬送了古代荣誉至上主义的，并不是罗马帝国时代的哲学，而是同一时期里崛起的基督教。基督教一开始就用奴隶式的"谦卑"去抵制罗马特权公民所孜孜以求的好名声。新约圣经谆谆教导说，在俗世里为大者，在天国中必为小；在俗世里服侍人者，在天国中必被人服侍。其基本精神无非是要强调上帝的天国会完全翻转这个世界的阶级对立：主人变为奴隶，奴隶则变为主人。这一说法作为一种地地道道的奴隶愿景和被统治者的梦呓，就罗马社会严重的阶级对抗的现实而言，是完全可以理解的。必须指出，在任何时候，荣耀至上主义从来就不是奴隶和穷人等被统治阶级的意识形态，试想，在奴隶获得解放和穷人拥有做人的尊严之前，他们又有何资格和能力去追求什么好名声呢？认识了这一点之后，我们对最初以穷人和奴隶为基本成员的基督教何以要用奴隶式的谦卑去对抗特权公民的好名声，便会感到释然。

早期基督徒普遍认为名声是一种累人的玩意，会给人带来许多不必要的麻烦，因此对其避之唯恐不及。不过吊诡的是，名声这东西，你越是力图摆脱它，它越对你不依不饶。3 世纪末期的埃及人安东尼因首创修道制度而名声大振，引来了大批仰慕者的纠缠，于是他一次又一次地逃离人们的视线，进入深山和荒野去过隐居生活；不料他的名声更显，因此而吸引了更多的粉丝。5 世纪中叶的安条克人西门为了表示与世隔绝，爬上城外的一根柱子顶端过独居生活达 30 年之久；没想到他的这一行为反倒使他闻名遐迩，后人甚至将这根柱子当成了朝圣的目标。

进入中世纪以后，随着闭塞的乡村生活的普及，人们的社会联系被局限在封建领地的范围内；阶级地位的固化，使不安分的领主与守规矩的农奴在获取良好名声方面一样保守。教会不厌其烦地吁请人们务必要摒弃虚荣心，这便在实际上堵死了人们通往名声显赫的道路。中世纪的人们虽然也笔耕不辍，但许多作品并无作者署名，即便有些署了名，也只是为了强调文责自负，而不是为了显名天下。中世纪的人们创作了各式各样的圣徒传记，但我们几乎看不到任何自传的传世，因为时人普遍认为，除了圣经上的上帝这一独一无二的例子之外，任何凡夫俗子均无权使用第一人称来进行著述，否则便是亵渎神圣。这种情形到了文艺复兴时期才有了彻底的改观。由于城市商品经济的发展加剧了人们之间的竞争，而经济上的竞争必然会触发争强好胜的心理，良好名声遂日益变成一种重要的无形资产，开始重新受到人们的狂热追求。据某些文艺复兴研究专家的说法，意大利的许多人文主义者，均以猎取好名声为荣。如但丁就曾投入全副精力去争夺“桂冠诗人”的头衔，他不仅希望自己在事业中出类拔萃，而且还希望别人对他有一个好评价。但丁的同时代人阿尔贝蒂所享受的荣誉，更是几乎达到了神化的地步，据说每当圣诞节来临之时，他都要欣然接受来自于大学生队列的欢呼和致敬。另一位人文主义诗人彼特拉克，在听说自己的作品受到拜占庭皇帝的欣赏后感到无比得意；他在获悉自己的故居已由地方当局修葺一新后开放给旅游者去瞻仰时，更感到十分高兴。城市作为市民集体，在追求自身的良好名声方面也无不竭尽全力。据说不少意大利城市为了争夺名人遗物或名人出生地的冠名权而常常大打出手，用暴力手段去对付自己的竞争对手。

在历史的车轮驶入了 21 世纪之际，人们对名声的追求达到了一个全新的高度，名与利之间的关系变得如此密切，以至于已经无法全然撇开其中一个去专门谈论另一个。今天在这个世界上，只有那些仍然借助简单再生产以维持自身的基本生存需要的人们，以及极少数既通达又具有复古情怀的哲人，才会因为利益心的死寂而不再去追逐任何名声了。这个世界本身就是一个巨大的名利场，场上的芸芸众生，不是在用名声去换利益，就是在用利益去换名声，而获取名声的最终目的仍然在于得到更大的利益。单纯为名声而博名声，是过去时代特有的现象。亚历山大大帝式的人物，在现代社会已不多见。由于商人、学者和政客均在各自的领域内完成名与利的转换，个人名声或集体名声，便与商业炒作、学术运作及政治操弄挂上了钩。以学界为例，当名声被标上价格放在货架上去自由抛售时，亦即一贯将面子视若自身性命的学者竟敢撕破脸皮去争抢嗟来之食时，整个社会无疑彻底堕落了。于是人们惊怵地发现，作为古代荣誉至上主义最后一块仅存的纪念丰碑的大学，正在湮灭于商业化和官衙化的浪潮当中。

君不见，半生苦读终成才，功名利禄滚滚来。对于一些幸运的学者来说，如今正是全面收获的季节，而且带有本、利连环滚动的性质。例如，根据我们的既定体制，当上了某某专家，就可以申报当某某学者；而成了某某学者之后，便有资格申请当某某工程人才；一旦获批成为某某工程人才，就能够进一步申报某某特殊津贴；最后，在获得某某特殊津贴之后，某某项目首席专家的职位也便唾手可得。当然，这一切的关键之关键，还在于做好第一步工作：在顶尖学术期刊上发表论文。既然此一环节如此重要，顶尖刊物就必然变得身价百倍。几年前，国内某人文科学方面的顶尖期刊的一名编辑前来笔者单位作调研,他坦诚地向大家透露,根据估算,一名中青年学者若能成功地将文章发表于他的刊物,整个后续效益大约折合人民币150万元。如果考虑到上述利、本连环滚动的因素,此君的估算明显偏于保守。

另一个与名声有关的问题,是长期存在着争议的大学排名次。在国内,一方面,大学已事先被按行政级别划分为三六九等,另一方面,大学之间往往不存在自由和公平的竞争,故大学的排名次,便不过是在不同重量级的选手当中进行不公平的摔跤比赛而已,其最终涉及名声的效果,还得看排名机构的心情和脸色。例如某所大学在一次排名中位列全国第62名,半年后另一家排名机构却将它甩到了全国第103名。要说这种毫无公信度的评比不存在任何利益交换,恐怕连鬼都不会相信。

近年来,各大学在求取名声方面又有了新的举措,那就是为了引进所谓"高端人才"而到处互挖墙脚。大学校长们宁可舍近求远,不好好珍惜和挖掘现有员工中的潜在资源,不重视本单位青年学者的成长和提高,却一味热衷于出高价去从外地高校购买"学科带头人"和"领军人物",其结果必然是一方面在不断引进人才,另一方面则在不断流失人才。某些获得国家重大科研项目的教师,更是各校争猎的目标。据说有一名外地专家在调入H校时,因配偶工作和子女入学问题卡了壳,于是H校当局便与该专家达成协议:只要该专家公开发表研究成果时将署名单位写成H校,他就可以获得500万元的安家费,并享受H校相应级别教授的所有其他待遇，而不管他是否能够前来上班。

其实，由于世人的势利，相较于商人和政客，学者的名声本应贵在身后；可是，既然今世已经一塌糊涂，其身后也就不得不遗臭难消了。

# 论倾诉

倾诉亦即倾吐，指的是毫无保留地诉说出来，是一种内心感受的宣泄。

任何人均有对一定对象进行倾诉的需要。不过在人的一生中，不同年龄段的倾诉形式及倾诉对象各有差异。小孩多以父母作为倾诉对象，且以哭、笑、玩、闹作为主要方式。到了青春期，由于社交活动的逐渐展开，青年人开始将倾诉对象由家庭成员转向社会；与此同时，具有了某种性冲动的年轻人，更喜欢选择同龄异性作为自己的倾诉对象。及至壮年，倾诉方式趋于含蓄，目的性增强，爆发力增大，倾诉的策略日益理性化。进入老年期之后，随着年龄的增大，倾诉的欲望更加强烈，倾诉的对象越来越宽泛，以至于几乎达到逢人必诉之地步，老年人的所谓“唠叨”，便是因此而引发的，年轻人如若对之无法加以理解，就会形成真正的代沟。减少代沟的唯一做法是宽容。与老前辈交谈，通常只有他讲的份，你只需时时点头，频频说是就够了，即使有必要插话，也要言简意赅，点到为止，否则就会喧宾夺主，惹老人家不高兴。

其实，人们的倾诉方式并不局限于日常交谈，唱歌、欣赏音乐、写信、进行文学艺术创作，甚至是从事学术撰述等等，都可以在不同程度上达到倾诉衷情的目的。哭丧时之所以要使用到哀乐，是因为光哭声还不足以表达出真正的哀伤，而使用哀乐则可以衬托悲哀的场景，在其帮助下，亲属们得以缓缓地和尽情地宣泄出内心的丧亲之痛。同样道理，当你在唱一首老歌的时候，你的心境必然会随着歌声而回到歌中所表现的老时代，你无非是想借助这一歌唱，来对你的听众（包括你自己）表达你对老时代的某种怀念及对当下处境的某种反讽。中国三大民间乐曲《江河水》、《二泉映月》及《梁祝》，分别表达了三种不同的场景和心理感受：由苦难引起的哀伤，由境遇的不顺引起的苦闷，及由苦恋引起的思念。故当你需要对人生的苦难进行回顾和倾诉时，你常常会选择欣赏《江河水》；当你需要对当下境遇发泄不满和无奈时，你常常会选择欣赏《二泉映月》；而当你需要怀念旧日的爱情故事时，你常常会选择欣赏《梁祝》。换言之，选择欣赏不同的音乐，能达到倾诉不同情怀的目的。人们在无法进行口头倾诉的情况下，写信也不啻为一种极其有效的替代方式。在现代互联网技术尚未普及的时代，写信作为人际交往的重要手段，自然也就承载了身处异地的人们互诉衷情的内涵。此外，人们写诗和写小说，难道不也是为了倾诉某种蓄积已久的个人情感吗？王粲的《七哀思·二》、萧悫的《愁思》及李白的《静夜思》固然是以一种直白的方式，表达了长期流徙他乡的作者对故乡的强烈思念；而莎士比亚的《哈姆雷特》，则是以一种较为隐晦的手段，影射了作者对同时代英国混乱社会的担忧和批判；鲁迅的一个短篇小说集干脆就叫做《呐喊》，直解为“大声叫喊”，却暗含“尽情倾诉”之意，即将对杀人的旧礼制的愤恨充分倾吐出来。

学术研究虽然以求真为目的，可是具体的撰述成品却不得不对撰述者的价值观及个人立场有所揭示或表露。试问，历史上何曾出现过不具备任何作者个人思想倾向的学术作品呢？以奥古斯丁为例，人们完全可以合理地推断：当这位长期游荡于信仰大门之外的浪子，一旦借助信仰之光去解开多年的心结，并最终向上帝完全坦露自己的心扉之后，他必定感到如释重负般的畅快和轻松。另一位拉丁作家波埃修斯也是如此，此人只有在最后弄清楚了古典哲学与基督教真理的关系，并倾情表达了对上帝的真心忏悔之后，才得以傲然地面对暴政所强加给他的死亡。由此观之，人们是完全可以借助学术研究去达到倾诉感情的目的的。

人们甚至可以使用其他人工作品去达到“无声倾诉”的目的。画家、雕塑家和建筑师在进行艺术创作时，实际上就将自己的声音和思想融入到了自己的作品当中。达·芬奇以一幅完全与众不同的《最后的晚餐》，倾诉了自己对社会和人性的独特看法；拉斐尔以略带哀伤的圣母造型，诉说了自身对封建贵族制危机的担忧和恐惧；近日中国大学校园的建筑师，则用奢华和夸张的巨大校门，来表达暴发户们在金钱滚滚而来的时下不知所措的矛盾心态。

如果说，无声的倾诉对社会大众的作用是相对间接的和曲折的，那么，有声的倾诉对人们的影响，则是直截了当的和明白无误的。以中国社会论，目前较为强烈的倾诉声，主要来自于如下几大方面：

首先是大妈大叔们的广场歌舞。在过去的年代里，通过歌舞来倾诉个人感情并不是人人都能做到的方式。那个时候的大多数人，只能充当观众和倾听者，舞台表演的专利，是为那些根正苗红、颜值超人并具有表演天赋的青少年才俊预留的；普通观众即使表现欲望再强烈，也只有望台兴叹的份额。改革开放以后，随着卡拉 OK 的引进，人们才开始有了自娱自乐的途径，大家在茶余饭后常常借助酒兴对着麦克风大吼一把，即便是五音不全和腰圆体粗之徒，也能够通过自己的歌喉将自己的情绪倾诉得淋漓尽致。卡拉 OK 的主要优点，就是不太受场地的严格限制，人们既可以在饭店、酒吧或大排档等公共场所中进行，也可以在自己的住宅里进行，而且老少咸宜，雅俗共赏，没有性别、年龄或身份等方面的限制。不过，卡拉 OK 也存在着明显的不足，那就是倾诉的对象受到空间规模的局限，表演者无法获得更大范围的共鸣。近十几年来成为新时兴的广场歌舞，正是在这样的背景下出现的。最初的广场歌舞以唱红歌、跳红舞为主，第一批因企业改制而下岗或提前退休的人员，成为广场歌舞的最早发起者和参与者。这些人士在为国家努力拼搏了几十年之后，发现一夜之间被边缘化了，于是他们便以在公共场合表演具有怀旧特色的歌舞来倾诉自身的愤懑。没料到这种娱乐方式却被后来的退休人士所继承，只是表演内容由红歌红舞扩大到几乎所有适合表演的歌舞，甚至包括外来的拉丁舞和摩登舞等等；表演的目的也不再是单纯的发泄不满，而是包括健身、娱乐及感情宣泄等多方面的因素。由于广场歌舞的表演场所处于人流会聚的交通要冲，大妈大叔们的表演也便不再是单纯的私人活动，而是具有了某种社会公共性意义，其受众，不仅数量更多，而且影响面更广。就社会管理的角度而言，社会公众通过自身的努力就能够自行寻找到成本如此低廉的宣泄和倾诉的方式，这当然是一件求之不得的好事情，如今留给管理当局的，是如何妥善解决好广场歌舞的高分贝与民众安静休息的权利之间的矛盾。

其次是社会人士所制造的各种生活噪音。在管理良好的城区尤其是生活小区，生活噪音常常得到了有效的控制；可是在城市的郊区特别是广大的农村圩镇，生活噪音的治理基本上是失败的，或者人们早就习以为常，因此从来就没有想过要去治理它。飙车一族在城区里找不到用武之地，他们只好以郊区和圩镇作为高调显示其存在的场所，当然最好的显示方式便是在三更半夜时以最高的分贝穿街而过，好让你在睡梦中惊怵而起。街头小混混们也喜欢趁着夜深人静之际，突然间来一阵喧闹，使你在睡床上也感到心惊胆跳。某些具有音乐情趣的人士在出街游荡时，总要佩带一个便携式音响，其人走到哪里，音乐就响到哪里，而不管别人喜不喜欢。走夜路的小商小贩，在穿街过巷时，也常常借助大声哼哼来为自己壮胆。在城里被禁止了鸣笛的汽车司机，将满腹委屈发泄到了圩镇的街道上，他们只要不离开驾驶座，喇叭声就似乎永远不会停止。所有这些人士之所以习惯于制造出各种生活噪音，是因为他们都一致认为生活噪音是感情宣泄的产物，所谓不平则鸣，有屁就放，既然退休人士可以通过广场歌舞进行情感倾诉，星斗小民为何就不能在谋生之余拥有自己的消遣方式呢？而且，在某些人看来，乡下的生活气息，常常是借助生活噪音的方式体现出来的；从某种意义上来说，生活噪音越大越杂，生活气息就越浓厚。

再次是某些人士的病态症状。一般而言，血压偏低的人士更满足于做一名倾听者，而不大会在他人面前喋喋不休；血压偏高的人士则刚好相反，他们看起来更像是一名滔滔不绝的演讲者。血压高说明血流快，血流快对血管难免造成某种压迫，最终刺激大脑神经和发音器官作出必要的反应，于是，用语言的方式将身体内部的部分压力释放出来，就是最通常的解决之道。在各种精神疾患中，有一类精神病值得特别注意，那就是亢奋型抑郁症，这种疾病的主要外在症状便是兴奋多言，这当然与其血压经常偏高有关。笔者有过与此类病人打交道的经历，因此也便深信他们的诸多语言倾诉不过是一种病态症状而已。有一次某位带有此类病症的朋友亲临造访，在与笔者进行交谈的近三个小时中，此位老兄始终是这场语言交流的主角，他虽然声音洪亮，中气十足，但思维逻辑并不清晰，从孔夫子突然跳到袁世凯，从英国的圈地运动一下子转到了美国的独立战争，想要跟上他的思路注定是枉然的。这与其说是一次平等的朋友间对话，不如说是一个法官在对一名败诉的被告宣读一份冗长的法庭判决。三个小时下来，这位朋友光他自己一个人就足足抒发了至少两个半小时，而留给笔者插话的时间，连半个小时还不够。最后笔者只好以尿急为理由，十分狼狈地结束了这场奇异的会见。

最后是某些网友在微信上的特殊表现。互联网技术的发明彻底改变了人类的生活方式，使人们之间的交流异乎寻常地快捷和便利。如今中国普通百姓使用得最多的交流平台是微信，由于微信的出现，前些年大家所展望的所谓“知识爆炸”，今天已经成了真正的现实。更加有趣的是，从一个人在微信上的表现，就能大致看出这个人的基本性格特征和倾诉欲望的强弱。例如在一个普通的聊天群里，一般的群员大多只满足于当一名“潜伏者”亦即倾听者，只有在看到他认为十分有价值并能导致广泛共鸣的信息时，他才会向群里推荐和转发；因为他深知，信息转发者在转发信息的同时，也就在倾诉着某种个人的情感，而个人感情是不能随便向他人倾诉的，故审慎的信息转发者当然也就不能随便转发信息。可是我们也看到了某些自以为是的群友，他们总是喜欢将自己的感受变成大家的感受。例如有一位先生在欧洲作深度游期间，他把每天所参观的景点拍照后配上详细的文字说明及个人观感发到了拥有近五十人的群里，如此持续了半个月之久。他的善良用意绝对不容置疑，但使用的方式却并不可取，因为并非群里所有人均需要从你那里获得有关欧洲的常识。聪明的做法是将其发给自己的密友、恋人或朋友圈，而不是发到整个群里。当然，从这位先生的行为，我们的确看到了他那种过分强烈的倾诉欲望，只是手段过于张扬，而且有些找错对象。

正如西方人所说，上帝造人时制造了两个耳朵一个嘴巴，就是想要人多听少讲。要在信息与谣传纷飞的当今社会里完全保持沉默殊属不易，不过尽量保持低调则是完全可以做到的。孔夫子要我们“敏于行，讷于言”，这是一种非常明智的处世之道。在迫不得已需要向他人进行倾诉时，首先须弄清对方对你所倾诉的话题是否有些许兴趣，然后便是学会文明和理性地倾诉，要充分顾及倾听者的感受，以免引起他的嫌恶。而在不得不倾听他人的倾诉时，则要有足够的耐性和同情心；对于他人的病态及性格弱点，要给予充分的理解，以免让他人误以为你很傲慢。

# 论等级

等级是一个极其宽泛的概念，它一般是指按照一定社会标准划分出来的各不同社会集团。当按所有制的性质进行划分时，等级就是阶级；当按职业性质进行划分时，等级相当于阶层；当按出身和血统进行划分时，等级就是门第；当按实际社会地位进行划分时，等级所代表的便是一种社会身份，等等。

等级有时也被看作是阶级的细化。例如，古代雅典在分裂成为自由民与奴隶、贵族与平民等阶级之后，改革家梭伦根据财产占有的实际状况，将自由民细分为“五百斗级”、“骑士级”（四百斗级）、“双牛级”（三百斗级）、“雇工级”（二百斗以下）。古代罗马不仅在自由民当中存在着等级，在奴隶当中也有等级区分，奴隶们被按照职业和待遇的好坏划分为矿山奴隶、决斗奴隶、农业奴隶、租赁奴隶、畜牧业奴隶、工商业奴隶、家务奴隶及公家奴隶等八个档次。进入中世纪之后，阶级关系等级化的现象更加明显。中世纪初期的主要社会阶级是农奴与领主，其中的世俗领主依次有公爵、侯爵、伯爵、子爵、男爵及广大普通骑士等不同层级，教会领主依次有教皇、枢机主教、宗主教、都主教、大主教、主教及其他较为次要的神职人员。从中世纪盛期开始，随着工商业城市的出现和繁荣，市民崛起为除领主及农奴之外的第三等级，他们当中又依据各自在生产活动中的地位而分化成行东师傅、帮工及学徒等更小的等级，这些更小等级便成为近代社会的企业主阶级与无产阶级的雏形。

古代中国的等级结构与西方迥然相异。如果将士、农、工、商看作是传统中国社会的四个主要阶级，那么这种阶级划分也只具有职业上的意义。其中的农民阶级，实则是其余三个阶级的最初源头，这生动地反映出东方社会的农本性质。农民阶级可以细分为拥有土地而不亲自参与直接生产活动的地主，直接劳作在自己土地上的自耕农，租佃他人土地的佃农，以及受雇在他人土地上的雇农等许多等级。在古代，绝大多数的农民是佃农和雇农，这是传统中国愚昧落后的主要经济根源。科举制度确立之后，从理论上说，再贫穷的农民等级，都有望通过科考成为做官的士人；而工匠和商人要想走仕途之路，则首先必须先购进土地，待转化成为农民之后才能获得仕进的基本资格。这种运作机制的积极意义在于给希望未泯的底层人民提供了出人头地的同等机会，即通过正常的等级流动去推动社会在某种程度上的进步。历史上最奇特的等级制度发生在古代印度。印度的四大种姓——婆罗门、萨帝利、吠舍及首陀罗，虽然也是一种社会职业分工，可是由于印度习俗（也即法律）规定各种姓必须实行严格的内婚制，其结果必然导致社会职业的真正世袭，这不仅最终造成了社会阶级的严重固化，而且造就了一个寄生于该体制之上的社会毒瘤——贱民制度。贱民是由那些违反内婚制规矩的人士及其后代们所构成，他们是印度社会当中最为不堪的边缘化人物。今天人们已经非常清楚地看到，种姓制度及其衍生物贱民制度，无疑是影响印度迈入现代社会的最大历史包袱。

历史经验告诉我们，社会的落后程度，总是与社会阶级的固化程度成正比。梭伦虽然人为地划分了雅典的公民等级，但他并没有刻意使这些等级固化；相反，他通过工商业法和自由遗嘱法等措施，鼓励公民发家致富，这成为雅典城邦公民社会日趋民主和开放的基础和前提。罗马文明继承和充分发挥了希腊文明的各种优点和长处，它甚至通过鼓励释放奴隶，来达到推进社会阶级流动的目的。于是我们能够看到，从帝国时代开始，罗马不仅有了奴隶出身的哲学家，也有奴隶出身的皇帝、教皇和主教等。中世纪社会受制于落后的物质生活条件，人们大多被固化在特定的社会地位上，阶层流动的现象较为少见。可是由于后来商品经济的出现和城市的繁荣，人们也开始知道如何跳出自身固有的社会位置去寻找新机会。例如，14 世纪英国农民的代言人约翰·保尔，便对贵族的特权提出了公开的质疑："在亚当种田、夏娃织布时，谁是贵族?"进入文艺复兴时期后，高贵究竟是基于出身还是基于个人品德，又成为人们热议的话题，多数人文主义者宣称美德和才华，远重于出身和门第。换言之，通过个人的奋斗获得地位的晋升是值得鼓励的，正常的社会流动有利于人们积极向上，这些逐渐成为了大家的共识。

特定的等级制度，既随着特定历史条件的生成而出现，也随着特定历史条件的消退而消失，这是再自然不过的历史过程。一个社会分化成为有特权的贵族和地位卑微的平民，这在某种意义上来说是不幸，可是同时也是社会进化所必须；当我们考虑到社会政治权力及经济能力垄断于少数人手中更能促成社会的整体进步时，我们就不会对多数人的软弱无能感到愤愤不平了。即使像印度种姓制度那样苛严的等级体系，也不无蕴含一定的合理性——这种体制既然以几乎绝对封闭的农村公社的存在为基础，那它就必然与后者的历史相始终。梭伦在雅典人当中划分公民等级，也绝非异想天开或一时心血来潮，他不过是用法律手段对原有阶级分化的既成事实作出正式承认而已，其目的无非是要让不同等级的公民承担相应的公民义务——当然同时也便使之拥有了相应的政治权利。你尽可以说梭伦这样做等于承认了公民间的等级不平等，可是在一个私有制导致公民集团四分五裂的社会里，什么才算是真正的平等？正如亚里士多德所言，梭伦所追求的实际上是一种“比值相等”，即根据个人特定的社会角色和能力，去获取与之相衡称的利益，而不是一味追求无实际意义的绝对平均主义。

我们之所以要触及社会等级制度的作用，是为了更好地理解学术等级的本质。学术等级无疑是社会等级关系在学术圈中的体现和反映；可是由于学术的目的在于追求科学真理，而不像社会大众那样以追求现实利益为依归，故学术等级便在本质上有别于一般的社会等级。为了使学术界的所有人士均能够尽其所能地贡献出自己的学术才能，设置一个象征着学术阶梯的和等级森严的象牙塔是完全必要的。因为有了这样一个象牙塔，人们的学术奋斗就有了一个外在的目标——大家都将这个塔的塔顶当作是攀爬的终点，尽管到头来能爬上终点的为数极少，但它绝对是一把砥砺人们努力奋进的有用号角。于是我们看到，在大学的教职中，便有教授、副教授、讲师及助教的等级区分，甚至在教授当中，还有终身教授、资深教授及一般教授的细微差别。这种种教职上的等级差别，应当是完全建立在学术成就的大小差异的基础上的。例如，就一般情况而言，一名教授比起一名副教授来，所掌握的科学真理要么更多，要么更精准；如果情形刚好相反，一名副教授的水平反倒比一名教授高，整个学术等级规则就会受到颠覆性的破坏，人们就不会再相信这种学术等级的权威性和公信度。

学术研究既然以追求科学真理为目标，学术等级的设置就应当遵循学术研究自身的内在规律，这意味着任何非学术因素均必须被排除在学术等级的设置工作之外。遗憾的是，人们所孜孜以求的学术独立——哪怕是最低限度的独立，似乎从来就只存在于大家的梦里。评聘职称的条例，照例由行政主管部门来制定，而且标准年年不同，结果是，不同年度评出来的教职，水平差异极大。更可笑的是，红头文件经常以行政命令的方式规定，评职称时要对某些地域、某些专业或某类学校的教师倾斜，于是便有了

“西部教授”与“东部教授”、“普高教授”与“高职教授”、“普通教授”与“思管教授”等等奇异差别。由于这样评出来的职称太缺乏严肃性和公正性，即使教授资格的获得，似乎也失去了任何的尊严感，这就难怪在一个大学里面，连一名教务处的副科长，也可以公开指着一位教授的鼻子，斥责他没有按要求填写好表格。因此人们也就容易理解，为何一个副处长的职位，有七八个教授去争聘。有一位大学党委副书记下到各院系去对教师们进行训话时，最爱使用的口头禅是：“我当年在基层工作的时候如何如何。”他所说的基层工作，就是他年轻时在某院系当学生辅导员的经历；将院系说成是基层，那他目前所在的学校机关就必然是“高层”了。一个学术单位都要区分个基层和高层来，简直就是把学校当衙门；在他眼里，学术等级就得完全服属于像古代九品中正制那样的官品和爵禄级别。

当然，上述那位副书记的等级观念也并非空穴来风，他毕竟是特定政治生态环境下的产物。他感受到自身在官场上摸爬滚打几十年好不容易混到了“高层”，因此便一厢情愿地想象学术阶梯不过是政治阶梯的简单模拟罢了。对于政治阶梯的运作，中国人是再熟悉不过了；而理解政治阶梯运作的关键，则在于对中国历史上最为古老和最成系统的学科——“排序学”的正确把握。什么叫做排序学？排序学（orderology?）是一门有关官场上按职位高低和权位大小进行顺序排列的学问。该门学问不见于亚里士多德的学科分类当中，那是因为亚氏还不了解中国的国情，如今是到了应当为其正名的时候了。排序学最初可能起源于阴阳五行相生相克的理论，并且与周朝在封侯建国中所实行的亲疏等级宗法制体系有关。古代排序学的盛况，由于篇幅所限，只好留给历史学家去深究，我们这里集中谈谈当今的排序学。

大致而言，排序学必须遵循如下一些基本原则。其一是先中间，后两边。以开会时的座次为例，主要官员必坐在第一排正中央。因此当人们排队走往坐席时，务必让主要官员走在前头，其他每个人均按自己先已确定的排序进入相应队列中缓缓行进，故一定要事先确认自己的位置所在，以免届时乱了阵脚。其二是先左后右。这样做至少有一个好处，那就是人们一眼就可以辨认出来：坐在或走在主要官员左边的，职位必比其右边的高。其三是先党后政。如书记必先于校长，常委必先于副校长，等等。其四是先中央，后地方。省长虽与部长理论上同级，但由于部长是中央大员，排序上便优先于省长。

发言时照例要按官阶和级别次第，一个接一个地有序进行；只有在首长特许大家畅所欲言之时，才可以稍稍放开言路，不过也要注意度的把握，切勿让自己的风头压过首长或其他长上。在活动结束时，也必须按级别先后有序撤离活动现场，主要官员如未曾离开坐席，其他人等绝不可以轻举妄动。总而言之，与上级一起行走，必循规蹈矩，找准自己的位置，按既定的程序发言表态、拍手、举手、握手和点头微笑。假如你在参加某次集体接见活动中，因被安排在后排而无法与莅临指导的重要官员亲切握手，你也不必为此感到气馁或产生心里不平衡，因为这不过说明你的官阶或级别仍有进一步努力拓展的空间而已，以后再加把劲就是了。

由此看来，排序学也算不上是一门多么高深的学问，脑袋正常的人一点就通。可是由于它无孔不入地渗透于国人的大多数公共活动当中，它便不得不引起大家的高度重视。如今，这门古老学问在新的历史条件下重新焕发生机，人们开始从幼儿园的娃娃抓起，到了小学阶段，孩子们对于排序学的基本要领已经有了初步的掌握，中间经过中学阶段的熏陶，最终在大学校园里，在学生会和团委的具体指导下，一般的大学生均会成长为排序学的行家里手，从而最终完成了一次重要的文化传承过程。

# 论洁癖

洁癖(neatness-mania)是一种过分讲究清洁的癖好。患有洁癖的人,总是将一般人认为是正常卫生范围内的事物视为肮脏,并强迫自己去加以清洗和排除,故洁癖也是一种强迫症,属于心理变态。

由于卫生标准既因时而异,也因人而异,故“洁癖”之说,就具有一定的相对性和不确定性。在科学技术尚未发展的旧时代,人们只能根据自己的感性认识去判断一件事物是否干净卫生。如果那个时候有人贸然提出大家应当分餐而食,而不是坚持传统上的围餐制,那他一定会被大家看作是患有严重的洁癖。乡下人在卧床脚边安置一个没有加盖的大尿缸,是过去时代的一种极其普遍的现象,这样既可以就近解决排尿问题,也可以蓄尿待售,帮补家用;可是倘若此时有人为了卫生的目的在尿缸上加上一个盖,就会马上将自己变成众矢之的,人们会认为要揭开盖子才能溺尿实在太不方便,加盖者必然精神有问题。笔者读中学时,有一名校花常常被同学讥笑为有洁癖,因为她竟然要再三拍打被客人坐过的卧床。时过境迁,如今有关分餐制、尿后冲水及保持卧具洁净之类的事情，早已成为人们的卫生常识，大家对过去的诸多“卫生冒险”，反倒大大地捏了把汗。

当然，不同的族群拥有不同的卫生标准，即使在同一个社会集团的内部，人们的卫生习惯也未必相同。根据《世说新语》的记载，西晋大将军王敦被晋武帝招为驸马，这位新郎在新娘娘家如厕时，竟然把用于塞鼻孔防臭的干枣吃得精光。这虽然是一场误会，但至少说明，作为贵族首领的皇室，与同样作为贵族代表人物的王敦，明显存在着不同的卫生标准，在后者看来，在如厕时用干枣堵住鼻孔，这不仅是自欺欺人，而且是一种没有必要的洁癖。

人们对于洁癖的反感，似乎并不亚于对污秽之物的反感。元末明初的诗画家倪云林据说患有严重的洁癖症，文献记载他服巾必一日数洗；连房前屋后的梧桐树也要不断冲刷；与歌妓同眠共枕之前竟让其洗澡达十几次之多；因担心前来投宿的客人会把痰咳在地板上而终夜不睡，等等。这些“恶习”当然是一般人所难以容忍的，因此有关他的死，就出现了一个奇特的版本：他最后被朱元璋扔进粪坑里活活溺死。这在大家看来自然是一种应得的报应。

“洁癖”不过是一个笼统的说法。上面所举之例，大多是生理问题，因此可以归之为生理洁癖。除了生理洁癖之外，还有经济洁癖、文化洁癖和政治洁癖等类型。经济洁癖牵涉到对金钱和财富的极端鄙视和敌对态度。在中国历史上，患经济洁癖者实不多见；可是在欧洲的中世纪，由于圣经的教导和基督教会的提倡，不少人视金钱和财富如洪水猛兽,对其避之而唯恐不及。这虽然不能排除许多作秀的成分,不过真正患经济洁癖者仍大有人在,像圣安东尼、圣大格雷戈里和圣马丁等著名修士和主教,就曾经将自己已有的金钱和财富捐赠得一干二净,结果使自己变成了真正意义上的穷人,而他们也就心安理得地享受着当一名穷人的乐趣。他们的"厌富"症,与他们那个时代的"厌女"症,可以说是一脉相承的。

当生理洁癖由个人发展为一个族群的时候,文化洁癖就会应时而生。文化洁癖是指某个群体为了避免其他群体的文化侵袭和感染,有意地将自身隔离起来;当然,这里的一个前提是自认为自身文化的圣洁与高超,以及其他文化的污浊和有害。近代以前的印度人,通过种姓制度来实施各社会群体间的文化隔离,不同种姓的人甚至不能一起用餐,高级种姓的洁癖有效地防止了低级种姓的文化入侵。中世纪的犹太人,更被人们看作是文化洁癖的一个典型。与古代相比,进入中世纪之后的犹太人更加拘泥于律法的规定,在生活习惯上造成了与广大基督徒的隔阂,有时这些隔阂非常严重和致命。例如,犹太人只吃自己的专业屠夫所宰杀的牲口,在宰杀时如果发现牲口的内脏有瑕疵,就会拒绝食用该牲口,在这种情况下,他们会把它卖给基督徒,而基督徒则常常怀疑犹太人向他们出售次品。又如,犹太人所饮用的酒,不允许非犹太人接触过,而基督徒则认为犹太人卖给他们的是劣等酒。再如,当犹太人请非犹太人喝酒时,客人用过的酒杯按惯例被整个扔掉；有时非犹太客人喝剩的酒滴碰巧滴进酒桶里，主人甚至要把整桶酒当场倒掉，这被基督徒视作是最大的侮辱和不礼貌。由此看来，中世纪犹太人的文化洁癖，可能是导致其受到基督教世界歧视的一个原因和理由。

至于政治洁癖，则是我们所要重点讨论的问题。政治洁癖就是道德洁癖，它指的是全盘否定政治的道德性，认为缺乏道德基础的政治只能堕落为政客们争权夺利的手段和工具，因此应当对之保持距离。政治动荡和黑暗，是政治洁癖的最佳孵化器，这就解释了为何有“隐士多起于乱世”的说法。商朝末期孤竹君的两个儿子伯夷和叔齐，先是互相推让王位继承权；及至商亡，兄弟俩又双双隐逸于首阳山，并发誓决不当周朝的官，直至饿死。春秋时期晋国忠臣介子推在晋文公落难时护驾有功，晋文公复位后想以高官厚禄相报，不料此君却带着老母归隐于绵山，即便是晋文公命人纵火烧山，他也坚辞不出，最后被烧死于山中。这三个人可以说是中国历史上真正意义上的隐逸高士，在那个特殊的历史场景下，他们的政治洁癖不仅不可指摘，而且受到后人的传颂。西方历史上也有过类似的例子。公元前 100 年左右，有一群犹太人为了表示与世俗社会的决裂，跑到了死海西北岸的库姆兰地区去隐居修道，他们的事迹和文献只是到了 20 世纪 40 年代末才被人们所陆续发现。公元 3 世纪末，埃及人安东尼放弃家产逃到旷野去当修士，从此开启了基督教世界的修道运动。修道运动对于基督教世界的影响是如此巨大，以至于促使后来的教会发展出了一个惯例，亦即任何人在被任命为罗马主教之前，均必须有出家当修士的经历。6世纪末7世纪初的著名罗马教皇大格雷戈里，也许是这一惯例的始作俑者，他在担任神职之前，不仅自掏腰包建造了许多修道院，而且身体力行，亲自跑到修道院里当了好几年隐修士。这一惯例有点类似于我们的提干要求，亦即即将要晋升的领导干部，必须有下基层挂职锻炼的经历。所不同的是，候任主教的隐修经历是为了培养出某种政治洁癖，以便在任职后有更强的能力去与世俗事物作斗争；而候任领导的基层锻炼经历则是为了彻底去除掉任何政治洁癖，以便在任职后有更强的能力去与世俗事物和平相处，亦即通常所说的“接地气”。

由于政治风云的诡谲多变和政治事态的复杂多端，人们对于政治抱持一种敬而远之的态度不仅可以理解，而且完全必要。对于宗教人士而言，保持某种程度上的政治洁癖，绝对是利大于弊。遗憾的是，历史上的许多宗教均与政治脱离不了干系，这正是历史的悲哀之所在。基督教在成为官方宗教之后，马上就着手染指政治事务，并借助宗教军事化的途径发起了一系列针对“异端分子”和“异教徒”的所谓圣战，从而制造出了一出出的人间悲剧。道教本以追求长生不死为目标，可是许多道教人物却耐不住宫观内的寂寞，他们总是游走于官衙和朝廷之间，幻想着有朝一日会受到世俗统治者的赏识。从北朝的寇谦之，南朝的陆修静，到宋元之交的丘处机，等等，无不与世俗君主保持着暧昧的关系；这些著名人物常常将自己的宗教名声，当作与皇帝们进行讨价还价的筹码，力图从中遭遇上一个最慷慨的买家。因此，要想在他们身上找到任何政治洁癖的影子，均是徒劳的。某些受到道家思想影响的人士之所以走上隐逸之路，多数是因官途受挫和官场失意，对于他们而言，隐逸不过是一种政治策略而已，其实他们无时无刻地在等待着明君贤主的召唤，就如东晋的田园诗人陶渊明那样。

佛教的情况有些特殊。作为一种外来的宗教，最初的佛教带有较多的印度沙门主义的成分。在印度的列国时代，为了逃离婆罗门所掌控的政治现实，较低种姓以出家修行为号召去抵制种姓的不平等，这种思潮被称作“沙门主义”。这表明沙门主义具有明显的出世特征和洁净属性。最初入华的佛教，由于追求沙门主义这种宗教独立的理想，出现了不少真正意义上的“高僧”。高僧们既然游离于社会政治之外，就必定带有某种天然的政治洁癖，他们因借助独立的佛学研究而取得了较高的学术造诣。然而，随着后来佛教的汉化，宗教独立的理想逐渐破灭，高僧的时代也就一去不复返了。从唐代开始，由于禅宗的出现，佛教汉化的过程最终完成。所谓的“汉化”，实际上就是俗化，也就是佛教与政治权力相勾搭的过程，或是佛教的政治洁癖被破坏殆尽的过程；这就解释了为何佛教的汉化标志着佛教黄金时代的结束和衰微过程的开始。

众所周知，禅宗的思想显得特别随缘，它要求学禅者“饥则吃饭，困则打眠，寒则向火，热则乘凉”，即一切均应顺其自然。对于污秽和洁净的理解，禅宗也是以主观唯心主义为依据，声称你认为是污秽的，就必定是污秽的；你认为是洁净的，就必定是洁净的。换言之，在这个世界上，并不存在着污秽与洁净之间的客观界限。这种思想一旦被运用到政治实践上，马上就会趋同于马基雅维利的政治无道德论。历史事实证明了这一点，后来出现的一系列佛教“大师”，不少是穿着袈裟的政客。其中最典型的实例莫过于明初的道衍法师姚广孝。此人作为一名削发出家人，竟一手策划了靖难之变，将燕王朱棣扶上了皇帝宝座；由于劳苦功高，他官至僧录司左善世兼太子少师，死后追赠荣国公，谥号恭靖，并以文臣身份入明庙。这种亦僧亦官的现象，从本质上颠覆了人们对于宗教的传统理解，使宗教所一贯追求的洁净理想荡然无存。

随着社会的进一步发展，除了与政治权力的暧昧关系之外，商业利益的涉足使得某些宗教的地位更形尴尬。如今人们已经看得很清楚，在某些宗教人士的身上，不仅失去了令人生畏的政治洁癖，而且连一般的卫生标准，也隐而不显了。

# 论头衔

头衔是一个与姓名连用，通常用来表示官职、职业、社会级别、地位及身份的词语或词组。

在希腊罗马古典时代，由于家庭关系的过早社会化，更由于公民社会当中不存在固定不变的或家族世袭的职位和职业，人们的头衔观念极其淡薄。那个时候的人，似乎不太喜欢在自己或别人的姓名前面加什么头衔，人们在交往过程中，总是撇开辈分和身份差异，大家直来直去地称呼对方的大名。例如，柏拉图在谈及自己的老师苏格拉底时，总是说“苏格拉底如何如何”，亚里士多德在说起自己的老师柏拉图时，总是说“柏拉图如何如何”，人们在尊长面前从未表现出半点中国式的谦逊和自卑。

进入中世纪社会之后，随着封建等级制度的形成，各式各样的封建头衔纷纷出台，与之相应的头衔观念，也适时而生。如今，有身份者，从高到低分别称之为公爵、侯爵、伯爵、子爵和男爵，身份不明者或无爵位的人士，至少应当称之为先生（女性叫女士）。城市和大学兴起后，随着高等教育制度的规范化而出现了新的头衔，如教授、博士等。由于欧洲中世纪属于政、教二元对立统一的社会，故除了世俗头衔之外，还存在着包括主教、修道院院长、神父、助祭、修士等在内的复杂的宗教头衔。中世纪也是一个战乱频仍的时代，伴随着军事制度的发展，自然也就产生了包括将军、上校、中尉等在内的军事头衔。此外，中世纪欧洲普遍实行王朝君主制，于是便孵化出了许多与王权及王室有关的头衔或荣誉称号，如陛下、殿下、阁下等等。由此可见，就西方而言，中世纪是头衔体制发生和全面繁盛的时代，这种体制对于现代西方社会乃至于全世界，均产生了强烈的影响。

西方社会对于头衔的使用，有一种约定俗成的习惯，那就是在一般情况下，采用“头衔 + 姓氏”的做法。例如，某人叫做弗朗西斯·培根，在这里，“弗朗西斯”是他的名字，“培根”则是他的姓氏；如果他是一名教授，那么就可以称呼他为“培根教授”；当然，在较为正式的场合里可以使用“头衔 + 名字 + 姓氏”的模式，亦即可以称其为“弗朗西斯·培根教授”。几乎没有人会称呼他为“弗朗西斯教授”，如果有这样的称号，那往往也不过是一种谑称，多半带有调侃的意味。上个世纪九十年代中期笔者在德国马克斯-普朗克历史研究所进修，由于中国人的姓名多按姓氏在前名字在后的习惯来标音，结果该所行政秘书将笔者的名字错当成是姓氏，于是在研究所大楼门厅的员工信箱和名录上，就出现了“中泽教授”（Professor Zhongze）的字样。当时笔者并不太在意。只是有一次在与所长拉赫曼教授聊家常时无意中谈起中国人的姓名顺序，他才知道我的姓氏是“林”（Lin）而不是“中泽”（Zhongze）；

他即刻要秘书改过来，我说不改也可以，他严肃地说，发现错误就得改，何况这样的写法显得太不尊重。

与西方相比，中国头衔的历史，更加古老和悠久。早在春秋末期，孔子就提出要“名正言顺”，意指每个人的言语，都应当与自己的地位和身份相称，亦即什么样的人就得说什么样的话。此外，中国还有为亲者讳、为尊者讳及为死者讳的悠久的避讳传统。这些因素与古老的宗法制及后来的君主专制相结合，再加上西方文化的影响，最终便演化成为一种具有中国特色的头衔体系。

中国的头衔体系比较复杂多变，可是万变不离其宗，它总是以官衔为主轴，官衔的核心部分则由省（部）长、厅（局）长、县（处）长、镇（科）长等行政级别所构成。其他的官位则围绕这一核心进行对应套级，例如部长级的主任，厅长级的院长等等；就区别官阶的高低而言，前面的描述性词汇显得尤为重要，因为如果你光说你是主任或院长，人家是无法得知你的实际地位及权力的大小的：国务院办公厅的负责人叫主任，一个班级的负责老师或一个车间的负责人也叫主任，可是两者的政治能量实在相差太远。现代人比古代人聪明得多，当一个人的实职无法从名称上直观地反映出他的官阶时，他也能够找到解决之道，其中的最大窍门是：一切照套行政级别。例如，各式各样的调研员，通常是安插多余官员的闲职，但这并不等于该职位不享受相应级别的俸禄，于是就出现了“副处级调研员”、“副厅级调研员”之类的头衔。假如某单位的副职实际上承担了正职的工作，他必定会在名片上特别注明“主持全面工作”的字样。

一旦确立了官衔的中心位置之后，其他系列的头衔就有了参照的坐标。如职衔有教授、大律师、工程师、主治医师等，军衔有中将、少将、上校、中尉等，学衔有博士、硕士、学士等。所谓物以稀为贵，在大学还是学术金字塔的年代里，教授奇缺，因而教授内部的等级差异就不太大；可是后来随着大学的扩招及高等教育的平民化，高级职称普遍出现了滥评和滥授的现象。教授太多了，其内部差异自然越来越大，于是就有必要将其分为三六九等。据说如今的二级教授相当于副部级，三级教授相当于正厅级，四级教授相当于副厅级，等等，不一而足。博士也是如此。过去是由名师精雕细琢出来的博士学位，如今几乎达到了批量生产的地步。博士多起来之后，人们就会挖空心思对其作出差异区分，例如“九八五大学博士”、“二一一大学博士”、“普通大学博士”等等；甚至将作为工作经历的博士后，也当作是一种准学衔，因此就有了“某某博士后”的奇特称呼。

如果说上述各系列的头衔均属于实衔，那么，某学会的会长、某研究会的常务理事、某研究中心的学术顾问等等，则多属于虚衔。虚衔虽不能代表拥有者手中所掌握的实际权力，却能形象地反映出拥有者的社会关系和活动能力。此外，近年来悄然兴起的某山专家、某河学者、某江教授、某津贴获得者等等“额外头衔”，也日益引起人们的关注。这些头衔的获得者，无疑成了各高校和研究单位争先抢夺的香饽饽；一位年轻学者如果不将获取此类头衔作为人生主要奋斗目标，他就是没出息的，因此早晚要被淘汰出局。这种额外头衔尤具中国特色，我们暂时无法将其看作是虚衔还是实衔：若说它是虚衔，它却是由各级政府正式出资立项的项目，获得者从而拥有了非同寻常的财政权、人事权和相应的地位；若说它是实衔，它却非常不规范，至少没有人会认为在日常生活中可以用此类头衔去取代上述的正式头衔。

假如一个人在某大学当教授，并且是某江学者，同时被两三个相关的专业研究会推荐为副会长或常务理事，外加兼任本人所在的学院副院长，而根据惯例，副院长必须同时是学院党委委员，而且因学术交流的需要，他又在某国著名大学进行过学术访问。如此一来，他所拥有的大大小小的头衔至少七八个。如果这些都要一个不漏地写进个人名片里，那多少会显得有些滑稽。不过，请不要见笑，笔者的确曾接到过一个称得上破纪录的折叠式名片：其所列头衔足足有十八个之多！

在国内头衔体系的具体运作过程中，逐渐地出现了某些呈规律性发展的原则，主要的原则分述于下：

第一个原则是官衔本位。在一个人同时兼有官衔和其他头衔的情况下，通常称其官衔而省略掉其他头衔。例如一名教授曾经担任过或目前正在担任副院长职，一般称其为“院长”，虽然他只是副职而已，甚至于已经卸任。如果在正式场合里必须介绍其主要头衔时，正确的表述方式是“副院长某某教授”，尽管多数大学的副院长不过是副处级，可是官衔比职衔重要，因此要列在前面，否则就会被看作是不懂规矩。

第二个原则是尊者讳名。即地位较低者，不能直呼地位较高者的大名，而应当用“姓氏+头衔”的模式；相反，地位较高者称地位较低者，则采用“姓氏+名字+头衔”的模式，甚至可以直呼其名。例如当过随州刺史（相当于正厅级）的唐代诗人刘长卿，在给某位姓李的官员的赠诗中称对方为“李中丞”，中丞为唐时御史台之长，相当于正部级，作为下级的刘长卿，对这位尊长自然不敢直呼其名了。而当同一位刘长卿在给两名员外郎的赠诗中，则将其称作“薛六柳八二员外”，员外郎相当于副厅级，官阶比刘长卿低，故可以直呼其名。在今天，尊长为了表示对晚辈的尊重和爱护，也常使用“名字+头衔”的模式，如笔者的老师便经常叫笔者为“中泽教授”。可是近年来也有学生叫笔者为“中泽教授”或“中泽老师”的，那就是另当别论了。

第三个原则是虚实相间。一个有身份之人，通常只拥有一个实衔，而其拥有的虚衔却可能有多个。以某位历史学教授为例，其实衔是教授。但为了与社会上各色人员打交道，他获准成立了历史文化研究院、地方史研究中心、历史文献研究基地等机构，他本人就成了研究院院长、中心主任和基地负责人；这些头衔自然是虚衔，因为此类机构既无固定编制，也无固定资产，甚至还缺乏固定的办公场所，其级别也无法与相应的官阶相对应，说不定所有这些机构的人员加起来只有他一个人而已，因而是地地道道的“皮包公司”。可是这样一些头衔对于一名所谓“开拓型”的学者而言又是非常必须的，他至少可以用来与社会各界虚与委蛇：当需要从纵的方面去拓展学术工作时，他可以使用教授这样的实衔，而当需要从横的方面去行走于江湖之中时，他则可以酌情使用院长和主任等虚衔，从而永远立于不败之地。

第四个原则是就高不就低。在一个人兼有多个头衔的情况下，务必以其最高头衔为准。如果一名教授兼任学院院长，同时又是省政协委员，通常称他为“某委员”，除非是老相识，可以破例不拘小节。在与一个昔日的故交打交道之前，最好先弄清楚其目前所担任的最高级别，否则就会很尴尬。某位姓李的朋友曾与一名中学的教导主任有过交往，后来因故交往中断，近日两人因工作需要又聚会在一起，此时的老李不知对方早已升任学校校长，还是按旧例称其为主任，这位新任校长因而感到不快，他直率地发问：“你怎么还是改不了口呢？”

第五个也是最后一个原则是就简不就繁。头衔太长，使用起来不方便，故需要简化，古人早就想到了这一点。例如“给事中”简为“给事”，“侍御史”简为“侍御”，“谏议大夫”简为“谏议”，“员外郎”简为“员外”，等等。现代人比古人豪迈得多，他们在日常交际中尤其是在口头上一简到底，冗长的头衔最后被简化成为一个字，如“总工程师”简为“总”，徐总工程师便成了“徐总”；。可是这也带来了新问题，那就是容易产生混淆：当某人以“徐总”的身份出现时，你怎么就能断定他一定是徐总工程师，而不是徐总裁或徐总经理甚至是徐总理呢？据说有一名长得腰粗体胖的陈先生在幼儿园当总务，园内阿姨和小朋友均戏称其为“陈老总”，不过这一称号还是使他获益匪浅，因为他住处所在的小区保安见到这位官态十足的“老总”时，总是毕恭毕敬地为他开门敬礼。

由于虚荣心作祟，头衔对于许多人来说似乎比生命还来得重要。这个世道的浮夸，从下列事例中大致可见一斑。过去学者出书从未见过书中附有作者个人简介，如今该做法却已成普遍现象。简介一般写在封面页底的显要处，它照例是作者本人的亲力亲为，别人绝对无法代笔。只有在此类简介中，作者才有机会将自己一生中的所有头衔铺陈出来，并在每个头衔前面加上“著名的”或“杰出的”等令人看了脸红不已的修饰词。孔子曰：“古之学者为己，今之学者为人。”意即过去的学人是为了自己的提高和充实而做学问，如今的学人却为了彰显自己的名声、为了向别人炫耀自己的能耐和钻营的本领而把学问当作是敲门砖。用孔子此话来鞭笞当今的学界，该是多么的适当和贴切啊！

# 论夭寿

一个人寿命的长短，取决于众多的因素，如遗传、生活条件、个人性格、偶然事件等等。这些因素的交错作用是如此复杂，以至于时至今日，人们尚无法用接近科学的方法对它们作出定量和定性的分析，并最终像算命先生那样准确地预告一个人的预期年限。因此，对于现代人来说，夭寿问题，仍然是一个难以解开的谜。

其实，夭与寿之间没有确切的界限，两者只有相对的意义。古人由于受物质条件和生活观念的限制，能活到五六十岁已经算是长寿；但对于今人而言，如果活不到七八十岁，则常常会被归入到夭折的行列。

人们通常依据我们所在的地球与太阳、月亮及其他星座的运行周期和相互关系来计算时间，这种时间叫做“客观时间”。客观时间不以人的意志为转移，人们的生活节律则只能以它为依据。相对于无限循环的客观时间来说，人生即使享有百岁之寿，也不过是瞬间即逝的事情而已。可是，除了客观时间之外，在人的内心里，还存在着一种无法用统一标尺来度量的、处于不断变动中的“主观时间”。主观时间是人对时间长短的个人感受，它与人的心境密切相关。在日子好过时，我们会觉得时间过得飞快，即所谓“光阴似箭，日月如梭”；当日子难熬时，我们会觉得时间太慢，即所谓“度日如年”。患有焦虑症的人，便常常摇摆于这两个极端化的时间感受之间。如果有谁能够把主观时间与客观时间统一起来，他就有了一种健康和积极向上的时间观：既不因感到日子过得太快而焦躁，也不因觉得时间过得太慢而厌生，换言之，一切都能顺其自然。曾有一位国内的著名作家，说他每当看着墙上挂钟的时针转动时，就有心惊胆跳的感觉，因为时针的转动似乎在告诉他：他正在向坟墓那边走去。实际上，任何人从出生开始，都注定要向坟墓那边走去；只不过或由于生活的压力，或由于世俗世界的吸引力，把我们的注意力从这一方面暂时转移出去罢了。

人既然注定要死去，我们就不能说夭者比寿者的损失会更大。就生命的价值而言，一名 60 岁时就安然死去的人，与一名从 60 岁开始便遭受了另 20 年病痛折磨之后再死去的人，到底有什么区别呢？唯一的区别是后者在享受了 60 年健康生活之外，却要再平白无故地遭受另外 20 年的磨难。因此，如果可以选择的话，心智正常的人自然会选择前者而拒绝后者。

人们通常是在老之将至的时候才会产生出时不我待的感悟。年轻人一般不会感觉到生命的短促；可是当他感觉到的时候，常常是太迟了。人匆匆来到这个世界，也匆匆离开这个世界。为了显示自己的存在感，人总是会想做点什么的。翻开历史书，我们发现在寿命与成就的关系问题上，存在着四种类型的人：一是短命而无成就者；二是长命而无成就者；三是短命而有成就者，如亚历山大帝国的建立者亚历山大大帝（33 岁）、伊壁鸠鲁主义代表人物卢克莱修（44 岁）、文艺复兴时期的画家拉斐尔（40 岁）及圆舞曲之父老约翰·施特劳斯（45 岁）等；四是长命而有成就者，如佛教创始人释迦摩尼（80 岁）、毕达哥拉斯学派代表人物毕达哥拉斯（80 岁）、雅典修辞学家伊索克拉底（98 岁）、文艺复兴时代的雕塑家米开朗基罗（89 岁）及现代派绘画的代表人物毕加索（92 岁）等。其中第一和第二种类型的人占据了绝大多数，第三和第四种类型的人只占了极少数。人们想做点什么而最终没能做成，这同时也便成就了大多数人对人生的恒久咏叹调。

人既然活在一定的时间限度内，时间便成为生命价值的重大要素；于是，浪费时间，在很大程度上便是浪费生命。这就解释了为何有人要提出诸如“无端地浪费他人的时间，无异于谋财害命”这样一种稍微过激的说法。由于命运的安排，在匆匆流逝的时间中，偶尔会夹杂着一去不复返的机遇，那些能够适时地抓住此类机遇的人士，便走上了通向成功的道路。如何适时地抓住机遇？这除了依靠个人清晰的自我定位及胆识以外，还必须依靠个人的勤奋，亦即对于时间节律的掌握和支配，学会成为时间的主人，而不是为时间所奴役。当然，并非所有勤奋的人都能获得成功，但不勤奋之人则绝对没有成功的机会。

古往今来的英雄人物，均能善于利用命运赐予的时间，从奔流不息的时间中及时截取机遇的信息，从而成就了个人的英雄伟绩。这些历史伟人所在乎的是生命的价值，而寿命的长短，对于他们来说则是相对次要的问题。一般而论，历史上的长寿伟人，其数量总会比短命名人来得多，因为从理论上说，一个人的寿命越长，其创造功业的时间和机会就相对越多。不过，这并不意味着寿命与成就总是成正比。柏拉图的寿命（80 岁）比亚里士多德（62 岁）足足多出了 18 年，但后者的学术成就及其所引起的历史反响似乎并不比前者弱。活到 85 岁的老加图，比只活到 63 岁的西塞罗，不见得有更加出色的政治和学术表现。拉斐尔的寿命（40 岁）还不及米开朗基罗（89 岁）的一半，但前者的艺术造诣，未必比后者低。只活到 65 岁的马克思，似乎并不比活到 91 岁的兰克更少名气。

在寿命与成就的关系问题上，亚历山大大帝是一个典型的例证。在他 33 岁死去的那一年，旧大陆文明区域的大部分版图，已尽入其囊中，他可谓是少年得志。可是这些巨大成就与这位少年英雄的更加巨大的欲望相比，便显得微不足道了。因此，据其传记作家的披露，成为欧、亚、非三大洲辽阔帝国主人的亚历山大，并不因其自身的成就而有过丝毫的高兴；相反，他总是郁郁寡欢。他的不快活，源于其永远得不到满足的野心。他曾发誓要征服整个世界，可是他发现自己征服的版图越大，这个世界似乎越是没有尽头；他很快就意识到在自己有限的生命能力与无限膨胀的贪婪心之间，存在着过于鲜明的反差。今天，我们常常将“亚历山大式的野心”当作是对这位年轻君主不自量力的事工的反讽，并借以警醒后人在获取利益方面要适可而止。可是这一事例也从积极的方面激励着人们去为实现自己的既定目标而惜时奋进，直至身死方休。亚历山大对于土地版图的贪婪，与他的老师亚里士多德对于知识的贪婪，似乎存在着某种共性：作为军事征服者的亚历山大与作为自然征服者的亚里士多德，都没有以享受自身的征服所得为目的，而是将这些所得当作下一个征服的条件和本钱，继续不断地进行着一个个新的征程，这正是他们的难能可贵之处。

没有价值的长寿，不仅会无端地拖延人的身体痛苦，而且会造成人的伦理行为的不可预测。一个处于老年昏聩状态中的人，会由于意识的不够清醒而讲错话和做错事，从而给其本该是清白无暇的人生喷上令人遗憾的污点。历史上的某些杰出人物的适时死去，反倒是既能保证其美誉的继续传扬，又能遏制其恶行的继续繁衍。可以设想，倘若亚历山大的帝国不是在亚历山大死后才分裂，而是在其生前就崩溃，那么这位旷世君王的英名便无疑要受到极大的玷污，因为他会被认为失去了对帝国的把控能力；假如尼禄皇帝不是以自戕的方式结束其短暂而又耻辱的一生，而是在享尽天年之后才寿终正寝，那么罗马人民所遭受的奴役和压迫将可能成倍增加，这个暴君的恶名也将更加臭名昭著。在王朝的末年，由于统治者的无暇顾及或疏于管制，某些狷狂之士常常得以大显身手；可是一旦建立了新王朝，他们就再也不被需要。因此如果他们在新王朝建立之前适时地死去，其名节就可以得到体面地维持；如果他们不幸成为旧朝的遗老而苟活于新朝，他们除非明智地退隐归野，否则不仅名节，连性命都有可能不保。战争英雄也是如此。死于战场的将士最能完整地保持自身的名节，幸存的英雄在和平来临之时最安全的做法是解甲归田，否则其生命前景就难以逆料。西汉初年的汉军统帅韩信就是一个典型实例。假设他是在战斗中死于楚兵的剑矢，他的英名就能得到完好的保全；可惜他却活过了一名猛将所本该存活的年限，于是便堕落成为阴谋篡位的野心家。这位不合时宜的英雄在引颈受刑之前哀叹道："狡兔死，良狗烹；高鸟尽，良弓藏；敌国破，谋臣亡。"真是一针见血地道出了人生游戏规则的本质。

聊以自慰的是，对于我们这些平民百姓而言，无论寿命是长是短，照样可以在各自生存年限之内找到安身立命的事业，并为之作坚持不懈的奋斗，从而以最大的限度去实现自身的生命价值。唯有如此，在命运之神作出任何专横指令时，我们才能做到处变不惊，坦然以对。

# 论遗嘱

目前尚无法确定，人类历史上第一个遗嘱出自于何地及何人之手。不过可以基本肯定的是，立遗嘱的现象，必定是随着私有财产的出现而出现的。在实行公有制的部落社会中，个人没有私自支配部落财产的权利，同时一个人死后的后事又是按照既定的部落习俗和规矩来办理的，因此便绝无可能出现以处理私产及私自安排后事为特征的立遗嘱现象。只是随着私有制的发生，由于财产开始归个人所有，人们就有了考虑如何在身后处理私产和安排个人后事的必要，立遗嘱现象从而应运而生。

遗嘱所要处理的关键性问题有两个：一是各种权利与义务的继承问题，二是立遗嘱者的后事安排问题。立遗嘱者的个人财产固然需要找到合适的继承人，他所留下的债务和欠下的各种人情也需要有人去偿还，因而指定继承这些权利与义务的人选，就成了遗嘱首先要完成的任务。此外，立遗嘱者也需要向亲友们交代清楚，他希望死后能够得到哪种葬送待遇。这两个问题对于任何人均是同样地迫切，无论是贵为帝王，还是贱为黎民。

最初的遗嘱必然是口头遗嘱，这不仅仅是因为文字的出现晚于私有制和遗嘱的出现，而且是因为从形式和程序上看，口头遗嘱更加简朴和原始。出现于三千八百多年前的《汉谟拉比法典》，规定购买而来的土地和房子可以“遗赠”给自己的妻子和儿女，这实际上是对私有财产权的有限度的认可，同时也表明了民间遗嘱开始合法化。出现于二千六百年前的梭伦法律，开始允许没有儿女的公民，可以将财产遗赠给自己喜欢的任何人，由此可以看出财产私有权的进一步扩大，因而被普鲁塔克誉为是把友谊置于亲情之上。不过，真正把友谊置于亲情之上的是罗马人，他们的《十二铜表法》规定：即使在拥有儿女的情况下，公民也可以随心所欲地将财产遗赠给外人。这说明罗马人在推进私有制发展方面，比希腊人走得更远。

无论是《汉谟拉比法典》，还是梭伦的立法，抑或是《十二铜表法》，其所提到的遗嘱，似乎均属于口头遗嘱。口头遗嘱可以是预后遗嘱，即在身体健康无恙的情况下，或在身体虽然出现了问题却尚能支撑下去的情况下立下的遗嘱；也可以是临终遗嘱，即在濒临死亡的状态下立下的遗嘱。在多数情况下，人们喜欢将预后遗嘱与临终遗嘱结合一起，即关系到土地房舍等大宗财产继承方面的问题，由预后遗嘱来安排；而涉及到身后葬祭及少量动产继承方面的问题，则由临终遗嘱来处理。但这并非规律性现象，因为有时情形刚好相反。为了使遗嘱带上权威性并具有准法律的效力，不管是预后的还是临终的遗嘱，都要求有足够的证人在场，这些证人可以是立遗嘱者值得信赖的朋友，也可以是家族中的首领或某些德高望重的亲戚。

大体说来，私有制越是发达，留给遗嘱的伸展空间就越大。可是私有制再发达，也要受到某种客观条件的限制，因此遗嘱伸展的空间再大，也不可能是毫无限度的。例如《十二铜表法》虽然规定立遗嘱者可以将自己的财产遗赠给任何他所喜欢的人，但根据城邦的法律，他决不可以将其遗赠给敌国的公民，因为这关系到国家命运大局；他也决无可能将其遗赠给被判了死刑的罪犯，因为这样的遗赠毫无意义。由此可见，所谓的"自由遗嘱"，与自由本身那样，虽然受到国家法律的保障，却也受到国家法律的制约和限制。一般而言，在拥有私有制传统的国家当中，立遗嘱者的自由空间较大，遗嘱条文与国家法律要求之间的冲突相对较少；而在缺乏私有制传统的中国，留给立遗嘱者的自由空间相对较小，故立遗嘱者在立遗嘱之前，最好认真地钻研一下现行的继承法，或到律师事务所去细细地征询一遍，以免遗嘱条款因与现行法律的直接抵触而变成无效遗嘱。

比起临终遗嘱来，预后遗嘱具有明显的优越性。因为无论时局如何平静和安宁，也无论个人如何谨慎小心，死亡终究是一个令人摸不着头脑的谜团，太多的生活经验和历史事实已经证明，它的不期而遇常常使许多人猝不及防，因而在来不及立下遗嘱的情况下就匆匆撒手人寰。即使在最为安全的国度里，或在最为平静的年代里，又有多少人真的能够在众多亲友的簇拥下，把一切后事交代妥当之后才慢悠悠地咽下最后一口气呢？在这一点上我们不妨学学犹太人。当今犹太人据说与其祖辈那样拥有先见之明，他们与朋友作出一个约定时，仍然不敢肯定地说“让我们明天再见”，而是有保留地说“让我们明天再见，如果上帝乐意的话”，或“让我们明天再见，但是我不敢保证”；他们在购置地产时，总要同时预先为自己购买一件裹尸布，并对所购地产的继承方面做出遗嘱安排。我们固然不需要像犹太人那样过分拘谨，但他们那种凡事均留有足够余地的精神，仍值得人们去细细品味和借鉴。

追踪书面遗嘱的起始，几乎与回溯口头遗嘱的源头一样困难。书面遗嘱的出现，无疑与财产关系的极端复杂及个人文化素养的较大提高有着直接的关联。这两个要件刚好是商品经济时代的基本特征，这就很可能意味着，书面遗嘱开始普遍流行于商品经济盛行的时代。当一个人的地产分布于全国各地，或货币资产藏存于各不同钱庄和银行，或往来业务渗透于各不同大小公司和企业的时候，如果他不是诉诸笔墨，这样一种复杂关系如何单靠口头嘱咐就可以理得清楚的呢？城市商人的精明必然造就了城市社会订立书面遗嘱的习惯，不过由于城乡的差异及传统习俗的固化，即使到了今天，书面遗嘱也远远未能达到完全取代口头遗嘱的程度。

虽然早立遗嘱体现了一种有始有终的计划性，但立遗嘱也并非越早越好。刚刚出道的年轻人，身上积蓄不多，人生阅历较浅，此时若过早订立遗嘱，日后便有对其作频频修改的麻烦。只有等到事业基本有成、定见大体形成之后，才有通过遗嘱来安排个人私产传承及表达自身对死亡本质理解之必要。

有证据表明，中国文明也曾拥有过乐观面对死亡的自然主义色彩。例如，孔子在路上见到一名学生，惊讶地问道："你怎么还没死啊？"这名学生恭敬地回答道："老师还健在，学生怎敢死在老师前面呢。"这充分证明至少在孔子的时代里，人们并不怎么忌讳谈论死。可是不知从何时开始，这一色彩黯然消退了，此后国人对于死亡话题是如此讳莫如深，以至于一谈及遗嘱，就会惊慌失措。笔者在58岁那年为自己订立了一份书面遗嘱，没想到当该遗嘱副本被寄达老家时，却引起了不小的反应。小妹在电话另一端泣不成声地问道："大哥，你的身体是不是有大麻烦啊？"在得到了否定的回答之后，她如释重负，并转悲为怒地质问："既然没有，为何要拿遗嘱来吓唬我们呢？"

实际上，一份好的遗嘱，不仅不会"吓唬"人，而且会给阅读者带来善的教益和美的享受。正如中国古话所说："人之将死，其言也善；鸟之将亡，其鸣也哀"。多数遗嘱在叙述完遗产继承及丧葬安排之后，总会对健在的家人及子孙后代进行为人处世方面的训导，这些训导往往带有劝善避恶和垂范立德的作用。而且，一份用心订立的遗嘱，也决不会像一般正式公文那样古板和沉闷，它所使用的语言，常常充满着诙谐和机智。许多阅读者之所以享受不到这种善与美，是因为他们对死亡的迷惑和恐惧已经先入为主地被植入到内心深处。

下面附上一份遗嘱样品，仅供读者参考。

## 遗　嘱

自然不造不死之人。可是，由于命运的诡异不测，一般人无法准确预知自己的死期和死法。为了防止日后的差错和争端，有必要未雨绸缪，对自己的死亡和死后事项作出具体安排。

### 第一章　临终与丧葬

1. 在本人病危时，如果医生确认经救治后不能回复到完全健康的状态(即生活可以自理、无心身创痛)，请立刻停止旨在挽回性命的救治活动，马上转入帮助减轻死亡痛苦的阶段。在此时，看护亲属务必敦促医生及时使用止痛剂、安眠剂及止呕剂等有效药物使本人进入深度睡眠，最终让本人以无痛苦、尊严、体面和安详的方式走过人生最后的一站。必须特别指出的是，任何情况下都不要进入重症监护室(ICU)。任何以本人的巨大痛苦来换取本人生还机会的企图，均是对本人的极大不尊重。

2. 本人死后，不要举办任何丧事活动，但可以通过电话、手机微信或短信的方式告知有关亲友，以免他们在我死后仍贸然来找我。对骨灰的处理，应采用最简单、最环保和最节省的方式，如果有条件，建议使用树葬。总之，不要挤占活人的生存空间，不要影响他们的正常生活。

3. 亲友们不必为我的离世感到哀伤。我大半辈子遭受心身病痛的折磨，如今因死去而得以解脱；我一生中极少有过一夜真正满意的睡眠，如今却能无忧无虑地长眠，这难道还不值得庆幸和高兴吗？

## 第二章　死后物品及债务处理

4. 我正式声明无条件放弃父母遗产的继承权，我的妻子□□和儿子□□□，不得在我死后索要该继承权。

5. 作为一名读书人，我的主要遗产是数量不多的书籍。我的儿子可以在这些书当中挑选自己喜爱的部分留用，其余的无偿捐赠给华南师范大学历史文化学院资料室。

6. 我和妻子□□女士共同拥有一套房产，我死后，我的份额由儿子□□□继承，而与其他人无关。与此同时，□□□必须继承我所欠下的一切债务。

7. 我和妻子□□共同拥有大众牌小卧车一部；我死后，我所占份额的所有权转归儿子□□□。

8. 我作为债权人的权利，由妻子□□和儿子□□□共同继承；亲友欠我的款项，一概还给他们二人。

9. 我的部分作品以版税制方式获取稿酬。我死后，我的妻子□□和儿子□□□成为后续稿酬及其利息的所有者，全权支配它的使用。

10. 我死后，如果我名字之下的银行存折仍有余款，这些款项及其利息一概归我妻子□□和儿子□□□所有。

## 第三章 在世亲属

11. 我自11周岁起就以半工半读的形式协助父亲养家活口；自己成家之后，也从未中断过对双亲的抚养；即使在自己贫病交加的困难时期，我仍苦苦支撑，务求父母衣食无忧。因此，从单纯物质的意义上，我算得上是一名孝子。可是，对于父母的关照只有物质的方面是不够的，我给予父母的精神支持实在少得可怜，在这方面，有时我还成为父母的负担。与此同时，我也决不是一名合格的丈夫和父亲。对此，我希望我的父母、妻子和儿子能够给予充分的体谅和理解。

12. 如果我在我的父母（或他们中的一位）在世时死去，我希望我的兄弟和姐妹共同承担起照顾和赡养他们的职责；我的妻子□□和儿子□□□，在确保自身正常生存的前提下，应尽其所能地对我尚存父母在物质和精神上提供必要的帮助，直到他们安然离去。

13. 在我死后，我的儿子□□□务必要自强自立，尤其要认真总结包括我在内的前人的生活教训。人类最大的愚蠢就是不断重复先人的错误。一定要记住，抑郁症是咱们的家族遗传病，要尽最大努力摆脱它，尤其在教育你自己的子女时，切勿重蹈我的覆辙；要学会忍耐、宽容、慈爱和乐观，学会享受友谊和亲情的乐趣。对金钱的追求适可而止，要当金钱的主人，不要为金钱所奴役。

以上遗嘱，是在本人神志完全清醒、思维功能完全正常的情况下，并以自主自愿的方式订立的，因此对于所涉各方人员均具有法律效力。

立遗嘱人：□□□(签名)

证人：□□□(签名)

遗嘱执行人：□□(签名)

2014 年 1 月 6 日

# 论先知

先知(prophets)通常是指那些比一般人站的更高和看得更远,因而有能力对未来时局作出某种正确预断的人,他们也被称作"预言家"。由于早期的人们相信未来事情是由神所掌控的,先知既然谙熟未来,他们便可能受过神的启示或得到神的授权,因此先知也被认为是神的代言人。此类特定人群在中国文化语境下被统称为"先知先觉",源自于《孟子·万章上》:"天之生此民也,使先知觉后知,使先觉觉后觉也。"可见对于中国人来说,先知先觉是相对于后知后觉而言的。

既然先知的主要功能是预言,我们就得先弄清楚预言的起源。据说预言起源于占星术。由于天体活动对地球的确产生了某种作用,人们便相信星座的运行会对地球上的人与事发生直接的影响,通过观测各星座的运行及变化规律,便可以预先得知人事将会有什么变动。这种对天体与人事关系的探讨,就构成了最初的占星术和预言,而专门从事该活动者,便成了最初的占星家和先知。

在西方的历史上,最早的先知与神话传说有关联。在荷马和赫西俄德的神话作品中，先知随处可见，如海伦的追求者安菲洛科斯(Amphilochus)、因泄露了神的秘密而被刺瞎双眼的萨尔米德索斯国王菲纽斯(Phineus)、特洛伊战争的参加者卡尔卡斯(Calchas)、阿波罗之子摩普索斯(Mopsus)及其母亲曼托(Manto)等等。希腊世界最有名的先知要数女先知西彼拉(Sibylla)。据说西彼拉有八至十个之多，她们来自于不同的城邦，其预言最为灵验。由西彼拉预言汇集而成的《西彼拉书》(Sibylline books)后来影响到整个罗马世界，连犹太人和基督徒都将其当作重要参考书。

在走出神话世界之后，希腊罗马人当中产生了自己的政治先知，如立法者梭伦、哲学家苏格拉底及斯多亚主义者塞涅卡等，他们均以其敏锐的前瞻性，对其所处的政治环境及其未来命运，作出过精准的预言，从而为后世所瞩目。不过，先知文化的最大扛鼎者，则非犹太人莫属。历史上适时出现的先知，有时引用过去的历史，有时预言未来的事件，借以劝告人们遵守与耶和华的盟约和律法，并代表耶和华提醒人们，违逆神意者将遭到审判。旧约中的摩西、撒母耳、以利亚、以利沙及以赛亚等，均是以色列人重要的先知；旧约中超过一半的内容，被认为是由先知们所撰写，由此可见先知在犹太历史上所占据的重要地位。基督教继承了犹太文化中的先知传统，例如耶稣基督便被认为是最大的先知。耶稣之后的基督教先知，最著名者是公元2世纪中叶出生于小亚细亚的孟他努，此人偕同其两名女弟子一道自称为替圣灵代言的新先知;可是随着孟他努的教派被斥为异端,以及教会体制的最终形成,原先具有明显先知特色的基督教,便正式转变为主教制的基督教。与犹太教及基督教具有相同文化血缘的伊斯兰教,更是一个先知林立的宗教,据说该教拥有十几万先知。过多的先知对于宗教和谐来说未必是一件幸事,因为在庞大的先知队伍内部无法达成统一意见时,宗教分裂和争端便在所难免。

即使在近现代的世俗社会里,先知现象也司空见惯。例如,卡尔·马克思预言了一种根本有别于资本主义社会的新社会体制的诞生,尽管该新社会的高级阶段还有待于人们的继续努力,但其初级阶段无疑已经在某些地区得以实现;塞缪尔·亨廷顿预告了未来世界各文明区域之间的关系,虽然这种关系尚存在着极大的变数,可是就目前世界格局的总体发展态势而言,该预告的一部分实际上已经应验。因此,将马克思和亨廷顿划入近现代政治先知的行列,应当是没有问题的。

先知之所以为社会所需要,是因为每个社会均天生地存在着某种内在的惰性,先知恰恰是遏制社会惰性的利器。先知的言辞尽管令人感到不舒服,但它绝对是一服苦口良药,没有它,就无法达到疗伤治病的目的。在一个普遍堕落的社会里,先知代表了仅存的正能量。即使到了现当代,社会的正常活力也不能没有先知而独存。正如苏格拉底在为自己作辩护的过程中所说的,健康的城邦社会就如一匹良种马,在这匹马的身上长有一种被称作马虻的有益寄生虫,正由于马虻的不断刺激,马才不会总是处于昏昏欲睡的慵懒状态；如他自己那样的先知人物，就是长在城邦躯体上的马虻，它的存在有利于城邦社会的健康发展。当一个社会连先知也无法容忍时，这个社会离崩溃也就为期不远了，就如马身上的马虻被去除掉之后，马的健康便不复存在一样。

吊诡的是，历史上的先知本人大多没有什么好下场。为了调解贵族与平民矛盾的梭伦，在制定出一个精心设计的法律之后，却受到贵族和平民的一致攻击，变得两边都不讨好，只好选择一走了之。一心向善且以身作则的苏格拉底，却被雅典的公民法庭判处死刑，最终在监狱里饮鸩而亡。聪明透顶且老于世故的塞涅卡，虽然一生以追求个人自由为己任，却没能逃脱出皇帝尼禄的魔爪，终于成了暴政的牺牲品。作为耶稣基督先遣者的施洗约翰，据说因为干涉犹太王希律的私生活，而被后者投入监狱，终被斩首。耶稣本人更是因为其所传扬的道理危及犹太贵族社会的利益而被拘捕，在经受了审判以及一系列凌辱之后，连同两名强盗一起被钉死在十字架上；耶稣的死难固然符合神意和上帝的拯救计划，但以世俗的目光来衡量，它仍然是历史上最为悲催的事件之一。战国时著名的改革家商鞅，在为秦国的统一大业付出了毕生精力之后，仍难免死于最残酷的车裂之刑。北宋的变法名臣王安石，虽然最终尚能全身而退，不过也是官途坎坷，政治上三起三落。

人们也许会问：他们不都是先知吗？先知就应当预先知道自己的不妙结局才对啊。先知们的确有可能预先知道某些事情的发展进程和结局，但问题的关键是，先知是人而不是神，他们根本无法左右事情的进程并改变其结局。就如同底比斯城邦的先知，虽然有能力向老国王透露有关王子将杀父娶母的预言，却无能力阻挡这一预言的变现那样。

先知们命运的悲催，首先是由于既定的旧体制过于强大，新兴的力量过于弱小，代表新兴力量的改革者亦即先知实际上处于寡不敌众的态势下。例如北宋是一个豪门官僚势力坐大的朝代，王安石的改革试图以打击这一势力为切入口，这无异于以卵击石，其失败也就在情理之中。其次，先知们也有可能成为自己亲手建造起来的新体制的牺牲品，在这种情况下，他们就是自作自受。例如，商鞅煞费苦心地为秦国制定了一整套旨在加强君主个人权力的制度，结果是，他亲自培育出来的和无限膨胀的君权，反过来成了他自身的致命杀手。

先知们命途多舛，更多的是由于民众的愚顽和无知。应当承认，在传统社会中，先知先觉只是凤毛麟角的极少数；即使是属于“孺子可教”的后知后觉，也只占社会的少部分；社会上的绝大多数人，均是见风使舵和麻木不仁的“无知无觉”。民众的愚顽无知，是千百年来先贤们的事业功败垂成的关键之所在。历史上的许多伟大悲剧，说的均是有关些许智慧的光芒去与全世界的愚昧黑暗作不自量力的对撼的故事。梭伦将贫穷和陷于债务奴隶制的平民，变为小块土地的所有者和自由的城邦公民；平民却反过来责怪梭伦过于袒护贵族。可见平民百姓与贵族一样，其私欲永远难以满足。苏格拉底绝对不是那种轻易冒犯和得罪他人之徒，可是多数民众代表(281 票对 220 票)却赞成将其判处死刑，这多少体现出民众是非观念的单薄和对真理的实质性恐惧。犹太先知们总是苦口婆心地规劝民众停止崇拜诸神偶像，只崇拜唯一真神耶和华；民众则屡屡违背与耶和华的誓约，不断制作偶像并对其进行顶礼膜拜，即使受到耶和华的严厉惩罚仍不思悔改。耶稣在自己家乡传道，老乡们在未明其真实身份的情况下尚能实事求是地赞扬他的演讲；可是一旦了解到他是本乡人，便对其进行了尽情的奚落和嘲笑。崇洋媚外的丑恶心理如此作祟，以至于大家均认为只有外来的和尚才会念经，今天国内各大学在引进人才方面竞先以重金互挖墙脚的做法，与该传统套路如出一辙。

在极少数精英人物的先见之明与绝大多数民众的愚顽无知形成鲜明对照的情况下，对少数服从多数原则的认同，就必然导致无法无天的暴民政治，晚期雅典城邦的情形是如此，中国特殊年代里所出现的情形更是如此。这其中的道理很简单：在一个文化素养及教育程度分化殊异的社会里，真理常常掌握在少数先知人物手里，而不可能掌握在多数民众手里。有些人总是喜欢拿民主来说事，却丝毫不敢正视文化和教育差距的问题，这是明显的舍本逐末。历史固然是人民创造的，但走在人民前头的，仍然是极少数社会精英，何况社会精英也是人民的一员，只不过他们是人民中的佼佼者。中国多年的政治实践业已证明，在提升民众文化和教育水平方面无所作为，让民众在动荡的政治运动中去

“自己教育自己”，其结果只能是把民众“教育”得更加自私，更加功利和更加善于算计。因此，人们应当有足够的心理准备，由于社会的跨越性发展和文化教育的严重滞后，在一段相当长的时期内，少数先知人物与多数民众之间，仍会存在着明显的隔阂甚至尖锐的对立；当先知与民众开始达成某种水乳交融的密切关系时，那就不仅仅是耶稣所说的“天国就要近了”，而是圣保罗所说的“天国已经到了”。

# 论公仆

“公仆”(public servants)一词，最初起源于希腊罗马城邦的公有奴隶。古代城邦除了公民普遍拥有私人奴隶之外，为了维持公共事务的运作，城邦还以集体的名义拥有一定数目的公共奴隶，他们主要从事城邦中较低层次的工作，如维护公共卫生，看管公共建筑物，维持交通和治安秩序，充当下级财务管理人员、税吏、狱吏、消防员及城邦官员的助手和秘书，等等。因其工作的公共性质，这些奴隶的待遇比私人奴隶相对要好些，例如他们有固定薪水，并拥有较多自由活动的时间等。既然他们的服务对象是公民集体，他们也就是公众的共有奴隶，故称他们为公仆，就显得格外名正言顺。

进入基督教时代以后，随着奴隶制的逐渐消亡，公仆作为奴隶制城邦中的一个特定阶层，也开始退出了历史舞台。但有趣的是，为公众服务的思想，不仅没有随着公仆的消失而消失，反倒因基督教的盛行而不断得到增强。众所周知，服务意识源自于谦卑精神。既然在古典时代，为公民服务是奴隶的专门职责，傲慢的希腊罗马人当然不会将谦卑看作是公民必须具备的优良品德，他们认为，只有奴隶才需要谦卑。基督徒则完全颠覆了古人鄙视谦卑的传统，他们从耶稣基督身上找到了伟大谦卑的原型。耶稣屡屡教导说：想做主人，就必须首先学会做仆人；想要别人服侍，就应当首先学会服侍别人。耶稣不仅言传，而且身教，他周济贫者，医治病者，复活死者，甚至在被逮捕前夕还为其门徒一一洗脚，在被处死前受尽了侮辱，仍为侮辱者的罪责开脱，并最终以自己的死宣告了其服侍世人的最高目的。

在基督榜样的感召下，早期的基督徒纷纷以谦卑和服侍他人自诩，去模仿耶稣的行为，和践行耶稣的伟大思想。值得特别指出的是，如果说古典时期的公共奴隶只是以城邦中的特权公民为服务对象的话，那么早期基督徒则将社会上的弱势群体当作是服务的主要目标。这些弱势群体包括如下三类人：一是妇女，尤其是寡妇；二是儿童，尤其是孤儿；三是穷人，尤其是病人，病人中又以麻风病人最受关注。早期基督徒将那些品德高尚的已故教会人士追认为“圣徒”，而符合圣徒要求的第一个标准便是他们在仿效基督榜样即为社会弱势群体服务方面具有突出表现。据说，后来被封为圣徒的法国国王路易九世，就曾经在修道院里亲自为瞎了眼睛和失去鼻子的麻风病人喂食，他的这一谦卑行为把修道院院长感动得直哭。其他著名圣徒，如圣阿诺德、圣劳伦斯及圣杰马努斯等人，在生前均有过亲自为穷人洗脚及照看和医治病人等光荣经历。

进入中世纪以后，由于政治上的混乱，领主们为了自保或实现领地扩展，开始建立私人武装，于是，骑士阶层正式登上历史舞台。最初的骑士简直就是土匪，他们烧杀抢掠，无恶不作，其主要的牺牲品就是妇女、儿童及穷人等社会弱势群体。令人惊叹不已的是，在基督教的感召下，经过两三个世纪的努力，原先作为“武装暴徒”的骑士队伍，竟被教会成功地改造成为彬彬有礼的“武装修士”，他们仿照圣徒们的做法，将自己原先的主要抢掠对象，亦即妇女、儿童和穷人，径直变成自己保护和服侍的对象。尤其在十字军东征期间，骑士更是仿佛成为了朝圣者的保护神，而这些前往东方的朝圣者恰恰大多是妇女和穷人。据说，当时不少前往东方参战的骑士，旗帜上均打着“服侍世人就是服侍上帝”的口号。由此看来，经改造过的骑士队伍，固然以服务于教会和世俗君王的既定政治目的为归依，但由于他们谦卑地将自身定位为大众的仆人，故他们也就在一定程度上传承了早期基督教为弱者服务的思想。所谓上行下效，既然统治阶级以服侍世人相标榜，普通民众也就将谦卑当作是基督徒的最高美德来践行。

后来发生的反对专制统治的革命和改革运动，使君主的臣民普遍摆脱了封建束缚，成为近代国家中拥有人身自由和政治权利的新主人。于是，近代才开始出现的主人公意识，便与借由基督教传承下来的古代公仆思想，高度地统一在每一位近代公民的身上。“主人公”与“公仆”表面看来似乎是一对相互矛盾的角色，可是只要人们细加琢磨，就会发现二者实属相辅相成，互为表里：当需要强调个人尊严和自由身份的不可剥夺时，他所扮演的就是主人公，此时的重心被放置在个人权利上；而当需要凸显其服务社会大众的功能时，他所扮演的就是公仆，此时的重心则被放置在个人义务上。如此一来，主人公的尊贵和公仆的谦卑在同时受到弘扬的情况下合二为一，成为近代公民的基本素养和起码美德。这种集主人公与公仆于一身的公民，虽然从实践上看是近代历史的产物，但它早就内存于基督教的理论之中。根据基督教传统思想，人是上帝的首要造物，分享着上帝的自由气息，故天生拥有自由；人活在这个世界上只有一个主宰，那就是上帝；上帝面前人人平等，因此自由的权利对于世人而言具有普世性意义；平等的人们通过交换服务来兑现个人的自由和幸福，服务他人与当家作主便成了人们最大的义务和权利，二者在人性的天平两端获得了真正的平衡；于是，任何对世人的服务，均被上升到服侍上帝的高度，任何对腐败及暴政的反抗，均被认为是上帝赋予的神圣权利。在这种情况下，人们就可以理解，为何某名西方妇女在当面责骂自己的总统之后，却未曾遭到追究和打击报复；为何某位总统在获悉自己的不雅雕像被安置在几大城市的广场上之后，却可以泰然处之。这其间的道理很简单：总统作为最大的人民公仆，既然手中掌握着人民委托给他的最高权力，就理当以最大的谦卑去承受来自人民的各种压力，哪怕这些压力是无情的苛责和误解。

由于文化的差异，中国传统上不存在为公民集体服务的公仆。虽然文献上常常出现“公人”这一阶层，但它指的是“官家的人”，亦即在衙门中听差服役的人员，由于他们服务的对象不是民众，而是官家，我们就不能将他们等同于西方意义上的公仆。与此同时，中国传统上也不存在谦卑的思想。虽然孔孟之道当中也有类似于“谦逊”的说法，但汉语意义上的谦逊，并不等于西方文化上的谦卑，因为谦卑是建立在基督教以德报怨精神的基础上，亦即谦卑的对象不仅包括同等人和长上，也包括地位低下者甚至敌人，“博爱”的概念正是由此引申而来的。

显然，中国人最初是通过基督教，然后是通过马克思主义了解到西式的公仆概念并加以实践的。公仆的概念与主人公的概念应当是同时获得的。在将传统的官僚社会推翻之后，人民便从此当家作主，成为新社会的主人公；与此同时，主人公们则以一种人民公仆的身份管理国家，服务大众。马克思主义的初级理想由此得以实现，这对于所有人来说，当然是值得欢欣鼓舞的事情。

不过值得高度警惕的是，传统官僚政治的遗毒总是沉滓泛起，影响至深。人们常常可以看到，主人公与公仆的角色及功能，在某些领导干部的身上发生了蜕变和错位：他们一方面以获取个人利益为从政的最终目的，工作作风上唯上是从，最终沦为金钱和权势的奴仆；另一方面对民众则颐指气使，作威作福，发号施令，最终成为主宰人民的恶劣主人。这些领导干部还对“为人民服务”一说进行恶意曲解，他们狡辩说：“人民”包括了“我”在内，因此为我服务，也是为人民服务的一种体现。所谓上梁不正下梁歪，既然“人民的勤务员”都将追逐私利当作其立身之本，一般的平民百姓就更是以争当“主人公”作为改变现状和争取出人头地的唯一手段了，结果人们发现，公仆几尽绝迹，主人公则尽人皆是。

近来流传的有关某个住宅小区的一则故事，颇能说明问题。小区保安虽然不能算是领导干部，但由于他们的职责是为小区居民的生活服务，故称他们为该小区人民的“公仆”还是实至名归的。十几年前当小区里的私人小汽车尚为极少数人所专有时，小区公仆们每当见到这些车主驾车进出小区，都会主动立正行礼致敬；过了几年以后，小区里的小汽车多了起来，公仆们便开始改变惯例，即只对诸如奔驰、宝马等名车司机行礼；到了近年，小区里的汽车几乎达到了普及的程度，而且名车也随处可见，于是公仆们又做了一次变通：无论是什么车，一概不行礼。这虽然是一件极其琐屑的小事，但它却足以证明：尽管合同中明确写清楚小区的保安要为小区的所有业主服务，他们则更加趋向于特别为极少数拥有金钱和地位的人服务。这意味着他们只为金钱和特权服务，而不是为人服务。这种心态与我们的某些“人民勤务员”如出一辙。由此看来，当主人公精神被过度强调时，人们就会发生角色错位，最终导致反仆为主，昔日的人民公仆就会蜕变成鱼肉民众的恶主，与此同时，“服务”也会经由“管理”这一中间环节，逐渐地演变为“驾驭”和“领导”。近年来“领导科学”作为一个新兴学科被大肆热捧，其中奥秘正在于此。

# 论自由

从历史的角度看，人类社会先有奴役，后有自由，自由是奴役和压迫的解除。

传统的观点认为，奴隶制是人类历史上第一个奴役制度，它的出现使人类社会从此分裂为自由的主人与被奴役的奴隶。这似乎意在表明：奴隶制社会之前的原始社会，是一个完全自由的社会；人类一切不平等和罪恶，均来自于以私有制为前提的奴隶制。该观点显然是圣经《创世记》影响的结果。按早期教父们的解释，上帝伊甸园里的人类始祖，享有美好的时光和充分的自由；只是由于他们对上帝的背叛，才导致了其自由的丧失和奴役的开始。

可惜的是，这一神学说教并非历史事实。因为奴役和压迫人类的力量，不仅来自于人为的制度和体制，而且也来自于大自然。如今我们可以肯定地说，原始时代的人类，是拥有极少自由空间的。在凶禽猛兽出没无常、生存条件极端恶劣的史前时期，人随时都有可能沦为大自然的牺牲品，他们连外出觅食都必须集体结伴而行，其自由又从何谈起呢？

根据历史主义的观点，国家制度的产生，不仅保存了社会劳动力，有效地促成了物质生产与精神生产的分工，推动了文明生活的出现，而且使人们从自然的奴役和压迫中获得了一定程度的解放。因此，国家制度，哪怕是最残酷的国家制度，如西方古典的奴隶制国家和东方的专制主义国家，都远比原始公社制度要先进。我们甚至可以毫不讳言地说，正是由于国家制度的出现，人类才开始对于自由有了一个清晰的概念；假设没有国家，人类就不可能有对自由的自觉追求和渴望。概言之，人类的自由史，是从国家制度的诞生开始的。

人类所追求的自由，主要由如下三大部分所构成：一是生存的自由，亦即免遭饥饿、灾害和疾病困扰的自由，这是一个自由人最基本的生存前提；二是人身的自由或行动的自由，包括不受羁押、囚禁、看管，并能够按自己的意愿选择工作、发表意见及随时迁徙和流动的自由，这是一个国家公民最基本的权利；三是灵魂的自由，亦即在思想上摆脱了对他人的依附，免除了生存的恐惧感，实现了真正的独立思考和具备了个人的价值定见，这是最高层次的自由。一个人纵使具有公民的种种自由权利，却得不到温饱方面的保障，或受困于灾害或疾病而无法得到解脱，那么他还不算是享有真正意义上的自由，因为他正在受到来自自然方面的压迫。一名乞丐的自由算什么自由呢？至少在生存方面他得依赖于别人的同情和怜悯。一名流浪汉也许的确正在追求属于自己的“自由”，可是我们却不能据此说他就是自由的，因为对于多数流浪者而言，流浪生活恐怕不是出于自由的选择而是出于无奈的逼迫。一名受到病魔压制的病人，又如何能够享受自由的益处呢？一个人一旦需要住院治疗，他的人身自由就要受到一定的限制。因此，住院在某种意义上便等同于坐牢，虽然这种“坐牢”对于病人的康复是完全必要的，就如罪犯的坐牢对于他的改过自新是完全必要的那样。

从另一方面看，一个人虽三餐无忧且无灾无病，但毫无价值定见，不知真理为何物，政治上随风起舞，人际关系上攀龙附凤，思想上永远无法独立，内心里却时时充满着树倒猢狲散般的恐惧感。这种人带有不纯的灵魂，其自由只具有表面的意义，是一名不折不扣的“精神奴隶”。相反，一名拥有高贵思想的奴隶，总是以追求真理为目标，即便在主人残酷的奴役之下食不果腹、衣不蔽体，他仍然可以因其灵魂的独立和纯净而享有充分的精神自由，他甚至可以像斯多亚主义者爱比克泰德那样，由一名奴隶蜕变成为一名精神贵族。

其实，人们不仅仅因人身受到限制而失去自由。人们丧失自由的原因和类型是多方面的。有人整天忙忙碌碌，却完全找不到生活的目标，那他便沦为了时间的奴隶；有人爱财如命，与人交往锱铢必较，那他便沦为了金钱的奴隶；有人贪恋官位，喜欢对上逢迎谄媚，对下发号施令，那他便沦为了权势的奴隶。显然，只有主动地把控住了命运赐予的时间，同时又能够看透金钱和权力的本质的人，才算是真正意义上的心灵自由之人。

谈及自由，便不得不令人联想到一个有趣的问题：古代希腊罗马民主城邦中的奴隶，与埃及波斯等专制国家中的臣民，谁的自由会更多一些？正确的答案无疑是前者。城邦中的奴隶被剥夺掉的，不过是人身自由而已；古代希腊罗马的法律，从来就没有禁止奴隶拥有自由的思想，这就足以解释清楚为何某些著名的思想家、皇帝及后来的教皇，其出身会是奴隶或是释奴。对于肉身的禁锢，有时候反倒促成了灵魂的解放，社会的创造力和创新精神，恰恰来自于这种解放和独立的灵魂。与此相反，在专制的国度里，被束缚的，不是社会中的一部分人，而是社会的全体成员；被禁锢的，不仅是人的躯体，而且还有人的思想和灵魂。因此，黑格尔等人称专制国家为“尽人皆是”的普遍奴隶制国家，是有一定道理的。这意味着专制国家虽无奴隶制之形，却有奴隶制之实。

基于对自由内涵的深刻理解，古代哲学家把理想的城邦国家设计成以全面追求公民自由为至善目标的一个工具库。该工具库拥有各式各样用来实现自由的工具：医院，使人得以从疾病的压迫下解放出来；图书馆，使人得以从无知的奴役中摆脱出来；运动场，使人成为一名身体健壮的自由公民；立法机构，为了保证公民的自由权利和指明相应的义务而制定相关的法律规则；法庭，使公民的自由权利和义务得到公平的行使和履行；警察和军队，使公民集体的自由权利不因内部的骚扰和外部的干涉而遭致破坏或削弱；监狱，对不能正确行使自由权利的公民实施人身自由方面的限制，以减少其对他人自由的妨害；学校，教育后一代如何摆脱各种形式的奴役和压迫（包括物质上的和精神上的），逐渐成长为身心健康的合格自由公民。由此看来，理想城邦国家的最终目标，实际上便是追求公民共同的善，亦即是自由。

由于历史条件的差异，希腊人和罗马人对于自由的理解，还是有所不同。虽然从理论上说，个人自由与集体自由是互相依存的，两者当中任何一个的破坏，均会从根本上构成对另一个的威胁。不过相对而言，希腊人似乎更加看重集体自由，他们把集体自由当作是个人自由的前提和基础。斯巴达是一个特例，这个城邦为了维护既定统治秩序的稳定，强求斯巴达公民内部的高度一致，这给公民创造力的发挥当然带来了很不利的影响。时刻处于战争状态下的斯巴达公民，在享受其公民集体自由的过程中，到底拥有多少幸福感，的确是值得怀疑的。雅典人比斯巴达人要开放得多。不过尽管如此，雅典公民对于公民集体亦即城邦的高度依赖，仍然给人以深刻的印象。雅典法律不仅以发放津贴鼓励贫穷公民参与城邦政治生活，而且以罚款为手段处罚富裕公民逃避政治活动，结果使得公民成为了真正的“政治和社会的动物”。苏格拉底被城邦以民主的方式判处死刑，在明明知道这一判决极其不公的情况下，他还是以服从法律的判决为依归，这充分说明，即使像苏格拉底那样有个性的著名公民，也认同集体自由远远高于个人自由。为了保证和维系公民集体亦即城邦的稳定和繁荣，公民之间的平等便显得格外重要；于是，种种维护平等的措施陆续出台，如经济上限制土地兼并，政治上采取有薪公职制和抽签任职制，等等。相比之下，罗马人在集体自由与个人自由，以及在自由与平等之间，发现了更多的平衡点，这也许是罗马共和制能够延续五百年之久的重要原因之一。到了共和末年，当必得在集体自由与个人自由或自由与平等之间作出选择时，他们宁要个人自由，而放弃了集体自由和平等。从历史角度看，罗马人不啻为近代自由主义的远祖。

由于人不过是社会的一个分子，自由便不能只是被理解为完全的无拘无束。换言之，为了使人们在行使自己的自由权利时不至于妨害他人的或集体的自由，必须制定相应的法律，故而自由与法制是相辅相成的。在这方面，古代罗马人称得上是用法律制度来保证公民自由权利的典范。充分开化的罗马人，发现其邻居日耳曼人在行事方式上似乎不受任何外在法律的限制，因而便断言他们是一个特别崇尚自由的族类。实际上，罗马人所见到的日耳曼人，尚未跨入文明的门槛，他们的所谓“自由”，充其量不过是法律制度不够健全和完善的一种体现而已。

从对于人身自由的追求，发展为对于思想自由的追求，是一个自然而然的过程。柏拉图将肉体当作是灵魂自由的束缚，其结果便是鼓励了后世禁欲苦修风气的蔓延。从公元 3 世纪末开始逐渐扩散到整个地中海世界的基督教修道运动，实际上是广大的普通信徒反对基督教体制化的一种斗争方式。为了表示对于教会特权和既得利益者的反感和不合作，人们纷纷走出城乡家门，隐遁到荒山旷野去修道，其所追求的，正是思想和灵魂的独立和自由。虽然这一运动毫无例外地最终被“收编”进了教会体制之内，并因此而造就了著名的修道院制度，可是它最初与自由的关系，却是不可否定的。

当人们暂时撇开物质世界的羁绊时，自由就有可能被提升到一个形而上的高度。希腊罗马的哲学家，将哲学当作是导向自由的坦途，他们认为，只有哲学家的灵魂才是自由的。古代犹太人则把自由与人的伦理行为联系起来，如犹太哲学家菲洛就明确提出：每一个善人都是自由的。这是因为人一旦具有了善良的意志和行为，便摆脱了贪吝及心胸狭窄的束缚而达到自在自为。在古代的贤哲们看来，自由往往不是通过满足个人的欲望来获取，而是通过消除个人的欲望来获取。在古代世界五花八门的自由观中，斯多亚主义的自由观最具特色。如爱比克泰德便给自由下了这样一个定义：想怎么生活就怎么生活，不受任何东西的逼迫和阻碍，总能得到自己想要的东西，总能回避自己不要的东西。由此看来，爱比克泰德式的自由是与幸福联结一起的：只有幸福之人（或自认为幸福之人）才有真正的自由，不幸的人（或自认不幸者）是不自由的。可是，由于人们不能总是随心所欲，人们只能要求自己能够得到的东西，也只能回避自己能够回避的东西；人的生命是神所赐予的，人应当随时做好高高兴兴地将它归还给神的准备。在爱比克泰德看来，苏格拉底遵照法律要求（亦即神的要求）并完全按自己的意愿去死，故他是幸福的，因而也就是自由的，虽然他的肉体并不自由（受监禁并被处死），但肉体的不自由并未妨碍他的灵魂自由，而灵魂的自由才是实质性的自由。这从根本上颠覆了世俗的看法，因为世人一直认为，苏格拉底之死是世上最大的不幸。

基督教所理解的自由，则主要是一种从罪恶中解放出来之后的无罪状态。在《约翰福音》第8章中，耶稣教导说：真理必叫你们得以自由。听者反驳道：我们本来就是自由人。耶稣回答说：可是你们有罪，故你们是罪的奴隶。据说前燕京大学校长司徒雷登据此而拟定了一则校训，叫“因真理，得自由，以服务”；后来日本人占领了北平，燕京大学的教学秩序受到了极大的冲击，于是司徒雷登便颠倒了前两句的顺序，遂成为“因自由，得真理，以服务”。不论这个故事的真假，也不论自由与真理孰先孰后，在以基督教为母体的西方文化传统中，自由与真理总是捆绑一起的，二者谁也离不开谁。

# 论大结局

“结局”指的是事情的终了和最后结果，一般用来作为戏剧或其他故事叙述的结尾；之所以称之为“大”，主要是为了衬托事件过程的复杂、情节的离奇和结果的出人意料。

就人的一生而言，结局的重要性丝毫不亚于过程。据希罗多德的记载，小亚细亚的霸主、吕底亚国王克洛伊索斯，曾经向到访的雅典人梭伦炫耀自己的权势和财富，他据此自诩为世上最幸福的人。面对这样一位政治强人，梭伦直言不讳地提出了自己的幸福观。他说：权势和财富对于活着的人来说固然重要，但是一个人到底是否真正幸福，更重要的还要看他能否善终。事态的发展多少带有戏剧性，这位不可一世的僭主最后家破国亡，其权势随着其自身耻辱和痛苦的死去而烟消云散，其财富尽入他人囊中，其所谓的幸福，自然成为一则历史笑料。

即使是文学作品的结局，对于维持作品自身的基本质量来说，也是至关重要的。许多人喜欢在对影视作品的最后结局进行初步的“剧透”之后，才决定是否要跟踪观看下去，这充分说明人们对事情（哪怕是虚拟的事情）的结局的高度重视。当然，在现实生活中，发生于大多数人身上的大多数事件，虽然也充满着矛盾与冲突，但由于内容一再重复出现，情节平淡无奇，结局也变得顺理成章和容易预料，对其进行文学性叙述，便无法获得听众或观众的强烈共鸣，也就难以达到一定的戏剧性效果，因此，我们就能理解，为何多数平凡事件不能成为文学创作的题材，为何多数平凡人士不能成为文学塑造的对象。例如，平民百姓所面对的无非是油盐酱醋，所经历的无非是生老病死，所体验的无非是酸甜苦辣，这些日复一日的平淡生活，显然并不都是值得花太多的精力去进行文学升华的。

而值得去作文学升华的对象，便剩下了典型事件和典型人物。一部好的文学作品，除了在选取典型事件和典型人物，并在情节构思等方面必须尽可能独具匠心之外，其结局也应当具有一定的震撼力；不少作品虽然过程描述非同凡响，结局却了无新意，因而留下了败笔和遗憾。目前所能看到的文学作品，结局主要有三种：第一种是悲剧式结局，亦即以主人公的企图的彻底失败而告终；这一结局的教训，就在于使读者或观众了解命运的专横和不可避免，进而让其在实际生活中做好必要的心理准备和提高抗压能力。第二种是喜剧式结局，亦即以主人公成功实现了自身的企图而告结，这在民间被称作“大团圆”；该结局的意义，就在于鞭笞傲慢和野心，嘲笑人的贪婪本性，促使人们趋善避恶。第三种是悬搁式结局，亦即不明确给出结果，而是留待读者或观众去自行思考和推论；该结局的重要性，就在于把阐发事件影响力的主动权直接交给了读者或观众，巧妙地引导人们参与到人物的塑造和事件的进程当中。所有这些结局虽然各有侧重，但它们拥有一个共性，那就是相信人的行为会导致相应的果报，即善有善报，恶有恶报，从而教导人们在决定自己的行为方式时，必须首先考虑其必然的后果及自己所应承担的责任。

由于历史传统和文化类型的差异，不同族群的人们对于各种结局所产生的情感共鸣的强度，也是迥然有异的。例如在古希腊罗马人那里，悲剧所产生的震撼力，比喜剧大得多；而在基督徒及传统中国人当中，情形刚好反过来：喜剧的吸引力远比悲剧大。这实际上与特定的时间观密切相关。根据科技史家李约瑟的说法，古希腊罗马人和古印度人所遵循的时间观叫做“时间循环论”，即认为时间总是在一个封闭的圆环里转圈，历史没有任何进步的希望。由于时间是循环的和永恒的，故暂存的历史人物及事件比无始无终的世界更少真实性，现实生活中是不存在终极价值的。既然历史的循环和反复是人的共同宿命，人就无法成为历史运作的真正主人，相反，人常常成为命运奴役和支配的对象。在这种情况下，以哀叹命运为主题的古代悲剧，便更容易引起人们的共鸣。而犹太人和基督徒所遵循的则是“时间线性论”，即把历史时间看作是一条有始有终的直线，认为历史的发展随着时间的推移会从坏变好，人的状况由不完善到完善，社会由无序到有序。这种时间观更强调人类的社会性和集体命运，把人在自然万物中的主体地位凸显出来，从而坚持人对自身命运的把控和掌握，其总体精神必然是乐观的和积极向上的，这就解释了为何基督徒会把世界末日理解为时间的圆满结束和人类幸福的大团圆。

传统中国人兼有时间循环论与时间线性论两种观念。具体而言，在早期道家、后来的道教及宋明理学中，时间循环论占主导，这一方面是因为受到佛教思想的影响，另一方面则与中国历史周期性发展特点及古代阴阳五行相竞相克的理论有着密切的关联。而在正统的儒家学说中，则是时间线性论占据绝对主导地位。《春秋公羊传》认为天下始于"据乱"，兴于"升平"，终于"太平"，历史的发展明显呈直线上升的趋势。孟子性善说尽管受到了荀子性恶说的挑战，但性善说在传统思想中终究占据上峰。在这些思想潜移默化的影响下，人们普遍认为，明君贤臣治理下的社会就是小康社会，亦即准理想社会。故传统中国的主流思想积极干预世事，强调社会集体的改善，重视社会教化的功能，反映在文学作品上，便是对事情的结局充满乐观精神。虽然悲剧也能打动一般观众，但中国式的悲剧"虽悲犹喜"，亦即悲剧人物即便必须含恨而死，最终也会等来沉冤昭雪之日，如著名元剧《窦娥冤》所宣染的，便是这样的主题。总之，无论在历史上还是在现实中，一般中国人对于大团圆式的结局，均充满着憧憬和迷恋。

在历史上，对人类大结局的预告，常常成为一种伟大宗教或伟大思想的真正发端。据新约记载，耶稣在复活之后升天之前曾向其门徒暗示他将再次降临人间，于是，他的门徒便趁机对"复临"一事进行大肆宣扬，他们提出，在基督复临之时，因基督之名而受害的死难者必将复活，与基督同掌王权，享受永生；魔鬼与恶人也将复活受审，并被投入火湖遭受永劫。这一景象后来被概括为“末日审判”，这意味着与耶稣复临人间主持最后审判的同时，由于时间的终结，整个世界将最后毁灭。基督教正是借助着这一思想的流行而逐渐崛起的。按耶稣本人的说法，他的复临亦即末日审判很快就要到来。可是，最初的信徒在苦苦等待了二、三十年之后，却仍没能看到末日的出现，人们的信心难免发生动摇。正在这一关键时刻，一个叫保罗的人挺身而出，对世界末日作出新的解释。在其解释中，末日这一概念，由先前基督复临人间审判一切生者和死者，变成了主要是指每个个人死后的结局；耶稣即将建立的“千年王国”，也被从整个人间世界移到了每个个人的内心里，由现实的理想变成了对来世的向往和期盼。由于有了这些新解释，活着的人们就再也不必苦苦等候末日和千年王国的到来，而应当通过积极的信仰和改善自身的道德状况去主动争取它们在个人领域的实现。正是有了保罗的这些解释，基督教才化险为夷，顺利度过其发展史上的第一个大危机。

在西方基督教文化的母体中孕育出来的马克思主义，自然也继承了基督教线性的时间观，它所展望的人类大结局，是一个消灭了私有制和社会等级、物质财富高度丰富、人们的道德水平高度发展以及各取所需、各遂所愿亦即享有高度自由的理想社会。从本质上说，这样一个理想社会，是基督教天堂的具体化和全面展开；所不同的只有一点，那就是在基督教诉诸纯理念及和平手段的地方，马克思主义却公开诉诸社会实践和暴力手段。

文学作品虽然不一定都要如实反映现实生活，可是如果它完全与生活相脱节，便无法获得最低限度的感染力，无真则难以有美，这一条对于结局而言也一样适用。遗憾的是，目前许多国内的影视作品，为了迎合观众的低级趣味和追求大团圆的心理，常常编造出大大失真的结局来。例如离异双方必得最终复婚，家翁的肿瘤病必得最后被确诊为良性，顽皮学童的考试分数必得由最初的不及格提高到全班一二名，诚实商人最后必得全部追回被奸商骗取的巨款，有志气的打工仔经过一番奋斗后必得成为成功企业家，等等；更有甚者，在这些总结性描述之外还要加上警匪斗的血腥场面，最终结果便是英雄抱得美人归，各路好汉尽得其所。此类既老套庸俗又完全违背生活规则的大团圆，固然因宣扬了一种“正能量”而能博得某些掌声，但其艺术生命力却注定是不会太长久的。

实际上，真正有质量的作品并不惧怕主题的陈旧，关键是要借助情节及结尾的独到设计去充分揭示生活中真实和美好的一面，从而使读者或观众得到有益的启示。最近电视台播出的一部有关三角恋爱的连续剧颇有意思：A男与B女深深相爱，C女却一直单恋着A男。B女患了绝症，为了促成不知真相的A男与C女的结合，B女选择逃离。C女竭力安排A男与B女最后一见而未成，最后在机场的候机大厅里，A男与C女相拥而泣，二人的诉求却迥然相异：A男哭的是B女的不辞而别，C女哭的则是A男对自己的无感觉和绝情。该片子的演员，无论是主角还是配角，均演技纯熟，表现优异，纯情自然，毫无造作；编剧富有创意，情节构思巧妙；更重要的是，结局的设计独出心裁，虽在意料之外，却属情理之中。如此一部优秀作品，据说国内观众的反应十分平淡。原因可能是多方面的，例如作品曲高和寡，对爱情的描述和表达比较深沉（不是故作深沉），这对于喜爱直白的国内普通观众来说的确存在着理解上的难度；更重要的是，作品结局过于悲催，这在将观剧当作是纯粹消遣的观众看来，无疑是一个有些过分的感情负担。但这些原因均不能成为作品必得无原则讨好观众的理由，因为观众也需要加以引导和教育。

# 论历史的真与美

一部理想的历史作品，应当达到真与美的统一。

求真是历史学的最终目标和本质。西方历史学之父希罗多德，虽然在自己的作品中记载了不少荒诞不经的传闻，但他明确表示自己并不信以为真，由此显示出其作为一名历史学者的本性未泯。修昔底德首次将考证的方法引入历史领域，他因而也便成了将求真当作历史撰述目的的第一位历史学家。即使早期的教会历史学者，在坚持基督教信仰的前提下，也并没有忘记史学的求真本质，例如教会史之父优西比乌，便认为在基督教真理与历史科学之间并不存在根本的矛盾和冲突，二者完全可以获得高度的统一。在近代的兰克史学和实证主义史学兴起之后，史学界门派林立，历史理论众说纷纭，可是作为历史学的目标和本质，求真却成了大家的基本共识。中国传统史学虽有过发掘史书微言大义的“春秋笔法”，但较为接近求真精神的“直笔”传统，似乎更占主导地位。这说明在求真问题上，中西史学不谋而合。

如果把历史学当作一门科学来看待，那么历史学的求真便是科学求真。历史学家的作用与一名诊病医生的作用非常相似。医生的诊治过程一般分为三大步骤：第一步为诊断出什么疾病；第二步为探明该病的起因；第三步为对症下药，进行治疗。历史学家却只能迈出两步：第一步是说出或找出历史真相；第二步是弄清这些事实真相的来龙去脉和前因后果。至于第三步，即如何借鉴这些历史真相，并将之服务于现实社会和生活，历史学家则无法越俎代庖，只好留给政治家、政客及其他与现实生活直接相关联的专家们去完成。

显然，历史学所揭示的历史真相应当是全方位的。历史真相往往包含着善与恶两个方面，历史学不能只揭示其中一个方面，而隐匿另一个方面。例如，我们在教科书上读到的有关“和亲”的问题，基本上都是一边倒地唱赞歌，即从促进汉族与边疆少数民族的经济文化交流、巩固大一统汉族政权等“民族大义”的高度去对公主们的壮行作积极的叙述和评价。殊不知，对于当事者而言，一部和亲史实际上就是一部放逐史。试想，在文明程度殊异的汉番关系下，除非另有隐衷，一般女人有谁会自愿外嫁到风沙弥漫、茹毛饮血及亲疏无序的蛮荒之国去受罪？这就难怪真正外嫁的和亲“公主”，几乎都是被皇室收养和敕封的假公主；因此，一路上生离死别、哭哭啼啼才是和亲场面的真相，而有关欢天喜地和充满幸福感的描写，则完全是后人的杜撰。而且，传统上习惯于把从汉朝刘邦开始的和亲政策当作是汉人政权对外关系上的一着妙招来大肆颂扬，今天看来，这一招恐怕也是汉人对外屈辱史的滥觞，其意义和影响与近代对外割地赔款实在没有什么两样。又如，教科书告诉我们，早期的基督徒具有无比坚定的信仰，他们在迫害面前，常常为了基督的事业而勇敢地贡献出自己的生命。这也许是历史事实。可是，史料也向我们披露了历史事实的另一面：在一些基督徒争先去为自己的信仰而殉道的同时，也有不少的基督徒以告密、出卖和叛教等卑劣的方式去换取自己的生命和自由。可见，对于历史细节的把握，不应当只看一点，不及其余，否则就会失之片面。

既然历史的真相是全方位的，历史学家就不能够同时充当道德学家，当然，道德学家也不能兼任历史学家。因为道德学家的主要任务是扬善去恶，这意味着在对待历史真相时，道德学家是有所取舍的，这恰恰与历史学的求真原则直接相悖。历史学家既显示善良，又揭示丑恶，只要这些善、恶是历史的真相，就会毫不隐讳地将之公之于世。正如医生有义务准确无误地告知病人或其家属有关病人患病的真相，而无论是良性的炎症抑或是恶性的肿瘤，历史学家也有责任无一隐瞒地告知世人有关历史的真相，而不管是善行和良政，抑或是恶行和暴政。

如此看来，历史既具有教人为善的功能，也具有诱人作恶的作用，历史教化便不是历史学家的职责，而是道德学家和政治家的义务。虽然历史研究的成果，完全可以被利用来服务于人们的现实生活，可是，政治家和道德学家如何断章取义地利用历史资源来达到自己的政治目的(无论是高尚的还是可耻的)，均应当与历史研究的过程本身没有任何关系。换言之，历史撰述应当是历史学者独立自主的工作，它除了求真之外，不必服务于任何其他的世俗目的。

我们从当前的学术实践中遗憾地发现，某些历史研究者并没有将求真当作是历史学的本质和目标来追求，他们热衷于发扬“六经注我”的传统，采用牵强附会的手段来实现其成名的目的。上个世纪末，随着我国改革开放的深化，历史学界开始有人撰写开放的历史，他们竟然把中国的开放追溯到秦汉时期；既然一两千年前的古人已经拥有了如此气魄和智慧，今人的开创之功不就一笔勾销啦，这不是弄巧成拙吗？1992 年，有人更是鼓噪开会和出书纪念东晋和尚法显到达美洲 1580 周年，媒体也趁机大肆炒作，理由竟是法显自传中的“耶婆提”，被他们认定就是美洲，于是法显的“发现新大陆”，便足足比哥伦布早了一千多年！这些选题本身就是虚假的，其研究也自然就变得毫无意义。此外，不少人喜欢用后来才出现的名词术语来指称先前的历史场景，从而导致场景失真。例如，对联是五代时期才出现的现象，有人却误称某一唐诗是“对联”；“世界”是借助佛经引入汉地的外来词，有人却将其提前使用于秦汉时期的天下格局；歌剧是文艺复兴时代的产物，有人却将其挪用于中世纪欧洲的神迹剧，等等，不一而足。场景失真表面看来似乎无损大局，可是其所导致的时代错位，却与历史的求真本质格格不入，因而也被看作是历史研究之大忌。

既然历史以求真为目的和本质，这是否意味着历史作品必定要以枯燥无味和艰涩难懂为特征呢？答案自然是否定的。相反，成功的历史作品无一例外是美文。如果以“古香古色”来描述历史作品的古典美，那么修昔底德的《伯罗奔尼撒战争史》、普鲁塔克的《希腊罗马名人传》、鄂图的《双城志》、司马迁的《史记》及司马光的《资治通鉴》等的确当之无愧；倘若以“美轮美奂”去形容历史作品的现代美，则黑格尔的《历史哲学》和爱德华·吉本的《罗马帝国衰亡史》等确实受之有理。这些古今中外的历史杰作，把内容上的求真与形式上的求美巧妙地融为一体，几乎达到了臻于完善的程度，这便是它们得以流传千古的原因所在。时至今日，每当我们吟诵起司马迁的“孔子赞”和伯里克利的“阵亡将士葬礼演讲辞”时，那优雅流畅且富有感染力的话语，配合着自然的韵律，在吟者与听者之间必会形成一种唱和交流及互动，最终产生出美不胜收的效果，仿佛又回到了文中的古时场景，这绝对是一次激荡灵魂的精神享受。

众所周知，历史作品中的内容也必须被装进适当的语言框架之内，因此，使用何种语言风格来表达相应的历史事项，就在一定程度上考验着历史学者的聪明才智。我们甚至可以说，一位著名的历史学家，在一定程度上也是一名语言大师；相反，一名语言能力平淡无奇的撰史者，绝对不可能成为一位杰出的历史学家。如今历史学发展的最大困境是，太多的历史撰述者是语言方面的低能儿，因而便创作不出真与美相统一的优秀历史作品，这就难怪社会大众把阅读当代历史作品视若畏途。事实证明,历史的真与美,是完全可以相得益彰的:美的形式使真的内容更显其真;真的内容则使美的形式更显其美。于是我们就能理解,为何司马迁及修昔底德等人的历史作品,既被用作历史专业学生的读本,又被用作文学专业学生的范文。

至于历史文学,则应另当别论。历史文学(包括历史小说和历史题材的影视作品)本质上是文学而非历史,因此它就当服从文学的原则,亦即允许合理的虚构。换言之,历史文学基本上不需要遵从历史学求真的原则。可是,既然这种文学形式贴上了历史的名目,其虚构就必须以一定的历史趋势和背景为依据,否则就不可称作是历史文学。大众评判一部历史文学作品的优劣,除了从情节构思及语言提炼等方面入手之外,更多地是从其所反映的时代是否具备某种真实性方面去考量。如果历史的本质在于求真,那么文学的本质就在于求善和求美;可是正如求真的历史离不开美的形式一样,求善和求美的文学也不能完全失真,尤其是历史文学作品。当今的文学市场比较多元化,各种穿越时空的无厘头文学作品,迎合了大众的各种趣味,这是可以理解的。不过在涉及相对严肃的历史文学作品时,创作者仍然应当赋予作品以一定的时代真实感,至少必须设法使读者(观众)“信以为真”,不然就会是败笔。例如在一部反映北宋历史的电视剧中,主人公竟留着刮过之后重新长出来的胡茬子;在一部反映知青生活的长篇小说中,出现了过生日吹红蜡烛和闭目许愿的情景;在一部反映延安抗日青年生活的连续剧中，主要角色赫然留着近年来才开始流行的飞机头，等等。这种胡编乱造既然太过于蔑视读者和观众的智商，它们反过来遭到读者和观众的蔑视，便是情理之中的事情。

# 论亲子关系

亲子关系指的是父母与其子女之间的关系。在具体的伦理实践上，亲子关系主要表现为两大方面：一方面是父母对未成年子女的养育，另一方面是有经济能力的子女对年老父母的赡养。

可以想象，最初的人类也许与其他动物一样，即虽存在着父母养育儿女的义务，却未必存在着子女赡养父母的义务。正如一句粤语俗话所说：老窦养崽崽养崽（父亲养儿子，儿子则养自己的儿子）。父母对子女的义务是天生的和固有的。只是随着人类文明的发展，人们才逐渐发现存在着反馈父母养育之恩的必要，于是，自觉地赡养年老的父母，便成为人类区别于其他动物的重大标志之一。不过无论如何，由父母与其子女之间所构成的关系，仍然是人类最基本和最古老的关系；由该关系所引发的亲子感情，是最为自然的感情；由亲子关系所构成的伦理，则是一切社会伦理的基石。

因文化传统的不同，中、西亲子关系存在着两大重要差异：其一，中国的亲子关系具有比较强的辐射力，即亲子关系以辐射的形式强烈地影响到其他相关的亲族关系，如祖父与孙子的关系、曾祖父与曾孙的关系，等等，于是便构成了一个以亲子为核心、亲情逐级递减的亲缘辐射环。西方的亲子关系则局限于父母与子女之间，其辐射力不强，因此亲族关系便相对简单。其二，中国的亲子关系刻意突出子女对父母养育之恩的报答，这种报答简称为“孝”；在社会舆论中，对子女赡养年老父母的义务的强调，远远超过了对父母养育未成年子女的义务的强调。西方的亲子关系则似乎更能够体现出父母与子女间权利与义务的平衡和对等，例如梭伦的立法就规定父亲如果不教会儿子一门谋生的技艺，儿子就没有赡养父母的义务。

父母养育未成年的儿女，与有经济能力的儿女赡养和照顾年老父母一样，主要均是出自于自然的感情，未必总是需要作人为的法律强制规定；而当需要进行立法强制时，这种最为神圣的自然感情，一定是已经遭到了较大的伤害。梭伦将亲子间的权利与义务诉诸法律，他必定是从子女普遍缺乏赡养父母的能力方面，看出了年轻父母在养育子女方面的不够尽责。如果把场景由希腊搬到中国，那么梭伦的做法肯定是有悖于孝道的，因为在一名具有传统思维习惯的中国人看来，父母再不堪，子女的行孝也是天经地义的。

实际上，西方传统并未刻意彰显儿女对父母的悖逆，相反，即使是早期的西方人，也强调亲子间相互的职责和权利。例如，根据罗马法，子女对父母有尊敬的义务，父母对子女有惩戒的权利；被基督徒奉为圣经之一的旧约，也要求人们要尊敬自己的父母。

西方的伦理史上，更不乏“孝顺”父母的实例。希罗多德曾记述过梭伦叙述的一个故事。故事说亚各斯城邦的一对年轻兄弟为了满足母亲坐车到城里去观看女神祭典的愿望，亲自拉车近百里，在到达目的地后因体力衰竭猝然而逝，人们为了表彰他们的孝行，为他俩竖立了塑像。有趣的是，梭伦将这对为孝顺而死的兄弟，描述为幸福人生的典型。根据拉丁诗人维吉尔的记述，特洛伊王族成员埃涅阿斯在特洛伊城陷落之后，背着自己的老父亲，拖家带口向西逃窜，在到达西西里岛后，父亲病逝，埃涅阿斯为他举行了隆重的葬礼和竞技会。目前流传下来的埃涅阿斯画像或塑像，主要特征便是左膀上背着一位老者，右手拉着一名少年，患难时期仍亲情不泯，实在令人感动。

对于亲子关系的本质，不同的社会阶层有着不同的理解。罗马帝国初年的斯多亚主义学者塞涅卡认为，无论是父母养育儿女，还是儿女赡养父母，均是出自于人的自然感情，它们构成了对被抚养者的一种恩惠；而作为恩惠则是不需要任何报答的，因为需要报答的就不是恩惠，而是一种利益交易。换言之，父母的养育儿女，不应当以谋求日后儿女对自己的赡养为目的；而子女赡养父母，也不应当以报答父母先前的养育之恩为依归。塞涅卡的这一看法，只不过是代表了一种形而上的哲学思考。对于广大的平民百姓来说，追求亲子关系的功利性则是人之常情。中国民间历来有“养儿防老，积粟防饥”的说法。由于中国传统社会几乎不存在任何社会化的养老机制，照顾老年生活的责任只好落实到每个家庭。于是，养儿之于防老，其意义就完全不亚于积粟之于防饥。在这种情况下，亲子感情便会因时、因人和因地而异。我们不好说功利性的亲子关系缺乏亲子感情，因为感情这东西的微妙和难以捉摸实在是超出一般人的想象。有许多的父母径直把生男育女当作是一种有利可图的投资，他们公开声明养育后代的目的就是求取自身老年生活的舒适和安逸，这种心态按理说是与无价的亲情直接相冲突的，可是恰恰就在这样一种利益交换型的家庭当中，逐渐地培育出令人激动不已的亲子感情来。相反，也有许多的父母将一生的纯粹感情毫无保留地倾注在子女的身上，可是在自己年老体衰之时，他们却发现自己像一双穿烂的破鞋一样，正在被无情无义的儿女所抛弃。

中国传统既然以居家养老作为解决老年问题的主要途径，孝文化就必然得到特别的弘扬。孔子认为孝应当包含养亲、事（侍）亲、葬亲和祭亲等四个方面，如果撇开其宗教和礼数方面的色彩，则孝主要由赡养父母和埋葬父母等两大方面的内容所构成。如果加上父母对子女的义务，便是一个非常理想化的设定，即一个完整的人生，须由亲子两代人相互扶持来完成：父母完成生育和抚养的任务，子女则完成赡养和送终的任务。西方社会虽然不存在类似于中国的孝文化，但这并不意味着西方传统不重视亲子关系。唯一的差异是，养儿防老的问题对于西方人来说并不显得十分迫切，故亲子感情较少功利性。西方古代盛行奴隶制，人们可以通过蓄养奴隶来解决养老等后顾之忧，因此，努力赚钱以便有能力购买到理想的奴隶，才是年轻人的第一奋斗目标，至于生男育女，则似乎沦为第二要务，这部分地解释了罗马时代人口增长率的长期迟滞。到了中世纪，教会势力渗透到社会生活的方方面面，人们在年轻时只要为教会服务过若干规定的时段，在年老寡居时就可以获得教会的赡养，亦即说，通过教会的作用，西方的养老开始出现了某种社会化的苗头。

在亲子关系中，子女对父亲的感情与对母亲的感情也许是不同的。根据某些心理学家的说法，由于异性相吸原则的作用，儿子会较亲近母亲，女儿则较亲近父亲，这就是弗洛伊德所说的"恋母(父)情结"。这一说法虽然能够找到不少的个案，可是未必具有普遍性意义。实际上，在父权制确立之后，子女的血统往往被认为与父亲更加接近；在生育后代方面，人们通常相信父亲直接提供了将要长成幼苗的种子，而母亲只是提供了可供成长的土壤而已。就此而论，古人的亲子关系是侧重于父子关系的，至少在社会舆论上是这样。根据希腊的神话传说，亚各斯国王阿伽门农被其妻子害死，儿子奥列斯特为了替父报仇杀死了自己的母亲，审理此案的神界法院则以宣布奥列斯特无罪支持了他的行为。这被恩格斯认为是宣告父权制最终胜利的标志性事件。有关美狄亚的悲剧也颇能说明问题。美狄亚在获悉自己所爱恋的丈夫伊阿宋移情别恋之后狂怒不已，在后者的婚礼上，她不仅毒死了新娘，而且亲手杀死了自己与伊阿宋所生的两名儿子。显然，在这名残忍的复仇者看来，切断了父子相承的血脉，便是击中了男权社会的软肋。

然而，无论是奥列斯特的故事，还是美狄亚的悲剧，其本身就是男权社会的产物；在古代社会中，由男性所撰述的作品，毫无例外地会为男权的正当性作辩护。在现实生活中，类似于神话传说中的那种母子相残的实例是凤毛麟角的。由于自然和生理上的原因，在多数情况下，母爱比父爱似乎更加有魅力；亦即说，在一般情况下，子女与母亲的关系，更多地具有感情的色彩，子女与父亲的关系，更多地含有理智的成分。

那么，在养育儿女与赡养父母之间又存在着什么样的差异呢？在养育儿女的过程中，年轻父母所亲历和体验到的，是一个生命从无到有的诞生和从小到大的成长，这种体验的结果必定充满着新奇感、幸福感和成就感；而在赡养父母的过程中，背负生活重压的儿女所目睹和感悟到的，则是一个生命从衰老走向死亡的过程，该体验的结果必然充满着失落和沮丧感。这就部分地解释了为何父母对子女的感情比子女对父母的感情来的更加深厚和持久。由于自然规律的作用，随着年岁的增大，老年人常常变得脾气暴戾，行为古怪，甚至智力退化，体力衰竭，生活完全不能自理，通向终点的路径既曲折又绵长。所谓“久病床前无孝子”，便真切地道出了“孝子”们在长期服侍老人时的那种怜爱、无奈与苦恼交加的复杂情感。近年来国内在中小学生当中恢复传统文化教育，孝文化再次获得特别的强调。但令人不快的是，许多学校总是拿孩子们为父母洗脚来作秀，他们天真地认为，能够为父母洗脚的孩子长大后必定会自觉履行尽孝的义务。严酷的事实将证明这一想法的幼稚可笑。历史经验告诉我们：子女最大的孝道应体现在努力赚钱和诚实纳税当中，而解决养老问题的唯一出路则是逐渐实现养老的社会化，而不是恢复家庭养老的传统，这样才不至于从根本上挫伤了亲子感情。正如柏拉图所说，要想鞋子穿得舒服，就应当从专业制鞋师傅那里买鞋。既然大多数人都不是服侍老人的行家里手，我们把这一专业性特强的工作交托给经过技术培训的专业人士去做，不是更加顺理成章吗？人们何必非要在养老问题上越俎代庖，才算是孝顺之举呢？

# 论弱势群体

弱势群体(the weaker group),是指容易受到不公平对待的社会阶层,它是与社会中的强势群体(the stronger group)相对而言的。当一个社会阶层丧失了公共事务的话语权和决定自身命运的主动权时,或其命运在不同程度上掌控在另一个社会阶层亦即强势群体的手上时,这个社会阶层就沦为了弱势群体。从理论上讲,在一个理想中的公平社会里,由于每个个人及每个群体所掌握的权利是均等的,或其享有的权利与其所负担的义务是相称的,这个社会就不应当有弱势群体与强势群体之分;换言之,弱势群体与强势群体的存在,直接反映了社会的不公平,而且两者之间的地位悬殊越大,这个社会便越不公平。在人类历史上,由于理想中的公平社会从来就没有存在过,因此弱势群体与其对立面即强势群体的存在,既是一个历史概念,也是一种社会现实。

历史上出现得最早、延续时间最长、人口比例最大且影响面最广的弱势群体,显然是妇女同胞。西方世界直接将妇女说成是“弱势性别”(the weaker sex),以区别于男人亦即“强势性别”(the stronger sex)。某些历史学家相信,在遥远的母系时期,由于具备了经济上的主动性和婚育上的便利条件，妇女曾经掌控过社会中的主导权，故母系氏族社会也被称作“母权制社会”。今天看来，这一说法并非毫无问题。在不存在私有制的母系社会里，政治权力是无从产生的；既然没有政治权力，“母权”又从何而来？因此，与其将母系社会视作为“母权”盛行的时期，不如将之看作是以自然分工为基础的两性和谐的黄金时代。随着私有制的出现和政治权力的诞生，母系社会最终被父系社会所取代，这便宣告了该黄金时代的结束和女性对男性的依附关系的确立，从此以后，妇女同胞便逐步沦为真正意义上的弱势群体。

尽管都属于社会中最大的弱势群体，西方妇女与中国妇女却走出了两条截然不同的历史路径。在西方世界，随着社会的发展和时间的推移，妇女地位的变化经历了一个由低到高逐渐改善的过程。例如，罗马妇女的地位高于希腊妇女，中世纪妇女的地位高于古代妇女，近代妇女的地位则高于中世纪妇女，现当代妇女的地位又高于近代妇女。如果说希腊罗马古典社会的妇女类似于奴隶，那么，中世纪社会的妇女便类似于农奴，近代社会的妇女类似于具有人身自由的雇佣工人，现当代社会的妇女则多少有点像拥有平等选举权的现代公民。由于近代女权运动的影响，今天的欧美妇女大众虽然偶尔也会遭遇来自于男性社会的歧视，但男女平权业已成为一种不可逆转的历史大势。中国的妇女世界却是另一番情景。中国男权社会对妇女的禁锢，呈现出前松后紧的态势，这种态势与专制政治的发展轨迹正相适应。总体而言，宋代以前中国妇女的生活处境相对宽松；从宋代开始，由于专制体制的完善和儒学礼教化的完成，对妇女的压迫日趋严酷，至明清时达到了空前的高度。虽然由于时代的变迁，当代中国的妇女状况已经有了很大的改善，可是因为传统思想的影响，妇女无疑仍然属于社会的弱势群体，例如进入国家最高权力层及决策机构的妇女寥寥可数，这足以证明解放妇女的工作，仍旧任重道远。

除了妇女之外，历史上的弱势群体，不仅是特定历史阶段的产物，而且还伴随着历史条件的变化而出现变异。在希腊罗马古典奴隶制社会中，奴隶阶级当然是最重要的弱势群体。这个群体之所以被称作“阶级”，完全是出自于后人的杜撰，因为阶级之说，是以某种人格的存在为前提的；而希腊罗马公民根本就不把奴隶当人看。例如，罗马法有“人法”、“物法”及“私权保护”三者的分类，罗马人将奴隶归入到“物法”，而不是“人法”，这说明至少在法律的意义上，奴隶不算是人。可是法律归法律，社会的实际运作，最终还是要看实践上的条件。到了奴隶制瓦解的阶段，奴隶的来源随着大规模对外战争的停止和商业贸易的衰退而枯竭，奴隶数量骤减，所谓物以稀为贵，奴隶在很大程度上变成了某种“名贵商品”，于是，奴隶在自身待遇直线上升的同时，开始敢于挺起腰杆子来要挟自己的主人，某些富裕的奴隶甚至成为穷困主人的债权人，奴隶主们正在逐渐失去支配社会发展的主动权。在这种情况下，主客关系就会完全翻转过来：昔日的弱势群体奴隶如今成为实际上的强势群体，而昔日的强势群体奴隶主则沦为真正意义上的弱势群体。

其他社会形态也存在着类似的历史演变过程。例如在中世纪末期，由原先的弱势群体农奴演变而成的城市市民，因其自身无与伦比的经济实力而成为君王们倚重的力量，原先的强势群体封建贵族则日益衰落，主客易位的情形便变得十分明显。在近代资本主义社会之初，雇佣工人的弱势群体地位，与企业主的强势群体地位，似乎都是同样不可撼动的；可是经过两三百年的发展，随着工人运动的普遍展开和工会势力的壮大，工人阶级与企业主阶级在长期的对峙过程中互有胜负，总体上难判高低，因此我们就不好说谁是弱势群体，谁是强势群体。了解美国历史的人都清楚，发生于 19 世纪后期的美国排华运动，其幕后策划者和领导者是工人协会而不是企业主；因此仅就此次运动而言，美国的企业主与受排挤的华人一样，是地地道道的弱势群体。

在历史上，由弱势群体转变成强势群体的最佳例子莫过于基督教会。基督教在最初诞生的两三百年里，由于其独特的神学主张和行为方式，一直被盛行多神教的罗马世界看作是异类而遭受暴力压制。不过从 4 世纪起，随着皇帝、元老贵族、政府官员及富人大批加入基督教，该教开始时来运转，逐渐发展成为罗马帝国唯一合法的官方宗教；而一旦成功地反客为主，基督徒便立刻抛弃了早先的非暴力政策，对异教和异端采取包括暴力在内的无情镇压和剿灭的手段。到了中世纪时期，基督教会更是趁着西欧政治混乱之机，将一切文化知识囊括于自身的神学体系之内，实现了思想文化领域的“万流归宗”和政治经济领域与世俗政权的分庭抗礼。

尽管作为中世纪最大的一个强势群体，基督教会的权势是令人望而生畏的，甚至还可以说是令人不齿的，可是中世纪教会对弱势群体的刻意保护，却是值得赞赏的。教会人士根据圣经的教导，坚决主张维护穷人、孤儿及寡妇等弱势群体的利益。中世纪教会法有关婚姻、家庭及两性关系的规定，貌似沿袭了罗马法的男权主义，却在基督教平等思想的影响下，尽了最大努力去为女性等弱者争取最大的权益。后来的人们总是埋怨西欧的女性在中世纪被边缘化，实际上这是不了解教会领袖迂回保护妇女的苦心。例如教会法虽然沿袭圣经的传统，规定女性不可抛头露面，但却同时规定丈夫犯罪受罚时不应当影响妻子的正常生活。我们知道在处置通奸罪时，罗马法只惩处女方而不惩罚男方，教会法则坚持双方都要受惩罚的原则，这当然比罗马法要公平得多。在司法实践上，教会对妇女的偏心更加明显。13世纪初的著名教皇英诺森三世在对属下的教会司法审判进行指导时明确指出：正是妇女的脆弱，才要求法律给她们提供特殊的保护，因此法官在作出裁决时，必须设身处地地考虑女方的困难。有一个女人因其丈夫犯罪潜逃，她的内弟趁机将她的嫁妆交给教会法庭作抵押。这位教皇得知此事后指示法庭：应当立即将嫁妆还给这名妇女，因为在一个男人已无法养活其家庭的情况下，他的妻子尤其需要赖以为生的嫁妆；对于犯罪丈夫的惩罚不应使他的妻子失去生活能力。这种充满人情味的实例，足以纠正人们对中世纪教会的一贯偏见。

随着文明的进步，某些弱势群体虽然会出现地位的改善，却未必会转化为强势群体。教师作为现代中国历史上的一个特殊阶层，曾一度处于社会最弱势的地位。20 世纪 70 年代中叶，祖国大地曾流传着一个有趣故事。某地镇委领导鼓励某名获得年度嘉奖的年轻小学教师说："小伙子，好好干，干得好的话，我会提拔你到供销社当售货员。"这一经典例子的意义不言而喻，它直接反映出当一名小学教师在当时是何等的屈辱！改革开放以后，人们发现知识并非可有可无，于是教育受到某种程度的重视，作为教育承载者的教师，理所当然翻了身。不过，教师地位的改善，并不意味着他们已经从根本上掌握了自身的命运，因为他们的实际待遇，在很大程度上仍取决于地方官员的恩赐，因此，对教师工资的恶意拖欠，对教师福利的无理克扣，及对教师人格的公然蔑视，仍时有发生。

由于工作压力的加大和社会分工的细化，当代社会各群体之间的关系就更加复杂。仅就家政行业而言，我们便很难一概而论地断定雇主是强势群体，家政人员是弱势群体。其实，在市场发育良好的地区，一切均取决于劳动力的供需情况。在劳动力充足到可以由雇主来随意挑选佣工的时候，雇主的强势群体地位与佣人的弱势群体地位自然都是毋庸置疑的；可是在家政人员供不应求的时候，原先的强、弱势局面就会完全颠倒过来。有一年香港人希望通过立法引入菲律宾籍佣人，却遭到了本地家政工人协会的极力反对，其理由很简单：外佣的引入会导致原先供需关系的改变，使得本地佣人经济利益受损。在内地，除了供需关系的因素之外，还存在着一个劳动力市场不够成熟的问题。例如，定居广州的某名雇主，在一年之内连续更换了 28 名保姆，每名保姆在其家中服务的时间平均只有 13 天多一点。这种频频更换保姆的现象，表面看来好像是由于雇主的要求太过分，实际上更反映出家政人员自身的低素质和不专业，以及大陆家政行业的不规范；在这种情况下，雇主与受雇者双方，似乎都是某种意义上的弱势群体。

有趣的是，近年来由于反腐败的常态化，公职人员的灰色收入被宣布为非法，有些政府官员也开始自称是社会上的弱势群体。如果真如他们所说，那么公务员报考人数理应逐年大幅度减少，可事实上该人数却年年爆棚。人们如此争先恐后地希望成为“弱势群体”，莫非他们有自虐倾向，抑或脑袋进水？

# 论狗性与猪性

狗与猪起源于不同的种类，它们的秉性互异，两者与人类的关系也相差甚远。

狗是人类最早驯养的家畜，其先祖是狼。据英国学者彼得·詹姆斯先生介绍，在公元前11000年左右，由于为狩猎者的篝火和丢弃的食物残渣所吸引，某些狼逐渐得到驯化并开始转变成狗。这一说法只是以巴勒斯坦地区的考古资料为依据，而没有考虑到北非、东亚、欧洲及北美相关考古发现所提供的信息，因此我们只能姑且听之。

“狗”与“犬”是同义词，二者唯一的区别是个头：较小者叫狗，较大者叫犬，当然还有更大者叫獒。狗历来被当作是人类的朋友，既然是朋友，它就必然具有一个朋友所应当具备的秉性，这些秉性包括忠诚、顺从、聪明、爱干净等等。就像人只忠诚于特定的个人或团体一样，狗也只是忠诚于自己的主人。人出于自身的算计，在特定的场景下可以被迫背叛和出卖自己原先效忠过的个人或集体；狗似乎没有人的这一致命弱点，它对主人的忠诚几乎是没有保留的，即使在主人最落魄的时候，它也不会像人那样落井下石，主动另选效忠对象，而是对主人忠心耿耿，甚至可以为主人去杀身成仁。正是基于狗性与人性的这一重大差异，某些看破世道的人士，宁愿精心地豢养一条狗，也不愿与世人交朋友。

狗的顺从，也只是表现为对主人的顺从。某些人遵循着有奶便是娘的原则，只要你给好处，他就服服帖帖地为你办事；而狗则不同，它通常并不因为你向它扔下了一块带有残肉的猪骨头而屈服于你，它可以啃你的猪骨头，但未必会尽心为你办事。在很多情况下，狗的原则性甚至比人还强。某些狗还具有判断是非的能力，我们称之为“爱憎分明”、“嫉恶如仇”，一点也不为过。前不久有一则电视报道说：俄罗斯某城郊外一名姑娘的手机被一名歹徒用暴力抢走，在附近觅食的一条流浪狗见状，立刻前来打抱不平，它追上前去紧紧咬住歹徒抓着手机的那一只左手，硬是逼他将手机还回给在一旁惊慌失措的姑娘；事后，这条狗像没事一样继续其觅食之旅。如果是一个人做出了如此壮举，我们通常会授予其见义勇为奖，弄不好还会让他到处去作报告，力图将其事迹宣扬得家喻户晓。可是它却是一条狗！倘若必得将其树立为先进典型，这条先进狗的流浪自由，恐怕就无法像以往那样得到保证了。

狗似乎也是除人之外的动物中，最为聪明的动物，此点因尽人皆知，故无赘述之必要。至于狗的喜爱干净，也是有目共睹的。当然，狗毕竟是狗，它无法像人那样讲究个人卫生。现代人可以为自己营造五星级的豪华卫生间，狗只有在人的调教下才会进入卫生间去处理排泄物。不过即使是再野性的狗，例如各种各样的流浪狗，在排便之前也总会借助自己的鼻子去寻找最适宜的场所，而为了找到这样的场所，它们有时候会走上很长一段路，这就与其他牲口即想即排的习惯截然不同。既然狗是人类的朋友，狗的卫生习惯在很大程度上便是主人塑造出来的；大体上可以这么说：主人有多文明，他的狗就有多卫生。

中国有句老话，叫做“狗改不了吃屎的本性”。这显然是一种偏见。首先，狗绝不吃自己拉出来的粪便。其次，狗即使有时吃人的粪便，也是被饥饿所逼。在人的肚子都填不饱的旧时代，狗的饮食受到了极大的疏忽，它在迫不得已的情况下吃人的粪便，这是情有可原的。根据养狗专家的介绍，吃屎并非狗的天性，只要主人提供足够的食料，它是不会随便去吃人粪的，故这种坏习惯起因于主人的疏忽，而不是它的固有本性。在饥荒岁月中，不要说狗，即便是人，也有吃屎的可能。例如在旱灾导致颗粒不收的年代里，北方某地区的饥民，便从马粪中寻找未被完全消化掉的大麦颗粒，用以充饥；又如某些贫瘠山区的儿童，在大人疏于照看和饥饿过度的情况下，也常常偷吃自己拉出来的粪便，形象的说法叫“出口转内销”。人尚且如此，何况是狗。

狗之受人青睐，还在于它的品种繁多，功能各异。据专家研究，狗之所以有众多的品种，是人类对其进行强制分工训练的结果；它作为人类的朋友，可以在生活的许多方面对人类有所助益；在很多情况下，它的能力是人类自身的功能所欠缺的。例如，善于看家护院的狗，成为看家狗；善于追逐和捕捉飞禽野兽的狗，成为猎犬；善于协助主人管理羊群的狗，成为牧羊犬；善于侦查和追捕罪犯的狗，成为警犬；善于引路导向的狗，成为导盲狗；在拉力和耐力方面有专长的狗，成为拉曳狗；体型精巧美观、形态温顺可爱的狗，则有可能成为宠物狗，等等。在养狗方面，中国人似乎是后来者，目前人们还没能找到比城子崖遗址上的狗遗骨更早的养狗痕迹，这说明迟至公元前 2800—前 2300 年，狗才在中国境内受到普遍驯养。中国人驯养的大种狗，以藏区中的藏獒为代表，此犬身躯高大，凶猛善斗，常被用来看家护院、牧羊和狩猎。中国人所喜爱的小种狗，以北京的哈巴狗为典型，该狗体形娇小，憨态可掬，常被用作宠物狗。据蔡鸿生先生的考证，哈巴狗原籍拜占庭，唐初作为贡品被引入汉地，其后代逐渐由宫廷扩散至民间，乃至于最后成为一切有闲阶层竞相豢养的宠物。

随着文明的进步和时代的变迁，狗的某些行当已经不再被迫切需要，不过警犬和导盲犬的作用却仍有增无减，尤其是宠物狗更是日渐进入普通家庭。由于家庭结构的变化，依靠子女来烘托天伦之乐的期盼变得越来越不现实。两老中总有一方是要先走的，在老伴去世后，存活下来的一方在再婚无望的情况下，精心驯养一条宠物狗来作为最后的一位伴侣，也不啻为一种排遣老年孤独的好办法。

在强调意识形态的年头，我们常常会称某人或某国的帮凶为“走狗”。可是在西方人的心目中，一条走狗(a running dog)是多么的可爱，它既忠实可靠，又聪明勤快，根本就不像是一个贬义词，因此也就达不到骂人的目的。

当我们将视角从狗的身上转到猪的身上时，我们所得到的，将会是另外一番光景。猪是由野猪驯化而成的，属于公元前5000—前4000年的仰韶文化遗址，就发现有养猪的踪迹，这说明中国人养猪的历史，比养狗的历史还要悠久。小时候听前来上农业常识课的贫下中农代表介绍说，猪是社会主义新农村建设的大功臣，因为它全身都是宝：猪肉为人的健康提供最重要的营养；猪的肥膘既为厨房提供食油，又为拖拉机提供润滑油；猪尿和猪粪为农田提供最好的肥料；猪皮则可以制作红小兵出操时用的大皮鼓，等等。这些生动而又具体的话语，听得大家心里痒痒的，恨不得亲自去圈养一头，为农业学大寨作出实际贡献。的确，作为世界上的头号农业大国，猪在人们经济生活中的总体重要性，是远远超过狗的，因此，农民兄弟对于猪的那种极其淳朴的自然感情，是完全可以理解的。

可是感情归感情，在具体剖析猪老二的秉性时，更加需要的是理智。客观地说，猪和狗以完全不同的方式为人类做出了贡献：狗贡献出来的只是其劳动和聪明才智；猪贡献出来的则是它自身的生命和肉体。因此，猪才是地地道道的“牺牲”——它是中国人祭神时首选的祭品。与狗相比，除了其自身的躯体及其排泄物之外，猪对于人类几乎一无所用，那是因为它的秉性太恶劣。首先，猪是肮脏的。在各种各样的家畜中，猪可能是最不讲究卫生的家畜。例如，它有在垃圾堆中扒食的习惯，也有走到哪里就排泄到哪里的习惯，更有在污水坑中浸泡的习惯，等等。包括犹太人和阿拉伯人在内的闪族人，大多拒绝食用猪肉，甚至闻到猪肉味都觉得恶心，这是有其道理的。当然，靠近沙漠地区水资源严重缺乏，而猪则是一种需要大量消耗水的牲口，这也必定在很大程度上增加了闪族人对猪的反感。

其次，猪是贪婪、懒惰、自私和麻木不仁的。健康的猪食欲极其强盛，在满足了食欲之后唯一的消遣就是睡觉；而它之所以会醒来，是因为饥饿想吃。总之，除了睡觉以外，它存在的唯一目的就是通过哼叫来表达其饮食的欲望。人们也许会经常看到，被赶出圈外并放养于郊野的猪，整天都在垃圾堆中觅食，似乎永远也吃不够。而且，你永远也不要期待猪在觅食时稍稍照顾一下同伴或幼崽的利益；相反，为了争食，它常常与自己的同伴或后辈大打出手，显得自私无比。更可恶的是，在大限到来之际，眼看着自己的同伴发出了最后绝望的惨叫却完全无动于衷，对已经发生于同类身上和即将发生在自己身上的灾难，达到了麻木不仁的地步，只要自己目前能够吃饱睡足就行。

最后，猪是固执而又蠢笨的。尽管有研究表明，猪的一般智商并不比狗低多少，可是其实际表现却告诉我们，猪是诸多家畜中比较愚蠢的一类。它既不像狗那样能够理解主人的意图，也不像牛和马那样无条件服从主人的命令。如果它像一头驴那样，虽蠢笨一些，但顺从一些，那也是相对可以忍受的。可是它却既愚蠢又固执。例如，当你赶它往东巷走的时候，它常常执拗地往西巷窜；当你想要让它回到圈里时，它却偏偏要向圈外奔。

事实证明，就秉性而言，猪基本上一无是处，这便是养宠物猪的人为何比养宠物狗的人要少得多的主要原因。世上有很多用动物喻人的咒骂语，唯独以猪喻人最不留情，因而也是最为恶毒的咒骂。当一个人或一个民族被人家骂为猪的时候，遭骂者应当好好地反省一下自己：到底自己的行为举止有哪些方面像猪?

# 论历史能力

随着历史学逐渐走出专家的小圈子和专业的象牙塔，普罗大众对历史的兴趣日益增强。由于资讯的发达，如今对于一般人而言，只要具备一定的历史能力，就可以独自进入历史学的殿堂去重温古人的旧梦。所谓历史能力，就是学习和研究历史的综合能力。既然是一种综合能力，就必定是多方面的和具有一定复杂性的。不过，这种能力仍然可以像解剖动物躯体那样，被简要地分解为几个主要的方面去理解和认识。

历史能力首先体现为发现问题和提出问题的能力。我们在做研究和写文章时，通常会强调要具备问题意识。问题意识直接牵涉到你的研究或文章的出发点和中心思想，亦即是你做这项研究或写这篇文章的针对性何在。任何没有包含问题意识的作品，均可能是一种无病呻吟，亦即针对性不强的应景或敷衍之作，其质量和层次当然就可想而知。例如，商鞅变法无疑是一个被学术界研究得几乎滥透了的旧话题，可是传统上对这一历史事件的关注，主要是侧重于它对秦统一六国的作用；有人在回顾这段历史的时候，却开始注意到了它对于日后中国历史发展模式，尤其是在政治及思想文化一元化方面的影响和意义（无论是积极的还是消极的），这便是问题意识的开始，一个旧的历史话题因而便被纳入到了一个全新的研究视域里。

我们并不提倡总是做历史的翻案文章，可是从旧话题中找到相对较新的研究视域，则是必须加以大力鼓励的，这就如同药物学家从普通食物中发现新的药理作用一样受欢迎。问题意识会导致对于问题的深刻认识和深度研究，因此它绝不是一种旧课题的简单翻新。当然，人们最好是带着问题意识去开拓新的研究课题和领域，例如在世界古代中世纪史研究中，人们把视角由传统的政治军事史逐渐转向了思想文化史，从而不仅找到了新话题，而且发现了数量庞大的新史料。可是这种研究领域的完全创新，是可遇不可求的极少数现象，对于多数人而言，即使能够在某个旧课题当中找到新的问题和视角，也是很不简单的事情。

发现问题和提出问题的能力，与其说是勇气的问题，不如说是功力的问题。许多人听了一次课，或读了一个作品之后，毫无反应，自我感觉就是基本没有收获。这是因为他还没有听进去或读进去，亦即学习的功力未到火候。故我们通常会说：没有问题就是最大的问题。一节课讲得再好，只要你用心去听，都会发现许多问题来，即便不是对与错的问题，也有层次深浅的问题，或理解角度不同的问题；读书也是一样。那些声称某节课或某本书因其过于完美而无法提出问题来的人，不是在自欺，就是在欺人。

其次，历史能力还体现在比较的能力上。所谓有比较才有鉴别，才会出特征；比较的能力是历史能力中最基本的能力之一。比较必须以科学的分类学为前提和基础；对研究对象作科学的分类，是研究工作不可或缺的第一步。亚里士多德可谓是西方分类学的始祖，由于他的研究兴趣十分广泛，他首先要做的，就是对所有的学问进行分门别类，然后才有条不紊地逐个研究。对于历史学而言，你首先必得搞清楚你即将要进行的研究对象属于哪一类，在门类方面，是经济的，军事的，还是政治的，思想的；在时段方面，是古代的，中世纪的，还是近代的，现代的；在地域方面，是中国的，印度的，还是西方的，等等。

分类之所以重要，是因为接下来的对比研究必须要有可比性，分类为可比性创造了条件，因为同质的东西才有可比性。例如，唐装与西装是可比的，因为它们均是服装（同质）；巨龙与雄鹰是可比的，因为它们都是民族图腾和象征（同质）。另一方面，猫与靠背椅则基本无法比较，因为两者分属于完全不同的物类（不同质）；苏格拉底与康熙虽然都是历史人物，但他们的可比性也不大，他们所属的时代不同，社会身份和地位也迥异，故基本上可以看作是不同质的。

历史上可比的东西很多，不过均有各不同的目的和侧重。梭伦改革可以与大流士改革及商鞅变法进行比较，目的是为了凸显这些事件在历史条件和背景、改革的针对性和动机尤其是最终的结果和历史影响等方面的重大差异；埃及金字塔可以与巴比伦寺塔甚至美洲金字塔进行比较，其目的在于通过评估各自的建筑材料、外观、高度及规模等数据，分析建造者的技术水平及相关的国力和社会状况；中国的竹简木牍可以与埃及的纸草和巴比伦的泥板进行比较，其目的在于弄清楚这些古老书写材料的质地、使用寿命及文化贡献；中国的丝绸织品、印度的棉织品和欧洲的羊毛织品也可以拿来比较，其目的是为了从一个重大的侧面理解古时各区域人们的日常经济社会状态和交流情景。事物的可比性同时也与比较的标准和尺度直接相关，亦即说，比较的标准和尺度只有前后统一，才有真正的可比性可言。例如当我们在测算 18 世纪后半叶中国与西欧各自的国内生产总值(GDP)时，如果一方是按生产法的标准，另一方则是按收入法或支出法的标准，那么得出的两组数据就难以拿来进行实质性的比较，因为这样的比较未必是精确的。

第三，学习和研究历史，还需要一定的想象能力。历史研究本质上就是依据人类既往的活动痕迹，通过实证的方式力图还原其具体的生活情景；可是呈现给我们的人类活动痕迹常常是不连贯的，要想将历史的断环按照其发展的规律性连接起来，有时候就必须使用到历史的想象。不过，历史的想象应当符合特定历史事项的内在发展逻辑，因此就必须是合情合理的，不合情理的想象不是历史想象。例如有人提出，假设东汉使臣甘英在到达地中海边缘时没有听从安息船人的劝阻，而是穿海进入欧洲，那么东西方历史的发展，就可能会出现根本性的逆转。这一说法显然有些夸大其词。实际上，东汉时期中国文明与罗马文明分道发展早就成为既定态势，当时出现中西之间直接大规模接触和交流的历史条件远未出现，根据汉代向西拓展的实际活动规律，即便甘英有可能直接接触到地中海对岸的欧洲人，充其量也只能是增加了交往国家的数量，增进了地理知识，并丰富了游记文学的题材和内容而已。

历史学家的想象力与一名侦探的想象力差不多，而与一名作家的想象力则迥然有异。历史学家的想象力以历史事实为前提，以历史线索为依据，因此容不得半点的虚构；而文学想象虽然也是来自生活实际，但却是允许虚构的。此外，历史想象需要的是冷静，文学想象则更需要热情和激情。

除了合理的假设之外，历史想象还包括了合理的联想，但合理的联想也是建立在确凿历史证据的基础上的。例如，人们从中国古代的人殉中，既可以想象出古代贵族的不人道和极端残酷，也可以想象出古代生产力水平的低下和单位个人所创造的剩余价值的微不足道；人们从埃及金字塔的建造和木乃伊的制作中，既可以想象出古埃及的伟大创造力和工艺水平，也可以想象出古埃及人对于来世生活的看重和痴迷，等等。

第四，怀疑的能力也是历史能力的重要组成部分。没有怀疑，就没有创造，因此，怀疑的能力是历史能力中最具创造性的能力。既然特定的个人是特定时代的产物，他们也无不出自于特定的阶级或阶层，他们的能力、水平和观察事物的角度就必然要受到其时代、阶级及个人条件的限制，他们对于历史的叙述，便只能是其个人的一种意见，而不能完全等同于真理。在这种情况下，对于前人的研究结论和成果，就不可过于轻信，而应当将其放置在历史实践中去重新检验。实际上，历史上的一些所谓“定论”，并非真理，而是成见，有些根本就站不住脚。例如，人们通常会认可“伟大人物的心灵都是相通的”这样一句陈词滥调，其理由是物以类聚。可事实上，许多伟大人物之间的私人关系并不好，如贝多芬与歌德就互相鄙视，格格不入；达芬奇、米开朗基罗及拉斐尔三人也相互排挤，互为仇雠。过去人们常将亚里士多德与亚历山大两人当作师生关系的典范，可近来有证据表明，他们之间互相看不起，关系远非密切。人们通常会说“奴隶制是历史上最野蛮和最不人道的制度”，可在事实上，作为一种具有法制规范的希腊罗马古典奴隶制，并不比工业革命时期毫无章法的英国童工制劳役更加野蛮和不人道。人们通常还认为，“封建主义是野蛮落后的代名词”，可近年的研究证明，封建主义是介于古典时代与近代之间的一种独立的文明形态，资本主义社会的许多伟大发明和创造，正是由封建主义这一母体孕育而成的。

当然，虽然“大胆怀疑，小心求证”的原则是基本可行的，但随意的和毫无根据的怀疑却是不可取的。怀疑应当有一个度，这个度就是历史实践，否则就会成为怀疑主义者和历史虚无主义者。希罗多德的《历史》记载了不少不实的传闻，普鲁塔克据此便全盘否定了该书的价值，甚至断言作者希罗多德是“谎言之父”，这已被历史实践证明是错误的。18 世纪的著名历史学家爱德华·吉本在其《罗马帝国衰亡史》中，充满着对基督教的蔑视和偏见，可是我们不能因为这一点，而怀疑该书的极大可靠性和重要史学价值。

最后，历史能力还包含了分辨史料的能力。史料是构成历史躯体的血肉和养分，故对于史料的分辨，成为历史学习和研究的基本功，任何不具备史料分辨能力的人，均不适宜于在历史的天空上翱翔。对于尽人皆知的历史事件和人物，似乎谁都可以发表出一般性的见解来，可是当涉及你这些见解的依据是什么和可靠不可靠的问题时，情形就大不相同了。换言之，真正的历史研究与一般历史爱好之间的差别，在很大程度上取决于人们分辨史料的态度和程度。

人们在最初遇上相关的史料证据时，首先要做的，就是判断其出处，了解其版本，辨别其真伪。这种功夫类似于法庭对案件证据的认证。在认定史料的真实性和可靠性的基础上，接着所要做的便是对史料内容进行客观的解读和分析，要真正做好这一过程也绝非易事。西方古代文献常常因译文的差异而导致理解上的不同。拉丁作家在翻译希腊作品时，便总是感到自身词汇的贫乏和不足。例如，基督教历史上最大的公案亦即有关"三位一体"问题的论争，最初便是因对希腊词汇"本体同一"（ὁμοουσιον）一词确切涵义的理解差异所引起的。中国古代文献资料，则常常因后人断句的不同而导致意义的分歧。此外，由于古文言简意赅，许多用词可以作不同的理解，这给正确解读文本造成了极大麻烦。

例如，据《后汉书·西域传》记载，东汉使臣甘英在行经斯宾（已被认定为今天的巴格达东南一城镇）之后，“抵条支，临大海欲度……”。这里的“条支”是什么地方？“大海”又是什么海？都是非常不明确的。如果“大海”是指地中海，“条支”就应当是古代名城安条克，那么甘英可能就正在与真正的西方人失之交臂；而如果“大海”是指波斯湾，甘英所最终到达的“条支”，便不过是濒临波斯湾的另一个古代城镇而已。

# 论卫生习惯

有否自觉和良好的卫生习惯，是人与动物的重要区别之一。当某些动物做出洗手和擦脸等人的卫生动作时，我们会对之啧啧称奇，那是因为在通常情况下动物不会自觉打理自己的卫生；而当一个人忽视了个人卫生，以蓬头垢脸的面目出现在公众面前时，我们会认为他毫无教养，连畜生都不如，那是因为他违背了人之为人的常规。

如果我们承认人是由某种动物进化而来的，我们就得同时承认，虽然最初的人与动物一样不讲卫生，但随着人类文明的进步以及人距离动物渐行渐远，人的卫生习惯就会越是讲究。由于证据的缺乏，我们无法确定诸如人类什么时候开始养成洗脸、刷牙和擦屁股等卫生习惯。唯一能够确定的是，在遥远的古代，由于地球上人口密度还不大，人与人之间近距离接触的机会也不算多，加上物质生活条件的极大限制，类似于今天全世界人类大体一致的卫生套路是不可能存在的。那个时代的人类，两极分化几乎与现在一样严重，上流阶级在卫生方面也许十分讲究，但生活在社会底层的普通民众，就只能具备略高于牲口的卫生水平了。

人类之所以要讲究卫生，首先自然是出自于人们互相交往的需要。人是天生的群居性动物，他只能依靠集体的力量，才能征服其他凶猛动物而维持正常的生存及繁衍。人的这种社会性，决定了每个人的个人卫生与大家的公共卫生总是处于相辅相成的状态中：一个十分讲究个人卫生的人，也自然会对公共卫生耿耿于怀；相反，一名生活上的邋遢猫，必定也不怎么在乎其生活环境有多么肮脏。在早期社会里，由于技术条件的落后，人与人之间的交往主要是采取直接的方式，即除了书信沟通之外，大部分是进行面对面的交流。在这种情况下，被内化为仪表风度的个人卫生状况，就很可能直接影响到一个人与他人相处的成败和质量。一名衣装干净得体的帅哥，总比满身发臭的邋遢猫要更加吸引姑娘的眼球；一位注重个人卫生的大夫，当然要比不修边幅的犬儒式医生更获患者的信赖。西方社会很早就发展起了接吻和拥抱这样一类近距离接触的打招呼方式，这就给个人卫生提出了更高的要求；倘若与你接吻和拥抱的人散发出了太重的口气和太浓的体味，你难道还能够对他抱有好感吗？大家都知道古代希腊罗马人曾经是城邦社会的动物，他们热衷于参与公民集体活动。而当他们参加此类活动前，为了能够给他人带来好印象，他们总是要细心地打理自己身上的卫生，其中包括了沐浴这一环节，这在一定程度上解释了希腊罗马时代公共浴室为何会大为盛行。过去的一些教科书总是将古代哲学家渲染成为一个不讲卫生和不修边幅的族类，如今看来这种说法未免太过以偏概全。如果哲学家均外部形象不佳，他们怎么吸引学生和听众？有证据表明，古典世界最具声望的哲学家苏格拉底，虽然并不经常洗澡，可是他却能够保持身躯洁净、衣裳得体，许多美少年均喜欢挨近他的身边听他演讲。

进入中世纪以后，由于蛮族的征服和政治的混乱，物质生活条件反倒变差了，卫生条件自然随之变坏。封建领主与农奴一样不讲卫生，公共澡堂早已关闭，人们习惯于长年累月不洗澡，其结果是大家都得经常清除身上、床上及衣服上的臭虫和虱子，幸好在那个年头里人们有的是时间。饮食习惯更是恶劣无比，即使是王公贵族，也喜欢用袖口擦手和擦嘴。至于吃饭时吐痰和擤鼻涕，则成常例。据埃利亚斯先生的披露，中世纪时有一个用拉丁文写成的就餐文明条例就规定，人们在就餐时不要把痰直接吐在餐桌上，而应把其吐在餐桌对面。这说明当时人们在就餐时把痰吐在餐桌上是一种普遍现象。必须特别提醒的是，埃利亚斯所举之例仅限于上层阶级；上层阶级尚且如此，普通民众的卫生状况必定更为不堪。当然，这些恶劣习惯也随着文明的进展在逐渐地改变，尤其是经过文艺复兴的洗礼之后，某些讲究卫生的宫廷礼仪正在被缓慢地推广到民间社会，例如，在就餐礼仪方面，人们开始用餐巾取代袖口，用餐刀和餐叉取代用手抓食，等等。

促使人类采取某种卫生习惯的另一个重要因素是传染病。据疾病史专家的研究，最初肆虐旧大陆的传染病与寄生虫有关，中世纪盛期的最大传染病类型是鼠疫，近代最流行的传染病则是天花和霍乱。尽管早期人类无法知晓传染病传播的运作机制和细节，但传染病导致人口大量死亡的惨痛教训，却使人类开始意识到不卫生与疾病和死亡之间的密切相关性，于是，如何告别各种不卫生的生活习惯，便不断地被提到了人们的议事日程上来。例如中世纪出现的大量卫生手册，便一再警告人们在传染病流行期间，除了要频频向上帝祷告之外，还应当注意个人卫生，并主动远离人群聚集的地方。从 16 世纪末期起，由于光学显微镜的发明和应用，传染病的其中一个最重要的传播介体——致病细菌便很快被找到，于是，旨在避免和减少这种病菌传播的卫生措施纷纷出台，在政府公共卫生官员和医生们的大力倡导下，诸如饭前便后要洗手之类的卫生习惯也就逐渐被养成。有趣的是，尽管人们明明知道接吻是传播许多种致命传染病的途径之一，但这种习惯最终并没有被当作是陋习而遭唾弃，这充分说明，人类对于某些与内在情感相关联的习惯的坚守，有时会超越对疾病和死亡的恐惧。

此外，推动人类朝着卫生文明之路前进的，还有宗教的因素。早期人类均是不同程度上的宗教信仰者，他们的崇拜实践毫无例外地包含着一种重要的仪式——洁净礼。从宗教心理学的角度看，虔敬与洁净是相通的，亵渎与肮脏几乎是同义词，一切罪恶均与玷污有关，这就解释了为何人们在献祭前必定要沐浴和守斋戒：沐浴是为了除去外部的尘垢，守斋戒是为了守住内里的洁净;献祭者只有在身心净化和无罪的状态下与神打交道,才会得到神的悦纳。早期人类普遍认为性生活是肮脏和亵渎的,因此通常要向专司神职的祭司提出守贞的要求,在他们看来,贞与洁是不可分割的。在历史上众多的宗教中,犹太教的洁净礼最为繁琐和苛严。如按犹太律法的规定,犹太人是不能吃普通商场上出售的肉类的,他们只能够吃经由犹太人专人宰杀的牲口肉;在犹太律法所规定的613条禁忌中,其中大部分属于卫生方面的禁忌。因此我们甚至可以断言:犹太人是世界上最爱干净的民族。公元1世纪出现的基督教,在卫生上虽然没有犹太人讲究,但它的入教仪式洗礼,却仍然保持了宗教洁净的特征;原初形态的洗礼是受洗者连续三次被浸泡入水中,它象征着因罪的污垢被洗净,从此之后受洗者便成为基督的新人亦即基督徒。

在当今社会里,随着生活水平的提高和卫生设施的健全,人们的卫生习惯也有了很大的改善。例如在过去,讲究的家庭喜欢用开水烫洗家中的食具,试图借此达到消毒的目的;可是,即使是100摄氏度的开水,也只能烫死少量不耐热的病菌,它对于大量耐热性的病菌是无效的。如今,电子消毒碗柜的普遍使用,可以说是一劳永逸地解决了食具消毒问题。而且,越来越多的中国家庭,在坚持传统围餐制的基础上,开始使用公筷与私筷分开的原则,这便有效地避免了部分疾病的交叉感染。此外,由于居住条件的普遍改善,洁净卫生的家庭洗手间,取代了令人作呕的露天公厕，多少带有某种洁癖的人士，也再也不必为回乡探亲时如何解决内急问题而忧心忡忡了。

遗憾的是，人们的卫生观念，似乎总是赶不上经济发展的步速。随着城市的扩容和农村人口的大量进城，许多农民逐渐被吸收为城市市民；与此同时，不少农村的落后卫生习气也被带进了城里，这便难免引起城市卫生状况的总体倒退。笔者所在的住宅小区，本来应当是一个典型的高尚生活区，因为业主大多是邻近高等院校及科研院所的教师及研究人员。可是由于业主们的乡下亲属的大量入住，这个原本整洁有序的生活乐园，没过几年光景就沦落成为一个杂乱不堪的小圩镇。如今你可以看到，小区道路上痰迹斑斑，狗屎随处可见，私人汽车横行霸道，喜欢散步的人士再也找不到休闲踱步的空间。大叔们在住宅楼的电梯里公然吸烟，小孩们在电梯里大耍武功，人们对之已经熟视无睹。大妈们则忙于在自家阳台上养鸡，在鸡饲料和鸡粪便的激励下，老鼠成群结队地在大街小巷上耀武扬威。小区的绿化带也曾一度被圈占来种植瓜菜，圈占者沿用乡下的做法，用人的尿液为地里施肥，结果搞得臭气熏天。绿化带园林中的台凳，被一概集中到了小区广场上，于是便形成了一个以娱乐性赌博为内容的聚集中心，当娱乐之余需要小解时，往往就在附近的草丛边或楼梯入口处就地解决；而在兴尽人散之后，现场留下的便是一堆纸屑、烟灰和痰迹。这个小区里其实到处都安放着垃圾桶，扔垃圾极其方便，但人们就是愿意将垃圾扔到垃圾桶的外面。由此看来，扔垃圾的习惯，与人的素质直接相关：素质高的族类，即使不设垃圾桶，他也照样会将垃圾放到其该放的地方；素质低下的族类，哪怕是将垃圾桶放在他的面前，他也会视而不见，将其扔到不该扔的地方，更不必说分类投放了。

# 论忧愁与抑郁

钱锺书先生在某篇文章中，将作诗的过程形象地比拟为母鸡下蛋。他的意思十分清楚：诗句的酝酿和形成，是一个十分艰辛和痛苦的过程；任何无病呻吟之作，均难免流于浅薄和低劣。在诸多文学体裁中，诗歌似乎最能够承载客观世界的苦难，尤其是内心世界对此类苦难的真实感受。而在诗歌所能表达出的诸多内心痛苦中，忧愁无疑占据了非常突出的位置。中国汉字的独特魅力，不仅表现在它的某些象形的功能上，而且体现在它的某种会意的作用上。例如一个"愁"字，便清楚地指明了这种恶劣心境与秋季万物开始萧瑟和凋零有关：忧愁代表了秋天时节的压抑心情。

中国古诗所描写的忧愁，种类五花八门，其中最具代表性者有如下几种。

第一种是因仕途受阻、官场失意而引起的忧愁。唐代李贺的《开愁歌》开篇四句是："秋风吹地百草干，华容碧影生晚寒。我当二十不得意，一心愁谢如枯兰。"在秋风萧瑟、草木干枯的黄昏时分，寒气袭人，路旁的花树呈现出愁惨的容颜；我虽已达盛年二十，却仕进无门，心境就像秋天的枯兰一样萎靡凋谢，剩下的只有无法斩断的绵绵愁意。这显然是作者李贺内心的自我写照。此公虽聪明过人，但因其父名叫“李晋”，为了避父讳而被禁止考进士，从此游离于仕途之外，他对此愤懑不平，由愤生愁，故有此篇诗句。该诗的余下部分，说他为了排解忧愁而想到了酒，在身无分文的情况下当掉了身上的外衣买酒喝；可是酒非但没能解去他的忧愁，反倒增添了他的愤懑，于是，他的绝望便达到了顶点。这种糟糕透顶的心绪，也许是导致这位少年英才早早夭亡（只活了26岁）的一个关键性因素。有趣的是，晋代陶渊明也有过“日月掷人去，有志不获骋；念此怀悲凄，终晓不能静”的感叹。这位一贯被当作是出世达人的逸士，竟也常常因政治理想的未能实现而愁苦万分，竟至于夜不能寐。由此可见中国官场的巨大吸引力。

第二种是因思念故乡所引起的忧愁。汉代无名氏作《古歌》曰：“秋风萧萧愁杀人，出亦愁，入亦愁。座中何人，谁不怀忧？令我白头。胡地多飚风，树木何修修。离家日趋远，衣带日趋缓。心思不能言，肠中车轮转。”此诗描述的很可能是远征胡地的将士怀念家乡的愁苦心境。大家为了抵御秋寒围坐一起饮酒取暖，可是火堆和烈酒丝毫不能缓解将士们的乡愁，这种乡愁随着时间的推移而日益浓烈，它就像车轮那样在大家的内心里滚来滚去，从未消停。汉代的“和番”公主刘细君则在《悲愁歌》一诗中直接写出了自己在异国他乡的心境：“吾家嫁我兮天一方，远托异国兮乌孙王。穹庐为室兮毡为墙，以肉为食兮酪为浆。居常土思兮心内伤，愿为黄鹄兮归故乡。”这位汉籍乌孙王后对乌孙人的生活习俗表现出了极大的拒斥心理，因而无时无刻地盼望着能变成一只黄色天鹅飞回自己的故土汉地。另一首汉代无名氏诗作也涉及乡愁：“明月何皎皎，照我罗床帏。忧愁不能寐，揽衣起徘徊。客行虽云乐，不如早旋归。出户独彷徨，愁思当告谁。引领还入房，泪下沾裳衣。”诗中写客居外地的游子，在月明之夜因乡愁而不寐，因不寐而徘徊，由徘徊而走出门外，走出门外之后仍旧徘徊不已，思乡之情仍无法排遣，终于返回房中独自流泪。

第三种是因老年怀旧而引起的忧愁。晋代张华在其《轻薄篇》一诗的后半部分中写道：“人生若浮寄，年时忽蹉跎。促促朝露期，荣乐遽几何？念此肠中悲，涕下自滂沱。”此公在年老体衰之时，回首过往荣乐，觉得短促得如同朝露，悲悯之情油然而生，乃至于老泪纵横，不能自已。晋代另一诗人张协在描述雨景时也哀叹：“畴昔叹时迟，晚节悲年促。岁暮怀百忧，将从季主卜。”其大意为：少壮时觉得日子过得慢，老年时则刚好相反，觉得时间匆匆而逝；忧愁随着年岁的增大而增加，只有怀道自隐，才不会为年轻人所嫌恶。北朝颜之推在其《古意》一诗中最后叹道：“白发窥明镜，忧伤没余齿。”亦即在镜子前面看到了自己的满头白发时，才意识到从此老年忧伤将陪伴自己走完余生。另一位刻画老病穷愁的高手是唐代的孟郊，他在《怀秋》一诗中写道：“秋月颜色冰，老客志气单。冷露滴梦破，峭风梳骨寒。席上印病文，肠中转愁盘……”诗人一生奔忙，老来人孤势单，独居陋室，即使是皎皎秋月，看来也阴冷如冰；因久病床上，夜寒难眠，回首过往荣衰，愁思自然绵绵不断。

此外，还有因战争离乱而引起的忧愁，如唐代杜甫的“战哭多新鬼，愁吟独老翁；乱云低薄暮，急雪舞回风……”或因兵败丧国而引起的忧愁，如南唐末帝李煜的“问君能有几多愁，恰似一江春水向东流”。或因思念故人而引起的忧愁，如明代藏书家洪楩的“夜深独坐对残灯，默默怀人百感增；愁肠百结如丝乱，珠泪千行似雨倾”等等，不一而足。

作为一种情绪的忧愁，似乎是所有人的内心世界中均发生过的感受。人在某种看似无法抗拒的压力底下，就会产生忧愁。可是，大多数人的忧愁会因压力的减缓而消失。换言之，忧愁作为一种情绪，对于多数人而言，常常是转瞬即逝的。然而，在忧愁情绪不断叠加的情况下，由于压力的缓解在短时间内无法实现，久而久之，就会造就人的忧郁性格，这就在一定程度上解释了为何有些人较为内向。总体而言，如果忧愁情绪并不是一个人的终身伴生物，而是偶尔出现的东西，那么它充其量也不过是一种单纯的忧愁情绪而已，或不过是一种单纯的性格取向而已，因为它还没能发展成为一种严重影响心身健康的疾病。

从忧愁到抑郁的发展，似乎有一个较漫长的过程。在这一发展过程中，持续的失眠很可能是一个标志性的中间症状。在过去，国人对付失眠的主要手段，是采纳传统医学以形补形的学说，例如以吃猪脑来达到补脑的目的，因为失眠被普遍看作是一种

"神经衰弱",亦即大脑虚损,需要补养。这种方法之所以有时会见效,是因为猪脑所含的大量蛋白质和胆固醇,对于过去岁月里普遍营养不良的人们来说,的确起到某种短期的补益作用。如果这种方法不见效,人们就会转向西医,从西医那里弄点谷维素之类的药物吃吃。无论是忧愁还是抑郁,均与精神和心理因素有关,故其治疗总是坚持心理疏导与药物调理双管齐下的原则;既然如此,当一个人的忧愁或抑郁症状缓解或消失的时候,我们就难以断定到底是药物的作用,还是心结被解开的结果。古人的聪明有时超出了现代人的想象,他们用酒来检验一个人是仅有一般的忧愁,还是患上了抑郁症:借助喝酒就可以消解的忧愁,是一般性的忧愁;而喝酒也无法解决问题的忧愁,就很可能加重为抑郁症了。酒之所以具有"消愁"作为,与其疏通经络的功能有关;既然它能够疏通经络,就会被认为可以用来排解郁气。对于上面所提到的那位唐代诗人李贺先生来说,酒显然已经不起任何作用了;于是我们就可以合理地推断出,李贺必然已经从一般的忧愁发展为严重的抑郁症。

抑郁症的产生,既有环境的因素,又有遗传的因素。就环境而言,家庭环境与社会环境一样重要。如果一个孩子成长于一个家庭暴力频频发生的环境里,这个孩子长大之后,十有八九会得精神障碍症。同样道理,承受生活压力和社会歧视较大的低等社会阶层,其得精神病的比例,总要比中、上社会阶层来得高。环境因素甚至会让精神病成为一种"传染病",亦即在一个极其恶劣的环境里，精神病有可能会扩散和蔓延。笔者幼年时所居住的一条不足60米长的巷子里，就先后出现过三名精神病人。就遗传因素而言，一般认为，父母中如有一方患有精神疾病，其子女有约一半的概率会得同样的疾病。不过例外也常常出现。笔者父亲的一名小学同学，三兄弟都患上了精神病，结果三人均先后选择以上吊的方式结束悲惨的一生。

在某种特殊的条件下，轻度的精神疾患很可能会激发个人的创造性潜能，从而造就畸形的天才人物。其中的运行机制虽然比较费解，但轻度精神病人的高度敏感性与紧张度，应当是解开他们格外细心和格外聪明的一把钥匙。上面所提及的唐代诗人李贺，在短暂的26个春秋里，竟然创作出了近两百首无比凄美的诗歌，的确堪称奇迹。笔者的一名学生曾告诉笔者，他每一次考试时都要拉肚子，但每一次拉肚子的考试都有非常出色的发挥。可是，如果精神障碍的严重性超过了一定的度，其创造性潜能便不仅无法激发出来，而且要被活生生地扼杀掉。正如福柯在《疯癫与文明》一书中所断言的，尼采、梵高和阿尔托等天才人物的伟大成就，是在其疯癫之前创造出来的，而不是在此之后。笔者的另一名学生，也正是在抑郁症严重发作之时被迫退学的。因此，对精神缺陷给创造性工作带来的好处，不宜估计过高。

作为主要精神病之一的抑郁症，可以大致划分为亢奋型与焦虑型两类。亢奋型抑郁症主要表现为精神持续亢奋和疯癫，此病在发作时期对于他人和社会具有一种攻击性和破坏性。焦虑型抑郁症初期症状比较隐匿，因此容易被人们所忽视。这里要做重点谈论的，便是这种焦虑型抑郁症。

焦虑型抑郁症的生理表征非常复杂，其主要方面分类概述如下：其一，长期的顽固性睡眠障碍。具体表现为严重失眠。通常越是晚睡越无法入睡，而早睡却不能促成早入睡；即使入睡，也是噩梦连连；梦里情节，总是与如厕找不到厕所、考试找不到钢笔、赶公共汽车找不到路径、回家找不到门口等内容有关；早醒，一般凌晨三四点钟醒来之后就再也睡不着了；由于夜间睡眠质量差，白天常常无精打采，对工作和生活造成极为不利的影响。其二，持续的情绪焦躁不安。对未来感到巨大的不确定性，因而会出现极度的焦虑。对将要到来的事物的等待表现得没有耐性，有度日如年之感；总是害怕有不祥的事情要出现，有时达到了惶惶不可终日的程度。其三，中气严重不足。口干气短，血压偏低，常冒虚汗，沉默寡言，语言低沉无力，消瘦虚弱，面部表情严肃冷漠。其四，性情多疑。对他人的行为动机保持高度警惕，因此朋友极少；对自己的身体健康不抱希望，害怕体检，担心查出大病来。其五，容易伤心和触景生情。常怀恋过去熟悉的人事和情景，喜欢欣赏哀伤及怀旧的歌曲，并常以哭泣来宣泄自己的情感。其六，极度的自尊与极度的自卑交织出现。一方面容不下别人对自己的批评和轻忽，另一方面则自我贬低和自惭形秽，总认为自己丑陋不堪，因而拒绝照相，甚至害怕照镜子；同时也会拒绝社会交往和一般应酬，把自己关在自己的小天地里。其七，缺乏必要的自信，对自己做过的事情总是后悔不已，自我意识过强，存在着严重的罪恶感。最后，有较明显的强迫症。手总是没完没了地洗，出门总是要再三回过头来检查自己是否已经锁了门或关了窗，等等。

抑郁症的最大麻烦，是它常常与其他生理疾病互为表里，这给诊断和治疗增添了极大的难度。抑郁症最为常见的基础病，是肠胃功能紊乱。到底是抑郁症导致肠胃病，还是肠胃病引起了抑郁症，这就像蛋与鸡谁先谁后的问题，是根本找不到解决路径的。如今人们已经基本认定，肠子是人的第二大脑，它的功能变化会对人的精神及心理产生直接的作用；反之，人的心理变化也会对肠胃功能造成一定影响。例如，有些抑郁症患者平常在家里呆着好好的，可是一旦要出差，就会频频如厕，有时甚至导致无法成行。传统上对“愁肠百结”的解释是：如同肠子打了一百个结那样，郁气无法得到疏解。如今看来，有必要结合现代医理对其作出重新解释了：愁闷到了极点时，肠子就会出现应激反应，好像打了结那样无法畅通。

抑郁症的药物治疗，应当坚持系统性原则，亦即必须按规定的组方和疗程服药，而不能擅自改变药方或中断治疗。患者必须记住，任何精神病药物都有其特定的副作用，这些副作用只能够用其他相关的药物来抵消，因此，专科医生的医嘱和建议就显得至关重要。前段日子里，笔者的一位患了焦虑型抑郁症的亲戚入院治疗了半个月之后，带药回家调理，开始时按嘱服药，倒也平静无事；后来其中一种药物用罄，当地无法购买到，只好继续服用其他剩下的药；没想到两天以后患者严重焦虑不安，有生不如死之感觉。笔者细读其所服药物的说明，结果惊愕不已：原来在副作用一栏中，赫然写着“会导致震颤、坐立不安、幻觉甚至自杀”等字样，于是命其立刻停药，重新入院治疗，才算转危为安。

一个人一旦患上了抑郁症，其服药治疗的过程便是漫长的，甚至可以说是终身的。除了药物治疗之外，个人生活方式的调整，对于病情的缓解而言也十分重要。首先，患者不应当总是躺在病床上消极地等待救治，在病情稳定下来之后要适当地参加工作，这样多少可以转移对病痛的注意力。其次，积极治疗基础病，如果肠胃有毛病，那么肠胃健康的恢复必定会对治疗抑郁症产生积极影响；此外，既然肠子与大脑有着密切的关联，那么抑郁症患者适当补充有利肠道健康的益生菌，便有可能对症状的减缓有所助益。再次，可以尝试着去培养出一种写日记的习惯，把自己所思所想，包括自己的愤懑、孤独、牢骚和不安等情绪一字不漏地记下来，从而达到某种宣泄痛苦和减少压力的目的。最后，可以借助听音乐、散步、旅行及适当参加社交活动等途径，丰富自己的生活，减轻自身对病痛的感受。

# 论君主权威

亚里士多德曾经根据统治者的数量，将当时世界上的正常政治统治体制，划分为三大类：即由一个人进行统治的君主制，由少数人进行统治的贵族制，以及由多数人进行统治的共和制。他认为，当统治者完全抛弃法治传统而按个人意志进行统治时，这些正常政体就会走向反面而成为变态的政体：君主制变成僭主制，贵族制变成寡头制，共和制变成民主制。

亚里士多德所说的僭主制，后来被借用来指称君主专制。在西方人当中存在着一种根深蒂固的偏见，即认为尽管西方历史上也曾出现过君主专制，但追本溯源，它应当是东方的特产，西方历史上短时间内出现的君主专制，不过是东方影响的结果。不管西方的君主专制从何而来，东方历史上长期盛行君主专制，则的确是一个不争的事实。例如古代埃及、古代西亚、古代印度、古代中国、中世纪的阿拉伯帝国、拜占庭帝国、沙皇俄国及奥斯曼帝国等等，无一不是以其专制政治而著称。

为何东方国家会长期盛行君主专制政治？千百年来，人们对之进行过不辍的探求，研究者相继提出了“气候论”、“征服论”、

“国有土地论”及“农村公社论”等假说，这些假说的确在不同程度上拓展了人们的视野，从而有助于问题的最终解决。然而，这些假说中的每一个，与历史实践之间，似乎均存在着较大的差距，故无法完全令人信服。例如，就气候论而言，并非完全相同的气候类型都能造就完全相同的政治模式；就征服论而言，并非所有征服而成的国家均会产生专制国家；就国有土地论而言，连最精明的学者都无法说清楚土地国有是怎么回事；就农村公社论而言，东方的多数国家恰恰就建立在农村公社瓦解的基础上。20 世纪 50 年代中后期，西方学者斯特华德和魏特夫等人提出了一种新的假说，亦即“水利社会说”。根据他们的说法，由于东方文明均发源于大河流域，农业主要依靠人工灌溉，故需组织大规模的甚至全国性的水利工程；而组织这样的工程需要依靠一种高度集中的权力，这种权力就成了专制君主极权统治的最早渊源。此论也许以过分直接的方式挫伤了某些东方学者的民族自尊心，因而遭致了大量的围诛，这当然是情有可原的。不过迄今为止，我们实在难以找到比该假说更有说服力的理论，去系统说明东方专制主义的历史原因。

从历史上看，“东方专制主义”的确是西方人强加给东方人的一个具有浓厚意识形态偏见的政治术语。早期的希腊罗马人习惯于其自身的宪政共和制城邦生活，他们以万分惊愕的心情发现东方人竟然以他们所一贯鄙视的僭主政治的长期化及体制化为荣，于是便将这种政治体制当作是东方人所特有，并冠以“东方专制主义”的名堂。因此，要探讨东方专制主义的起因，最好还是将其放置在希腊罗马宪政共和制的坐标之内，在比较当中找出根本的差异性来。古代经济史的专家常常告诉我们：古代西方民主政治与古代东方专制政治的社会阶级基础和支柱均是小农经济。这便造成了一种假象：似乎小农经济既可造就西方式的宪政民主制，也可促成东方式的君主专制。其实，此小农非彼小农也，在西方人视作为“小”的地方，在东方人眼里则未必是小。例如，在罗马共和国的大部分时期里，公民社会当中普遍盛行的土地制度是典型的城邦小私有制，当时平均每户占有的土地约为4—8个犹格，亦即16—32亩(每个犹格约等于4亩)；而在古代中国，普通农民能够平均实际占有几亩的可耕地就已经很不错。换言之，共和国时期的一个罗马普通农民，其经济实力比得上古代中国的一名富裕地主。设若中、西可耕地的产出数量相当，那么这至少说明同一时期里中国农民的贫困指数是罗马农民的好几倍。这便是中西文明起点的差异所在。

更为重要的是，希腊罗马的“小农”，主要是指其本身拥有土地所有权的自耕农，这些农民在少量奴隶的协助下，在经营自己的土地之余，有足够的时间和财力去从事城邦的公共事务；而且，既然土地产业是完全属于自己的，他们便有足够的热情和驱动力去关注与自己产业利益息息相关的城邦政治。于是，他们就成为城邦宪政正常运作的中坚力量，古代的民主政治正是他们充分发挥影响力的一个结果。而古代中国的“小农”，则主要是由自身没有土地或缺乏土地而不得不租佃地主土地的佃农所构成。一方面是繁重地租的压力，另一方面是土地规模的狭小，一起促使佃农们必须在租来的土地上以百倍的勤劳，才能换取得以勉强糊口的艰辛生活。在这种情况下，农民们便既没有时间，也没有兴趣或能力去关心国家政治，只要地不增租，天不降灾，谁当皇帝，又与他们有何相干呢？既然他们天生在经济上要受到奴役，谁奴役他们，又有什么不同呢？由此看来，这个世界上是先有经济奴役，后有政治奴役，或毋宁说，先有奴才，后有主子；倘若没有愚昧透顶的民众，何来专制君主的活动空间？

君主专制具有君位世袭、君权神化、统治机构官僚化、社会关系等级化以及思想文化高度统一等种种显著特征，不过其中最大的特征，则是一切权力集中于君主手中，君主作为最高立法者，却从来不受自己所立法规的约束。既然君主对其所有臣民均可以为所欲为，那么这样的社会便必定是一个“尽人皆为奴隶”的恐怖社会。埃及古王国时代有一名叫做乌尼的大臣，在自己的墓碑上不无得意地刻上了如下一句意味深长的话语：“我这一生中从未受过国王陛下的殴打。”把未曾受过君主的殴打作为自己生平中值得炫耀的资本来谈论，这从反面证实了人们尤其是大臣们遭受君主的殴打是家常便饭。就暴戾程度而言，中国的皇帝毫不逊色，例如明朝的君主就有“廷杖”大臣的习惯。廷杖现象虽然不见载于清朝的史籍，但清朝的君主们也不见得宽容到哪里，否则人们就不会为文字狱而闻风丧胆了。最具讽刺意味的是，在清代，汉族大臣们竟然因为“奴才”这一光荣称号被满族大臣们所垄断而感到愤愤不平。

毋庸讳言，西方历史上也曾出现过短暂的专制君主统治时期，主要有两次：一次是产生于公元3世纪中叶至5世纪后期的罗马帝国，另一次是产生于16—18世纪的英国、法国及西班牙等西欧国家。此类专制政治拥有与东方地区截然不同的历史背景。前者是因为频繁的军事扩张导致了大规模的土地兼并，小农经济完全瓦解，版图辽阔的大地产逐渐形成，支撑城邦宪政的经济条件已不复存在，经过元首制这一中间过渡阶段之后，与大地产制度相适应的君主专制应运而生。后者则是因为没落的封建贵族与新兴的资产阶级之间的斗争处于某种胶着状态，在两者谁也无法战胜自己的对手的情况下，他们均希望有一个强有力的仲裁者的介入，来最终结束这种旷日持久的对抗，于是，专制君主便既作为两大阶级的仲裁者，又充当统一的民族国家的建立者而适时出现。概言之，晚期罗马帝国的专制政治以大地产制为前提，英法等国的专制政治则以封建经济的衰落和资本主义经济的崛起为基础，它们均与以传统佃农经济为生存条件的东方专制主义存在着天壤之别。

尽管东方专制主义以佃农经济作为其主要的生存条件，但这并不意味着任何佃农经济均会造就专制主义。例如西欧中世纪普遍流行的封建领主经济，便是一种典型的佃农经济。在封建领地上，无论领主对农奴的束缚程度有多大，两者之间所结成的经济关系，无疑是一种租佃关系。而且，西欧中世纪农奴的贫困化程度也相当严重，他们根本谈不上有什么文化素养。有趣的是，无论是这种经济关系本身，抑或是农奴的卑下状况，均没能从根本上促成真正意义上的专制主义。封建领主本质上的确是君主，但他未必就是专制君主。在防止封建领主向专制君主转化的过程中，基督教可谓功不可没。基督教对于西欧中世纪政治生活的贡献，主要体现在两个方面：第一个方面，它通过对蛮族的皈依，将希腊罗马人的宪政和法治精神传递给了广大的蛮族大众。在西罗马腹地兴邦建国的蛮人，在教会的教化下，逐渐掌握了某些罗马法的基本理念，继之将其引入到自身习惯和惯例的实践上。因此，在某些特定的区域或时段里，领主对农奴的剥削和压迫即便相当严重，但根据教会的教导和中世纪社会的生活原则，再蛮横的领主，也必须遵从传统上沿袭下来的惯例和教会法规，这些惯例和法规无论是对于农奴还是对于领主，均具有法律的效力。换言之，基督教在一定程度上将中世纪封建领主政治纳入到法治的轨道。

第二个方面——也许是更为重要的方面，基督教会用上帝的主权，去抵消和弱化君主的权威，结果便逐渐导致了某种君臣平等思想的产生。基督教十分强调上帝的主权。从创世论的角度看，万物由上帝所造，也必由上帝所有，即便是作为人之首领的世俗君主，也因是受造物而归上帝所有，他们的世俗权力再大，也不能超越上帝主权所规定的界限，亦即君主权威绝对处于上帝主权之下。在这种情况下，作为人的君主，就没有资格受到神那样的崇拜。而从末世论的角度看，以君主为代表的世俗帝国，不过是最终实现上帝之国的一个预示和征兆，随着末日审判的临近，君主的帝国将连同这个世界一起走向毁灭，上帝之国的荣耀将最后获得彰显，人类历史的终结将证明，对于君主的崇拜与对于魔鬼的崇拜一样，不过是敌基督者的拙劣表演而已。总而言之，人既然是受造物，就必然带有受造物特有的局限性，他不可能像神那样无所不能，亦即他必定会犯错误，而对会犯错误的人进行崇拜便是荒唐可笑的；这个世界的运作离不开上帝，却完全可以离开任何人，地球离开任何人都照样转，因此，人们无需将自己的命运押注在任何个人包括君主身上。这种上帝面前人人平等的基督教思想，对于限制君主权威和反对封建特权具有明显的积极意义。到了中世纪后期，上帝的声音被等同于人民的声音，服从人民的意愿便是服从上帝；而在人民的声音和意愿上升为尊严的法律之后，法律成了上帝的代名词，由“上帝面前人人平等”便直接进化为“法律面前人人平等”。君主既然也要服从人民制订的法律，这便意味着他不过也是人民当中的一员，其权威也就只具有了象征的意义，近代的立宪君主制正是从此开始的。

# 论邪恶

善恶观上的差异，历来被看作是衡量中西文明不同特质的重大指标。中国文明中的善恶，多数局限于政治伦理的范围，例如在一般中国人看来，恶无非是指与杀人、纵火、抢劫、强奸等一系列违背法律及道德习俗相关联的行为或意念。而西方意义上的善恶观却要宽泛得多。无论是希腊哲学还是基督教思想，都突破了政治伦理的局限，把善恶的内容扩展至其他的学科领域。在西方人的心目中，一切美好的事物都是善，一切不好的事物都是恶。例如，身体上的健康、物候上的风调雨顺、人际关系上的和平相处、个人愿望的满足和实现等，都属于善的范畴；相反，死亡与疾病、天灾与人祸、战争和破坏、痛苦和焦虑、饥饿和失败等，则属于恶的范畴。

现在就让我们暂时撇开善的问题，集中谈谈有关恶的起源问题。邪恶到底从何而来？对此，不同文明背景的人士，有着不同的回答。

古代波斯人受琐罗亚斯德教二元论影响至深，他们认为善神创造了善，恶神创造了恶，善恶两神不断交战，最终的结局是善神战胜恶神，人类因恶的消失而进入大同。在这里，善神既不是至善的——如果是至善，就不会与其对立面开战；也未必是万能的——如果是万能，为何不一开始就铲除罪恶？随之崛起的犹太教却采取了一种一元论的解释模式。在《约伯记》中，因撒旦对善人约伯的信仰恒心抱有怀疑，上帝遂命撒旦制造出一系列的灾难（亦即邪恶）去试探约伯，约伯经受住了多次考验，证明了其信仰的纯真和坚定，最终获得了善报。在这里，邪恶的最终制作者无疑是上帝，尽管他的动机并不坏，但因此人们就有理由怀疑他的至善。

希腊神话也把邪恶归咎于神。在一般希腊人看来，诸神是高尚与猥亵并存的实体，人间的善和恶，正是源自于神的这种高尚和猥亵双重秉性。潘多拉的故事告诉我们，充满魅力的女人潘多拉及其装满灾难（邪恶）的箱子，是火神赫费斯托斯根据天神宙斯的旨意创造出来的，而潘多拉的出嫁及其箱子的开启则意味着人间邪恶的肇始。值得注意的是，希腊神话意义上的邪恶，多数是指外在世界的灾难，它尚未内化成为灵魂内里的“心魔”。

哲学家们当然不能容忍粗俗神话对神灵的亵渎，他们极力为神的邪恶本性进行开脱。例如在苏格拉底看来，人间的邪恶似乎与神没有任何关联。他认为，每个人均是依据自身对善的理解来作出自己的选择的，因而没有人故意选择恶；在现实生活中，如果有人选择了恶，那么他所做的选择并非他的真实意愿；换言之，人之所以作出恶的选择，是因为他的无知；要克服恶，就要消除无知，即给人以智慧。由此可见，在苏格拉底的邪恶论中，内化的“心魔”虽然仍未出现，但无疑正在朝着这一方向发展。

苏格拉底的学生柏拉图在继承其老师的相关思想的过程中，明确提出恶是由灵魂中的非理性部分造成的，因而与作为至善的神无关。在他看来，人之所以作恶，原因不外有两个：一个是身体有疾病，另一个是教育的缺位；作恶是一种受逼迫的和不得已的行为，没有人想要成为恶人；因此，有效阻止作恶的方法只有两个：对作恶者施以良医良药，或对作恶者进行有针对性的教育。后来的新柏拉图主义者坚持一种流溢说，认为邪恶起源于由灵魂流溢出来的质料，因而与作为万物起源的太一没有直接的关联。由此看来，无论是柏拉图还是其再传弟子，都将邪恶与灵魂联系起来，这是一种明显内化的邪恶观。

发端于希腊化时期并盛行于罗马时期的伊壁鸠鲁主义与斯多亚主义，对于恶的认识形成了直接对立的局面。伊壁鸠鲁主义者过于强调偶然性和人的主观能动性，认为邪恶与人自身一样，均是原子运动的产物，与无所作为的神毫无关联。而斯多亚主义者则坚持命定论和神的万能，他们虽然并未刻意从神那里追寻邪恶的根源，但却从思想逻辑上为这种追寻打开了方便之门，故遭到了西塞罗等人的严厉批评。

如果说此前的邪恶观是较为零散的，那么在基督教崛起以后，西方便开始有了比较系统的邪恶观。基督教邪恶观是在继承犹太人一神教思想和希腊哲学善恶理论的基础上，在主动回应同时代重大理论和现实问题的过程中，逐渐发展起来的。在早期的教父们看来，除了造物主上帝自身，任何被造的事物，都是注定要腐化堕落的，世间的一切邪恶，正是来自于被造物的这种堕落秉性。首先，人作为一种造物，其堕落秉性成就了人的恶念（内魔）和恶行；其次，天使作为另一种造物，其堕落秉性则造就了教唆者（外魔）和人类帮凶的角色。最初的一些基督教教父还沿习着犹太人的某种传统思路，例如教会历史学家优西比乌等人，在论及基督徒的迫害者时，认为这些迫害者是上帝制造出来专门惩罚教会腐败的。这岂不是等于说，上帝是某些邪恶的创造者，从而从根本上否定了上帝的至善本性？于是，更为明智一些的教父，便着手对这一说法进行了修正，早期基督教的伟大理论家奥古斯丁就是其中的典型代表。

按奥古斯丁的说法，人既然是上帝的造物，他最初就应当是十全十美的，因为万能和至善的上帝不可能造就任何有缺陷的受造物，何况人还是上帝依据自己的形象创造出来的，他的身上甚至还存留着上帝的气息。总之，按奥古斯丁的理解，最初的人性只有善没有恶（包括人格上的和生理上的）。可是，随着人类始祖对上帝的背叛，人性开始败坏；人类因滥用上帝赐予的自由意志而作出了错误的选择，从此作恶便成为人的天性，疾病与死亡也随之而来。在柏拉图思想的影响下，奥古斯丁坚持认为，恶不是实体，它是善的缺乏。他把上帝比喻为太阳，善就如太阳光线那样普照大地上的一切，只有那些自行背离太阳的物类，才因享受不到太阳光线的恩泽而落入到黑暗，邪恶就如这些背离太阳的物类，他们不过是自作自受而已。

奥氏的这一理论为整个基督教神学体系奠定了基础。假设没有人的作恶和堕落，何来上帝的拯救和赐恩？基督教的全部出发点，就是要借助上帝的救赎，使戴罪的人类洗清自身的罪责，最终达到与上帝重归于好的目的。人性既然已经堕落，人就无法实现自救，只能等待至善的上帝的救赎；虽然在这个过程中，人类自身仍然保留着有限的自主性，以回应上帝的救赎，不过从根本上来说，与上帝的积极救赎行为相比，人类的回应行为始终处于消极被动的状态。总而言之，作为罪人的人类，是上帝的拯救对象，故它是无法实现自救的。

可是，即使邪恶的来源得到了澄清，上帝保留邪恶的必要性及合理性，却仍然受到了普遍的质疑。奥古斯丁的理论，对于缺乏西方文化背景的中国人来说更是深奥无比，因此晚明开始来华的传教士只能用一种中国化的通俗说教，来对中国听众传递这一神学信息。在中国听众所提出的众多问题中，一个最为棘手的问题是：上帝固然因其至善的本性而未曾亲自制造过邪恶，但他为何不及早主动消除这些邪恶？如果他不想消除它，他就难以称作是至善；如果他不能消除它，他就难以称作是万能。传教士的解释通常是这样的：首先，上帝的至善不仅对善的事物有效，而且对恶的事物有效（所谓“博爱”，就是从这里引申出来的），如果上帝不能容忍恶的存在，那如何体现他的真正至公至善呢？其次，万能的上帝当然有能力消除一切邪恶，可是他明智地拒绝这样做，因为如果他真的这样做了，人就无法使用尚存的那点自主性去配合上帝恩典而获得拯救；而如果人没有通过自身的努力和赎罪过程就直接获救，那就是无功受禄，这不符合上帝有关“有功受奖、有过受罚”的正义原则。最后，人的堕落和邪恶的出现，以及接踵而来惩罚、救赎和最终的得救，均处于上帝的掌控之中，是上帝计划里的重要内容，这自然体现了上帝的万能本性。

这一理论既坚持了上帝的至公至善，也坚持了上帝的万能，在使上帝的这两大特性协调一致的同时，并没有把人变成完全被动的被拯救者：恶的存在和保留，在很大程度上是为了彰显人的作用，亦即人常常借助恶去认识上帝之善，从而在赞美上帝的伟大计划的同时，强调了人主观努力的重要性。

有趣的是，与西方基督教文明密切相关的马克思主义，却从私有制中找到了邪恶的根源，他们不仅据此提出了消灭私有制的理论，还为共产主义理想的实现设定了两大前提条件：一是社会物质财富的极度丰富，二是社会道德状况的高度改善。纵观今天世界科技局面及国内经济形势，这第一个前提条件似乎为时不会太远；而这第二个前提条件则更富含深意，它似乎是指每一个人均毫无例外地变成了谦谦君子，世界上的一切邪恶永久性地退出了人类历史舞台，“魔鬼”一词也从此销声匿迹——这一点与基督教有关“天上王国”的景象颇为相似。

# 论圣经的重点

本文所涉“圣经”，特指基督教的原始经典，亦即旧约和新约。

圣经中究竟有哪些内容或经文是需要作详尽阐发和理解的重点？这是困扰基督徒近两千年的最大难题；基督教内部的大部分争端，均与对这些重点内容或经文的不同阐发和理解有关。在基督教兴起的最初几个世纪内，圣经各篇经过多次传抄和注释，后来的版本与原始版本有了很大的差异，加上抄手们大多是文化程度不高的平民基督徒，于是就有可能出现以讹传讹的现象。早期的基督徒文化背景五花八门，他们对于圣经的理解受到了自身原有文化基因的严重影响，故在传抄和注释圣经经文时，不仅会作出为我所用的功利性解释，而且有可能对其中的个别字句进行肆意改动，使其与自身教派的愿景和主张相一致。因此我们便可以初步推知，所谓的“圣经无误论”，不过是教会当局的一厢情愿。早期基督徒虽然都以拥有一部大家共用的圣经而自豪，而且他们也正是因为共同尊奉它而被统称为基督徒的，可是它的某些具体内容却相差甚远，这意味着各不同地区和不同教派的基督徒所使用的圣经版本是不同的。例如我们从早期神学家奥利金的作品中得知，在公元3世纪上半叶，地中海区域流传的圣经，光是希腊文版本的就不少于6个。

后来成为正典的基督教圣经，实际上是基督教内部各派斗争、磨合及协调的最终结果，因此它就不可能是一个一而贯之的文献；当圣经各篇内容基本定型之后，明目张胆的篡改已经变得不太可能，于是，圣经经文当中含糊其辞的或自相矛盾的经文，就成为基督教内部纷争的嚆矢。基督教世界最早的一场大规模论争是围绕着三位一体论而展开的。虽然圣经并无三位一体的系统理论，却经常出现与后来三位一体理论有关的含糊叙述，尤其是在《约翰福音》和保罗书信当中。显然，"三位一体"的概念，是因耶稣基督这一人物的出现而引发的。把耶稣基督提高到神的高度，就在一定程度上坚持了不崇拜人的犹太传统，因而在一个重要的侧面有力地回应了异教徒有关基督徒崇拜人的指责。可是它却招致了另一指责：崇拜多神。为了逃避这一指责，必须把"位格"(persons)与"本体"(substance)严格区别开来，最聪明的做法就是把耶稣基督设定为父神所派生出来的子神，并将子与父纳入到同一个单一的本体之内：既然只有一个神的本体，不管位格有多少，都能够大致坚持了一神论的原则。可是其他问题也接踵而来，例如，在同一个本体内，各位格之间的关系如何？作为基督教中心角色的基督，其神性与人性之间的关系又是如何？等等。针对这些问题，早期的基督徒基于自身的理解水平和政治需要，通过钻研和利用圣经的相关叙述去寻找解决路径。而不同的解经方式必然导致不同的结论，五花八门的教派便因此而生。例如以亚历山大里亚为中心的圣经学者坚持用寓意解经法去解释圣经经文，他们在发挥圣经的微言大义的过程中，发展出了代表教会主流思想的正统派教义；而以安条克为中心的圣经学者则坚持用历史解经法去解释圣经经文，他们对圣经字面意义的拘泥，直接导致了阿里乌异端教派的出现。

进入中世纪以后，人们对于圣经的兴趣出现了明显的重点转移，亦即从原先对于神学理论的关注，转向对于宗教实践或信仰仪式的关注。由于《约翰福音》与“对观福音书”（亦即《马太福音》、《马可福音》及《路加福音》的统称）在处理逾越节前夕聚餐会上耶稣言行方面存在着较大的差异，人们对于从该事件引申而来的基督教圣餐礼及其含义，就有了不同的理解。教会当局坚持正统的“变体论”（transubstantiation），即认为在做弥撒时当主礼神父模仿耶稣在最后的晚餐中的话语对圣饼和酒进行祝圣后，饼和酒的质体便真正地转化为耶稣的肉和血，原来的饼和酒只剩下五官所能感觉到的外形；非正统学说则常常持一种“象征论”，即认为经祝祷后的饼和酒只不过是象征着耶稣的肉和血而已。而且，教会当局坚持在吃圣餐时平信徒只能领食饼，不能领食酒；而一些异端教派则认为平信徒应与神职人员平等，有权同时领食饼和酒。此外，古代基督徒在应对罗马当局的迫害时，曾屡屡引用福音书中耶稣有关要爱敌人以及有关“若有人打你的左脸，连右脸也伸出来给他打”的教导，去宣扬早期基督教以德报怨的思想；随着基督教的体制化，中世纪的下层民众则常常利用福音书中耶稣有关“我来是要地上动刀枪的”的教导以及《启示录》中天军与魔鬼肉搏的末日情景，作为武装反抗教会和世俗当局的口号和手段。

值得注意的是，中世纪以后教会的某些重大分裂事件，也与人们对圣经相关经句的理解差异有关。例如有关圣灵的来源在新约中有不同的说法，使徒保罗认为它出自于父，而《约翰福音》则断言它出自于父和子。325 年的尼西亚公会议和 381 年的君士坦丁堡会议所制定的信纲，均依据保罗的说法，宣称圣灵“发自父”；可是从 5 世纪末起，西方拉丁教会却依据《约翰福音》的说法，普遍相信圣灵“发自父和子”，东方教会对此表示反对。这就是著名的“和子句”纠纷（Filioque Clause Antagonism）。9 世纪时，君士坦丁堡宗主教佛提乌因此纠纷而向西方教会大兴问罪之师，该纠纷遂成为东西方教会分裂的一个来由。在得救途径问题上，也存在着类似的纷争。保罗主张“因信得救”，雅各则认为单靠信仰无法得救，只有把信仰和善功结合起来才能得救。中世纪教会当局在宗教实践上主要是采用了雅各的说法，强调善功在得救过程中的独特作用。后来的新教改革家则敏锐地发现，教会当局一直在利用信徒的善功去达到强化教士特权的目的，于是他们重新举起了保罗“因信得救”的大旗，借助否定善功去消除教会的特权。换言之，导致新教从天主教分离出来的一个重大借口，仍然源自于圣经。

历史上圣经研究重点的一次最大的转移，出现于文艺复兴时期。这一重点转移过程体现在许多方面。首先是由神向人的转移。文艺复兴时期的人文主义者并不反对基督教信仰，他们大多是虔诚的基督徒；像瓦拉和伊拉斯谟等人，不仅是著名的人文主义者，而且是著名的圣经研究者。与中世纪的研究者不同的是，他们对圣经作了新的解释和发挥。例如，中世纪的神学家和教会人员强调圣经有关救赎的思想，认为人只有被动地依靠上帝的救赎才能得救，亦即认为，在救主与被救者之间，作为救主的上帝是中心角色，作为被救者的人只不过是配角。因此整个人类历史应当以上帝的救赎为主线，于是，凸显上帝的神力、淡化人的作用，便成了中世纪社会的基本传统。而人文主义者却从圣经中看到上帝救赎对象是人这一事实，他们充分利用亚里士多德有关“自然不造无用之物”的思想，认定上帝的创造是为了人；虽然人文主义者并不否认原罪的存在，但他们把人类赎罪的过程加以美化，认为即使是人的赎罪过程，也是上帝的一大杰作，值得赞美。换言之，人文主义者把中世纪对于救赎者的关注，转化为对于救赎对象的关注，于是，关注焦点就由神转到了人身上。人文主义者认为上帝并不过多地参与人的事务，他给人留下了更多自由活动的空间，这一刻意弱化上帝干预人事的观点，为近代“自然神论”的出现铺平了道路。

其次是由安贫乐道向劳动致富的转移。圣经中包含了许多安贫乐道的思想，这些思想被中世纪的教会和神学家一再引用来贬斥劳动和财富的罪恶本性。在中世纪的人们看来，劳动是从亚当和夏娃的堕落开始的，它成为上帝用来对付人类犯罪的惩罚手段；既然劳动是消极的，作为劳动直接结果的财富，当然也是不值得追求的。于是，新约中对财富进行谴责的经句，便被反复地宣讲，如“不要为你们自己积聚财宝于地上，在地上会被蛀虫咬食，被锈菌腐蚀，被窃贼偷挖。应当积聚财宝于天上，在天上没有蛀虫咬食、锈菌腐蚀和窃贼偷挖”，“一个人不能服侍两个主人……不能既服侍上帝，又服侍金钱”，“我向你们保证，富人要想进入天国非常困难。我再重复一遍，富人进天国比骆驼穿过针眼还要难得多”，等等。到了文艺复兴时期，人们的劳动观发生了本质的变化。如今人们将劳动追溯到上帝的创造活动，于是劳动便开始带上了神圣的性质。保罗有关“不劳动者不得食”的论断更是受到人文主义者的热捧。劳动观的变化必然造成财富观的改变。人文主义圣经学者惊讶地发现，流行于中世纪社会的所谓“钱财是万恶之源”的说法，实际上不过是对圣经有关“贪财是万恶之源”的篡改。许多人文主义作家更热衷于用亚伯拉罕和雅各等旧约人物发家致富的例子去证明追求财富的正当性及合理性。

再次是由独身主义向婚姻生活的转移。中世纪的神学家为了使独身生活神圣化而力图从圣经中寻找理据。他们认为，耶稣和保罗均终身未娶，这应当被看作是独身生活的最高榜样。不过问题是，耶稣的教导中从未有过此方面的具体论述；保罗则说过，如果愿意像他那样信守独身固然好，但如果抑制不住欲火，也可以嫁娶。可见保罗在这方面是持中庸态度的。到了中世纪末期，独身制度开始变质，它再也不是以禁欲主义为前提，而是以纵欲主义为基础；独身者常常借助逛妓院、姘居或通奸等手段达到满足个人肉欲的目的，这种生活方式直接诱发了教会的全面腐败和堕落，因而受到了普遍的诟病。人文主义者正是在这一历史场景中高扬婚姻生活的大旗和反对独身主义的。当然，人文主义者首先从圣经中寻找权威依据。例如他们认为，在旧约中上帝不仅创造了男人，而且创造了女人，让二人结合成夫妇生男育女，这应当被看作支持婚姻生活的最有力证据。他们还把亚伯拉罕和雅各等以色列人首领妻妾成群的家族繁荣景象，当作是上帝对人类婚姻生活的特别恩赐。

最后是由沉思生活向社会生活的转移。中世纪社会是一个相对封闭的社会，那时的人们把俗世与天国截然分开，认为一辈子在俗世中从事俗务的人是无法进入天国的，只有过沉思生活亦即进入修道院进行沉思冥想的人，才有进入天国的希望。这种生活态度据说也是源自于圣经。其实，对于俗世生活和修道生活何者为优的问题，圣经也只是持一种中庸的态度。据福音书的说法，马利亚和马大是一对姐妹，有一次耶稣前往她们家里做客，当马利亚聆听耶稣讲道时，马大则在厨房里做饭，准备款待耶稣。该故事的寓意十分清楚：听道和做饭，亦即精神与物质一样重要，两样均是服侍基督，只不过分工不同罢了。中世纪的人刻意褒扬前者和贬斥后者，结果便造成了重沉思生活轻社会生活的传统。文艺复兴时代的人开始对之进行拨乱反正，强调社会生活对于人格完善的不可或缺，例如人文主义作家帕尔米耶里就毫不讳言地指出，既然人是一种文明的和相互交往的动物，隐修就不是人所应当过的生活。

总而言之，圣经的重点亦即人们对圣经内容的选择性关注，是因时而异的。有关历史上圣经重点问题的持续争执，为后人提出的最大启示是：食古不化的原教旨主义是没有任何出路的，即便经典作家的作品能够暂时性地解决人类的一些相关问题，它们也无法一劳永逸地解决所有的人类问题，因为历史条件的不断变化会导致新的问题层出不穷；人们唯一要做的和能够做的，便是尽力挖掘经典中的现代性因素，与时俱进地结合新时代所提供的新手段或新方法，对言简意赅的经典作出符合时代精神的解释和阐发，唯有如此，古老的经典才能重新焕发出勃勃生机。

# 论译名

关于翻译，钱锺书先生曾有过极其精辟的谈论。例如他说道：优秀翻译者总是希望人们读了他的译本之后，就无需去读原作了，殊不知正是因为他的优秀译作的作用，激发了人们抛开译作去直接阅读原作的冲动；而拙劣的译作则不仅杜绝了人们阅读译作的欲望，而且彻底打消了人们阅读原作的念头。换言之，优秀译作是原作与读者的居间，拙劣译作则是二者的离间。

其实，翻译者要向读者传递的，也不应当只是笼统意义上的外来文化，而应当是具有特定时空意义的域外文化，于是，就历史的准确性而言，翻译者精确地处理好文化语境方面的细微差异性，便显得至关重要。同一个外文单词，由于发音的差异，其在不同的场景下就可以有不同的译法。Charles 一词是英、法语系中经常使用的人名，可是在英语语境下翻译成“查尔斯”，在法语语境下则翻译成“查理”；Robert 在英语中为“罗伯特”，在法语中则为“罗贝尔”；Francis 在英语中常为“弗兰西斯”，在法语中则常为“弗朗索瓦”。在整个欧洲各语系中均特别流行的名字 Micheal，在各不同语境下可以有不同的译法：如果出现于拉丁语系中，最好译成“迈克尔”；倘若出现于日耳曼语系中，便应译成“米歇尔”；而一旦出现于东欧语系（如希腊语或斯拉夫语）中，则最宜译成“米哈伊尔”。James 作为人名，在大多数情况下译成“詹姆斯”，可是在指称新约圣经中的耶稣门徒时，它就只能译成“雅各”，因为在这一特殊语境下，此词不过是 Jacob 的变体。有时法文被用来拼写德文人名时，会出现某种变异，结果导致了不同的译法，例如德文 Friedrich 在转换成法文时，就常常变成了 Friderick，于是，同一个人名有时就会出现两种不同的译法，即按德文译成“弗里德里希”，和按法文译成“弗雷德里克”；聪明的译者干脆两个都不用，而直接统一译成“腓特烈”。此外，某些重要的译名由于是前辈翻译巨匠所敲定，在约定俗成之后已经为中国读者所广泛接受，即使其译音未必十分准确，也不存在任何更改的必要。例如“苏格拉底”（Socrates）无需更改为“索克拉提斯”，“恺撒”（Caesar）无需更改为“西泽”，“浮士德”（Faust）无需更改为“佛斯特”，等等。

如果说，译音的准确性问题所检测的不过是译者的表面功夫，那么译名内涵的精确性问题所考验的，就无疑是译者的真正学识和智慧了。近些年来，中国基督教研究领域出现了一种新动向，那就是将“基督教”一词交给新教徒去专用，而另起炉灶式地创制出一个新名词“基督宗教”，用它去指称包括天主教、东正教及基督新教在内的所有信仰耶稣基督的宗教。这种做法既违反常理，也违背历史事实。

必须指出，在基督教最初发展的岁月里，就名称而言，“基督徒”一词，是先于“基督教”一词而出现的。基督徒（希腊文 Χριστιανοι，拉丁文 Christianus）一词，最早出现于《使徒行传》第 11 章第 26 节和第 26 章第 28 节中，前者指明该词最初出现于安条克，后者借国王亚基帕之口，暗示有人称基督的信仰者为基督徒。如果我们认可《使徒行传》撰写于公元 40—50 年间，那么就等于承认基督徒一词最迟在这个时候已经为人所知。有趣的是，无论是在《使徒行传》中，还是在其他教外文献中，这一名称最初均不是信徒的自我称谓，而是教外人士对基督信仰者的称呼。大量的研究表明，由于基督徒（Christians）这一名称含有“基督的同党”或“基督党人”之意，其政治意味类似于“恺撒党人”或“希律党人”等，很容易使人联想到一次次政治斗争和暴动，信徒们为了避嫌，极少自称为基督徒，他们宁可以“弟兄”、“门徒”及“信者”等相称。可是后来由于迫害的开始，信徒们为了使自己的身份与各式各样的异教徒及犹太人等有所区别，他们遂最终采用这一教外人士强加给他们的名称，这种转变大概是从公元 64—68 年亦即尼禄迫害期间开始的。

至于基督教一词（希腊文 Χριστιανισμος，拉丁文 Religio Christiana），则迟至 2 世纪初才正式产生。它最初出现于安条克主教依纳爵的《致马尼西亚人信函》第 10 章当中：

因此，让我们不要对他（指上帝）的仁慈无动于衷。由于他将依据我们的善功奖赏我们，我们就当洗心革面。因此，在成为他的门徒之后，我们就应当学会依照**基督教**的原则生活。任何接受这一名称之外的名称之人，均不是上帝之人。因此，扔掉邪恶的、陈旧的和酸臭的酵母，而换成新的酵母吧，这种新酵母就是耶稣基督。用他的盐腌住自己吧，这样你们当中就没有人会腐坏，因为你们将根据你们的味道来被宣告是否有罪。既承认基督耶稣，又信仰犹太教，这是非常荒谬的。因为**基督教**不可改成犹太教，而犹太教则可改成**基督教**，只有这样，每一种有信仰的语言，才能汇集一起去赞美上帝。

由此看来，虽然"基督徒"与"基督教"这两个名称最初均出现于安条克，但基督徒一词出现得较早，基督教一词出现得较晚，这意味着后者应当是前者的扩展和引申，亦即基督教只能解释为"基督徒的宗教"，而不可理解为"基督的宗教"。那么，将Christianity一词翻译成"基督徒的宗教"，内涵是精确的，可是实际使用起来就不太方便，至少是不够精炼，于是，将其简便地翻译成"基督教"，便是最佳的选择。

基督教以后的发展线索是非常清晰的。公元1054年，东、西方教会因教义及权力之争而发生分裂，西方拉丁教会变成大公教(亦即"天主教")，东方希腊教会变成东正教。从此以后，这两大教派在需要确认自身的身份特征时，均各自以"天主教"和"东正教”自称，而较少称之为“基督教”，但这并不意味着它们以后就再也不是基督教，这就相当于一个人在有了一个名字之后，他就较少使用自己的姓氏了，这并不代表他再也不需要姓氏了。

从16世纪20—30年代开始，从天主教当中又分裂出了一个新教教派。新教徒以恢复早期基督教的传统为主要目标，他们自然以正宗的基督徒自居，其结果就是将本属于各教派共同遗产的“基督教”一词，几乎据为己有了。可是这一历史演变过程，终究不能从本质上改变“基督教”这一名称是各教派的共同称号这一历史事实。

明清之际，基督教三大派中，最先入华的是天主教。天主教传教士虽然向中国人介绍了诸如“耶稣基督”（耶稣契利斯多）和“基督徒”（契利斯当）等概念，却没有直接向中国人说清楚他们的宗教最初叫基督教，而是首先亮明自己的天主教身份，这在当时十分复杂而又严峻的传教形势下是情有可原的。进入晚清以后，新教大举入华；新教传教士以咄咄逼人的态势，首次向中国人公开亮出了“基督教”的旗号。这便在中国人当中造成了一种普遍的误解：似乎天主教（和东正教）不是基督教，似乎基督教这一名称为新教徒所专有。这样一种历史误会本该加以澄清和修正。可是目前国内的部分教会人士和研究人员却满足于将错就错，顺水推舟地让新教徒去独自承受“基督教”这一本该共享的名称，而创造出了“基督宗教”这一新名词，去涵盖基督教的所有教派，这到底是与时俱进呢，还是历史的悲哀呢？

而且，人们还要问："基督宗教"这一名称的西方词源学依据是什么？如果要将 Christianity 一词改译成"基督宗教"，那么 Christian 一词就应当相应地改译为"基督宗教徒"，这使用起来不是有点荒唐可笑吗？有人也许会说：我们可以用 Christian Religion 一词取代 Christianity。可是在浩如烟海的历史文献中，出现得最多的还是 Christianity，Christian Religion 一词则只是偶尔出现，而且主要也是特指"基督徒的宗教"，而不是"基督宗教"；如果接受这样的取代，我们又将如何去面对铁面无私的历史呢？

除了"基督教"一词之外，对于天主教世界最高权威的称号，也存在着不同的译法。拉丁文的 Papa（相当于英文的 Pope）一词，本来是对罗马最高祭司长（Pontifex Maximus）的爱称，原意为父亲。这个职务一直由罗马皇帝兼任；提奥多西一世在位期间（377—395 年），这位皇帝正式宣布此后皇帝不再兼任此职，于是，这一职务和称号就落到了各宗主教区的主教们身上。后来随着教会管理集权化的发展，最高祭司长一职，便逐渐由罗马主教所垄断，Papa 这一称号，也自然由罗马主教所专有。如何将罗马主教的这一职权和称谓恰如其分地翻译成汉语，这的确是一个颇费踌躇的问题。明代万历年间进入中国的耶稣会士利玛窦，是第一个向中国人介绍罗马主教职能的西方人，他在其中文著作《天主实义》第 8 篇中写道：

然论厥公者，吾大西诸国，且可谓以学道为本业者也，故虽各国之君皆务存道正传，又立有最尊位曰**教化皇**，专以继天主颁教谕世为己职，异端邪说不得作于列国之间，主教者之位享三国之地，然不婚配，故无有袭嗣，惟择贤而立，余国之君臣，皆臣子服之。盖既无私家，则惟公是务；既无子，则惟以兆民为子。……

这一段话的意思十分清楚。首先，利玛窦将拉丁世界的天主教最高领袖罗马主教翻译成“教化皇”。然后，他对为什么要这样翻译作出了解释：其一，由于罗马主教手握宗教教化的最高权力，在诱人学道和排除异端方面责任重大，各国君王对之无不俯首尊崇，其地位当在一般君王之上，故称其为“教化皇”是恰如其分的；其二，罗马主教既然信守独身，就没有亲生的子嗣，既然没有子嗣，他就可以把一位父亲的爱，普遍地施与广大的信徒，即成为万民之父。我们不得不承认，利玛窦的翻译是极其精确的，解释也是非常到位的。“教化”一词指明了罗马主教的职责，这既符合欧洲的历史实际，也与中国人对宗教职能的理解相吻合。“皇”字却表明了罗马主教的政治地位——他高于一般的世俗君主。尽管在利玛窦的时代，由于新教革命，天主教失去了在欧洲的半壁江山，但罗马主教仍然是天主教世界的共主，因此利玛窦使用这个字来指称罗马主教，并没有违背历史事实。尤其可贵的是，利玛窦对于罗马主教作为万民之父的角色的解释，完全符合 Papa

这一拉丁文单词的原意。

正由于利玛窦的这一译名近于完美无瑕，故它基本上被后起的传教士所继承。继利氏之后入华的耶稣会士艾儒略，在1623年撰述的中文作品《职方外纪》卷之二“意大里亚”条中，只是将“教化皇”简化为“教皇”：

> **教皇**即居于此（指罗马城），以代天主在世主教，自伯多琭至今一千六百余年，相继不绝。**教皇**皆不婚娶，永无世及之事，但凭盛德，辅弼大臣公推其一而立焉。欧罗巴列国之王虽非其臣，然咸致敬尽礼，称为圣父神师，认为代天主教之君也，凡有大事莫决，必请命焉。其左右尝简列国才全德备，或即王侯至戚五六十人，分领教事。

显然，艾儒略在利玛窦的基础上，对教皇制度作了进一步的说明，其中包括它的历史传承、它与世俗君主制的关系及教廷的人员构成等。

奇怪的是，另一位入华耶稣会士王丰肃（后改名为高一志），在其1626年撰述的《教要解略》中，既不用“教化皇”，也不用“教皇”，而是用“教化王”一词去指称罗马主教：

> 天主耶稣，归天前归天后，无不为圣教主首，身虽不见，其神祐常在，不得相离。又于将升天次择一圣徒名伯多録，

而托之代主圣教，命众人依其训也。圣徒遐逝，教中尊宿，继立贤者代之，至今千有六百余年，教化绪业，未尝断绝，即吾辈常所称**教化王**是也。此王之位至尊，其权至大无比，大西诸国奉教国王，咸顺其训，开化布教于四方，决圣经之疑，定圣人之品，分终圣者之余功以赐之教中人，而以时颁解罪之大赦，救人神魂，则其职事也。

王丰肃在这里以追溯罗马主教的历史渊源和细述其职能的方式，进一步强调了该职位的权高位重。可是他却将该职位的持有者，只是低调地称作是“教化王”，而不是“教化皇”或“教皇”。这是有其独特背景的。王丰肃本人是1616年南京教案的直接受害者，案发时，正在南京传教的他，遭受严刑拷打，最后被装进一个木笼遣送回澳门。他的曲折经历也许使他逐渐意识到，在这样一个天朝上国中，除了天子之外，任何敢于称“皇”的人，必然都会被视作大逆不道之徒。因此，在他第二次成功进入内地之后，他的言行就变得更加谨慎和低调了，这种态度也便直接体现在他对Papa一词的中文译名上。

尽管如此，朝野的反教人士为了达到剿灭这种外来宗教的目的，还是愿意使用利玛窦的译名去指称罗马主教，例如编撰于1639年的《圣朝破邪集》，就曾多次指控传教士利用西方的“教化皇”来对抗大明朝廷。明朝覆灭之后，苟延残喘于南方一隅的永历政权，为了借助传教士的势力复兴明朝，采取了向天主教一边倒的政策，信教的皇室成员再也顾不上天朝上国的脸面，他们依照艾儒略的译法，直接将罗马主教称作“教皇”。

进入清代之后，皇帝们天朝上国的心理重新作祟，他们不能容忍除了他们自己以外，天下还有另一个“皇”，因此在他们与罗马主教的交涉文书中，不是称对方为“教化王”，就是称之为“教王”，有时同一个文件会出现这两个名称交叉使用的现象。可是在中国的天主教徒中，“教皇”一词被照用不误，如著名书画家吴渔山在皈依天主教之后，在自己的作品中便屡屡提到“教皇”。

无论是教皇、教化皇，还是教王或教化王，它们均拥有一个共同的特征，那就是承认罗马主教是一位君主，这是基本符合历史实际的。中世纪罗马主教的权力，比之于一位世俗君主，的确有过之而无不及。当然，“教皇”比“教王”要准确得多，因为在中世纪的一段很长的时期里，罗马主教曾经凌驾于西欧所有世俗君主之上。正是基于这样的历史事实，中国天主教徒一直使用教皇一词，去指称这位天主教世界的最高领袖。

可是最迟从 19 世纪末期起，情况发生了微妙的变化。某些中国神父也许通过教会的途径逐渐获悉，随着西欧民族国家的形成，罗马主教借助宗教权势肆意干预西欧国家事务的能力早已被剥夺殆尽，如今这位宗教领袖所能发挥的作用，事实上已局限于纯粹的教务方面。于是，他们便认为“教皇”这一称号，对于丧失了政治权势的罗马主教来说已经不合时宜。他们想出了一个新的名称——“教宗”，认为这一新名称能够反映当时罗马主教所占有的实际政治地位。例如，初刊于 1894 年（光绪甲午年）的《正教奉褒》一书，就使用“教宗”一词去取代“教皇”的称呼。作者黄伯禄即便不是这一新名词的始作俑者，也必定是较早使用这一新名词的教会人士。黄伯禄等人的这一名词创新，在一段较长的时期里可能并没有为中国教会所广泛认可，因为迟至 20 世纪上半叶，像徐宗泽那样的中国天主教中坚人物，还是坚持使用“教皇”这一旧称。后来的事态发展不是很明朗，不过可以肯定的是，在中国的教会中，“教宗”一词最终取代了“教皇”，成为大陆天主教徒对罗马主教的主要称号。而且，借助大陆天主教徒的影响力，该新称号也逐渐流行于海外华籍天主教徒当中。但是，大陆官方、教外人士和韩国及日本的教会，仍沿用了“教皇”这一旧称。

“教宗”一词的使用，使原先凝聚于罗马主教身上的历史感荡然无存。虽然时过境迁，罗马主教的职权随着历史的发展而变化，但在 Papa 一词无论是词态还是读音均未曾发生任何变更的情况下，却肆意地改变其中文译名，这是对历史的极大不尊重。英国国王在都铎王朝和斯图亚特王朝时期曾经十分专制，但革命以后的英王却成了一名没有实际权势的“虚君”，那我们是否也要改变对他（她）的译名，不再称他（她）为“国王”了呢？某一位海外的华籍教会人士在谈到采用“教宗”一词的理由时说道：因为“教宗”这一名称听起来很亲切，符合当代罗马主教的一贯亲民作风，故还是以使用“教宗”为宜。这一理由的确荒唐得可爱。难道因为当代罗马主教的亲切就可以否定整个历史吗？自相矛盾的是，

“教宗”的提倡者虽然抛弃了“教皇”这一名称，却仍然沿用“教廷”(Roman Curia)的说法。有君主就有朝廷，“皇”与“廷”是相配对的；如今没有了“皇”却保留了“廷”，这是怎样的一种逻辑呢？如果“教宗”一词成立，“教廷”就当改译为“教祠”或“教庙”；而倘若真的作此改动，那就离多神教和偶像崇拜不远了。

# 论史德

“史德”即历史道德或历史良知，讲的是一个人对历史的判断要符合一定的道德标准。历史道德与历史情感密切相关，亦即史德具有明显的阶级性：当一个人在情感上偏向于某个特定的阶级时，他便常常会按照这个阶级的道德标准来评判历史与现状。例如柏拉图同情雅典的哲学精英和贵族，于是他就用哲学家和贵族的道德标准去看待公元前5世纪后期的雅典政治，即认为只有哲学家和精英人物治理下的国家，才真正符合正义的原则。《资治通鉴》的作者司马光作为北宋官僚政治的维护者和代表人物，对旨在扶持新兴地主势力和削弱官僚统治集团的改革，自然是充满着偏见和仇视。

由于历史道德的标准从属于一般的道德标准，故要深刻理解历史道德的功能，就须从了解一般的道德特性开始。

一般而言，读书人自我约束的能力相对较强，因此他们往往非常理想化地希望统治者也能像他们那样自律。孔子曰：“道之以政，齐之以刑，民免而无耻；道之以德，齐之以礼，有耻且格。”他老人家希望统治者首先在道德上起表率作用，这样就能带动臣民从善弃恶，达到无刑而治的目的。苏格拉底提出“以德治邦”，其初衷与孔子类似。如今看来，这些均难免沦为迂腐之见，因为古今中外，从未出现过一个单纯依靠伦理道德就能得到妥善管治的国度。不过，中国与西方还是存在着些许差异。早期西方人在为自己的城邦国家立法时，已经充分考虑到人性和人道主义方面的需求，因此其法律管辖的范围就要宽广得多，其留给“德政”回旋的空间也便相应较窄，这就可以理解，为何西方历史上“贤君”与“暴君”的统治对于整个社会构架的影响不会太大。古代中国的法律偏重于刑法，素以严酷著称，故需要大力倡导“仁政”或“德政”，以作为法律上欠缺人道主义的弥补，这就难怪一名君主的仁慈和暴虐，对于整个社会运作的作用是如此巨大。概言之，由于历史的原因，中国人比西方人更加强调和突出道德的功能。

古代希腊人相信命运不可违逆，即使贵为天神宙斯，也常常受到命运女神的捉弄，凡人受制于命运，更是天经地义的事情。希腊悲剧之所以伟大，正在于它表现了人即使明知斗不过命运的情况下仍苦苦地与之作抗争的伟大精神。中国传统上也有“天命无常”的说法。不过在承认天命的同时，中国传统上有一样东西是例外，那就是“德”。在无常的天命中，唯一能够保其常者是德。这在某种程度上，反映了传统中国人的乐观向上精神，这种精神与古希腊人在伟大悲剧中所体现出来的积极思想，具有异曲同工的性质。

在中国传统中，德既是可以积累的，也是可以获得回报的。

但必须指出的是，有德之人未必能够惠及自己，在大多数情况下，有德者积累下来的德行，只能惠及自己的后代或百姓。《周易·坤》曰："积善之家，必有余庆；积不善之家，必有余殃。"善者，善德也。无论是积善德者还是积恶德者，受报应者均不是他自己，而是他的"家"。司马迁曰："黄帝策天命而治天下，德深泽后世，故其子孙皆复立为天子，是天之拔有德也。人不知，以为汜从布衣匹夫起耳。夫布衣匹夫安能无故而起王天下乎？其有天命然。"在司马迁看来，后世天子表面看来似乎均出身于布衣匹夫，实际上他们都是黄帝的子孙；他们成为天子，是天命对黄帝善德的一种善报。归根结底，老天对有德祖先的报应，还是落实到子孙的身上，而不论这些子孙是贤明还是不肖。

中国人评价一个人的标准为"道德文章"：第一是道德，第二才是文章亦即才华。道德与文章的关系就是德与才的关系。"道德文章"意为两者俱全，亦称"德才兼备"。一个人若德才兼备，他便进入一种近乎圣贤的完善状态，这种状态当然是可遇不可求的。最糟糕的状态是既无德，又无才，这是天人共愤的对象。更多的情况下是存一缺一：或是有德无才，或是有才无德。当前者居多时，社会相对稳定，但缺乏创造力和生气；当后者居多时，整个社会虽充满活力，却存在着随时垮塌的危险。因此，假设必须要在二者选其一的情况下，具有传统中国思想的人，会选择前者而摒弃后者；而具有西方传统思想的人，则宁愿选择后者而摒弃前者。这便是中西文化传统的分歧点所在。

当德被应用于历史领域时，它指的便是一种人心向背。如一个王朝的兴起，被称作该朝的“德兴”；一个王朝的繁荣，被称作“德盛”；一个王朝的衰落，被称作“德衰”。这是把整个王朝的命运与统治者的个人道德品行联系起来，认为统治者个人的道德水平会直接影响王朝的兴衰，亦即是君主的言行会改变整个社会的集体命运。值得注意的是，这里所讲的德，实际上便是统治者的所作所为；认为统治者的行为能够从根本上改变社会面貌，这显然是一种唯心史观，虽然唯心史观未必缺乏历史价值。这种把统治者的德与王朝盛衰联结一起的做法，是传统上阴阳五行相生相克理论在王朝政治上的实际运用，因此具有历史循环论的特色。不过，如果把君主之德置于人心向背的制约之下，亦即认为民众的意愿对于统治者的行为规范具有某种重大影响力，这又在一定程度上反映了人民创造历史的唯物史观，尽管唯物史观未必就无懈可击。

在中国历史上，德不仅影响和改变天命，而且还作用于自然，亦即统治者的德行状况会借助自然异像表露出来，即所谓“人不配德，必有天殃”。包括干旱、水涝及地震等在内的自然灾害，常常被认为是天子的德政不够所致；天象变坏，往往预示着上天给当政者的一种警告，此时天子必须作出适当的反应：第一是停止包括大型建筑、庆典及用兵打战等在内的事功；第二是下“罪己诏”，历数自己的罪状，恳求上天的原谅；第三是清心寡欲，沐浴吃斋，对上天表示诚意悔改。这些传统套路据说可以追溯到西汉时期，那时的经学大师董仲舒将符瑞灾异理论引入孔孟学说，遂创制了一种以“天人感应”为中心的新儒学体系。这套玩意的发明的确意在欺骗平民百姓，不过平心而论，它在具体的实践过程中，仍然具有某种约束君权无限膨胀的客观效果。

在存在君权的地方，就必须相应地具备限制君权的力量。在西方，这种力量是宗教；而在中国，这种力量则是历史。历史之所以具有限制君权的效能，是因为它直接承担了道德教化的职责。因此，只要统治者还没有败坏到突破道德底线的程度，他就必须尊重历史和历史的传承。对于平民百姓也是一样，只要他还没有堕落到毁规灭矩的地步，他就必得尊从祖宗的建制和传统。在这种情况下，历史的价值便会被无限地夸大。例如孟子说：“孔子作春秋，而乱臣贼子惧。”写成一部历史书，就足以让那些想夺权篡位之人感到害怕，这在西方人看来的确有些不可思议。历史既然如此重要，尊重历史，便会被等同于尊重道德权威。与此相应，一名政治野心家在改变和破坏现行政治体制和规矩之前，必须首先从篡改历史开始，因为历史的成规已经被固化为现存体制的唯一合法化依据，如果不从源头上改变这一依据，其现实行为就难以名正言顺地为社会所认同。这就解释了篡改历史为何常常成为篡权君主的第一件要务。既然如此，写就一部无从篡改的和真实的历史，对于坚持正统，反对异端，意义就特别重大，使命就特别光荣。正如孟子所说：直书历史，就能做到“仰不愧，俯不怍。”亦即良心坦然，处世不慌。

至于在撰述历史过程中所贯彻的具体道德标准，则往往因受制于各不同的价值观和阶级立场而存在着很大的差异。例如坚持正义，这恐怕是古今中外的史学家所共有的思想。可是怎么样才能做到坚持“正义”？这就无法讲清楚了。以暴易暴是不是正义？历史事实的客观性与现实问题的敏感性之间的巨大反差和矛盾，经常迫使历史学家在该难题上采取双重标准——历史上肯定和现实中否定。有趣的是，基督教圣经公开高举反对以暴易暴的大旗，坚持以德报怨的信条；可是，当等到基督徒需要对异教徒展开一场举世瞩目的“圣战”时（如十字军运动），他们竟然能够从这种以德报怨的圣经传统中引伸出了进行圣战的绝佳理由：为了上帝的爱而开战。他们对自己的敌人的声讨书大致是这样写的：我们在战场上消灭你们的肉体，是为了拯救你们的灵魂；因此，我们所发动的圣战，完全出自于上帝对人类的爱。一场你死我活的肉搏，如今径直变成了纯粹是救苦救难的慈善行为，这是一种何等高尚的借口，又是一种何等辛辣的讽刺啊！

附录

# I 利玛窦的广东印象

明代后期，耶稣会传教士利玛窦神父从澳门进入广东，又从广东进入内地，最后待在北京直至去世。他在中国的行迹大致如下：花了将近一年时间（1582—1583年）穿梭于澳门和广州之间，伺机进入内地；花了6年时间（1583—1589年）待在肇庆，在那里建立了第一个传教据点；花了另外6年时间（1589—1595年）待在韶州，在那里建立了第二个传教据点；花了3年时间（1595—1598年）待在南昌，在那里建立了第三个传教据点；花了另外3年时间（1598—1601年）待在南京，在那里建立了第四个传教据点；最后，花了9年时间（1601—1610年）待在北京，在那里建立了第五个亦即最后一个传教据点，直至去世为止。也就是说，利玛窦在中国待了整整28年，先后驻留过澳门、广州、肇庆、韶州、南昌（包括短期停留地赣州等）、南京和北京等地方，这些地方的头四个属于明朝时的广东省，他在广东省内居留的时间达13年之久，占了他居留中国总时间的将近一半，因此，他对于广东的印象必然相当深刻。那么，利玛窦神父对于广东的印象是好还是坏？抑或是中性的？为了弄清这一问题，让我们来看看他自己的叙述吧。

## 一、有关广州

广州虽然是西洋人进入内地的南大门，但由于利玛窦停留此地的时间并不长，他只能趁一年两次的商品展销会之机离船上岸去街上溜溜，因此他对广州的印象相对较弱。不过，他还是尽其所能地展现了他的广州观感。例如，他欣赏广州地区荔枝和龙眼的甜美，赞叹广州附近水道的畅通和便捷。可惜的是，利玛窦对广州的正面评价并不多。我们从利玛窦的书信和报告中获知，神父们最初有进入广州建立传教据点的打算，可是这一企图很快就被证明是徒劳的。据利玛窦的说法，神父们本来已经获得了总督府对其在广州居留的允诺，不料该允诺因总督的去职而落空，于是利玛窦和罗明坚就被派往广州去为此事办交涉。他们先是从澳门成功地坐船抵达香山，然后希望从香山继续坐船到广州，结果却以失败告终。利玛窦以第三人称的形式生动地记载了这一段经历：

当时在香山有一货船，来往广州香山，每天一趟，不少人乘此船去广州。两位神父决定没有知县的许可，碰碰运气。开始，船长不高兴有外国人乘他的船，但是经过翻译解释，并出示总督的信函，才勉强答应。他们上了船，把行李放好，正要开船的时候，因其余乘客，对外国人多俱猜疑，而提出抗议，并威胁将神父们的行李丢到岸上，强迫他们下船。两人只得再返寓所。

利玛窦继续说，两位神父并不因此而气馁，他们通过打点代理知县，终于获准前往广州。不料在到达广州后，他们却受到了拘押，因为代理知县是将他们当作囚犯押解到广州的。尽管两位神父竭尽全力为自己的行为作了申辩，但他们最终还是被遣返澳门。利玛窦据此而得出结论说：

> 中国人是一个傲慢的民族，他们不可能相信有一天会向外国人学习到他们自己书籍里没有记载过的东西。他们最讨厌有人宣传新的宗教，因为他们自己已经从古代的经验里学到了暴动及骚乱都是以新的宗教为借口，破坏了国家及人民的安宁。

及至利玛窦等人进入肇庆之后，一批德高望重的广州乡绅仍穷追不放，他们联名向政府当局状告神父们以传教为名混入内地图谋不轨。结果由于审理官员是利玛窦的故交，再加上利氏利用财物从中打点，此案才不了了之。

1606 年 3 月，早已定居北京的利玛窦接到了来自广州的消息：由于有谣言说，澳门葡萄牙人将勾结内地神父和海上倭寇准备发起一场针对大明帝国的叛乱，为首者是郭居静神父，广州街头一时风声鹤唳，草木皆兵；正在此时因公务路过广州的耶稣会修士黄明沙涉嫌串联谋反，被捕入狱，并在酷刑下毙命。利玛窦继续描述了广州当局在事件中的作为："……于是下令，在这中国之钥——广东省会广州，囚禁所有外国人，任何人不得造访西僧，违者将受严厉惩罚；凡能检举抗命者，将没收抗命者的财产，将之奖赏检举人。广州城日夜严密防守，城门紧闭，民众一体武装，并将与澳门交界处八百间房舍拆除，违者严惩不贷。""广州事变"必然给神父们的传教工作带来不利影响，正如利玛窦所说："广州的所谓事变，使很多人反对教会，给新教友浇了冷水，大家都怀疑，这一带是否会长久地和平下去。"这件事情使利玛窦轻而易举地得出了另一个有关中国人的基本结论："总之，对一个多疑的民族，散布恐怖的消息并不费事。"

## 二、有关肇庆

1583年9月10日，利玛窦和罗明坚等人终于获准来到了肇庆，并在那里建立起第一个相对稳定的传教据点。他们在肇庆定居的6年里，与当地人的互动关系基本上是不太愉快的。

早在神父们为自己建造住所期间，就开始与当地人发生争执和摩擦。及至住所和礼拜堂建成启用之后，当地人竟唆使顽童从高塔上向神父们的住所扔石头。在忍无可忍的情况下，神父的仆人逮住了一名肇事顽童，不料这一举动却成为当地人诬陷神父的借口，他们伪造证据，指控神父拐卖儿童；幸亏知府王泮识破其中诡诈，才使神父们得以摆脱困境。可是官司易打，怨气难消，自此以后，神父们的住处便几无宁日。先是小偷频频光顾，接着是罗明坚神父被诬与他人通奸。最后，一群流氓干脆破屋而入，他们砍倒了会所花园的所有果木，在受到了顽强抵抗之后，便大肆向会所投掷石块，继而捣毁门窗，砸烂家具，掀翻瓦顶，拆毁围墙。尽管神父们对此类恶性事件总是采取息事宁人的态度，可是他们以德报怨的做法似乎并没能换来当地人的好感。

神父们与肇庆民众的过节，说到底仍然是文化隔阂的问题。实际上，肇庆知府王泮最初之所以欢迎神父们到肇庆居留，是因为他对神父们的宗教属性作出了错误的判断。根据大明法律，外国人是不被允许入境长期定居的，除非他是正式的贡使因朝贡的需要入华作短暂的逗留。不过依据传统习惯，单个的外国僧侣一般会被默许进入中国内地去传经布道，但这里有一个前提条件，那就是其所传宗教必须是传统上的佛教。利玛窦等人最初借用佛教的一套名词术语去向中国人移译和解释他们的天主教信仰，他们也自称是“西僧”，以王泮为代表的中国人难免因此而上当受骗，他们天真地认为，这些“西僧”只要能够与澳门的那些唯利是图的葡萄牙商人和野心勃勃的殖民者以及凶悍的倭寇作出明确的切割，就有理由被默许在内地的某个地方从事其念佛授经的活动。何况，王泮本人还挟带着一份明显的私心：他希望由这些

“西僧”来主持即将为他本人建造的活人祠的工作。神父们的会所建成之后，王泮为其题写的匾额为“仙花寺”和“西来净土”，如此浓烈的佛教色彩，充分表明这位中国官员根本就没有把神父们的宗教当作是一种新宗教。这就难怪当神父们在他面前竭力要撇清与佛教的关系时，他会感到莫名其妙。

在对待神父们的态度上，肇庆民众的基本文化心态与王泮等中国官员并没有本质差异，所不同的只是其世俗诉求更加低档而已。如果说官员求的主要是名，那么民众求的主要是利。例如当会所建成之后，进入会所参观的民众径直将天主教礼拜堂当作佛教寺庙，他们竟然在会所里烧起香烛来。直到后来，按天主教规定会所对外关闭，民众才发现它原来与一般寺庙不同，因此开始对阻止他们进去烧香礼佛的神父们萌生了怨恨。此外，由于受到神父们所展示的欧洲奇异物品的吸引，另有一部分民众对神父们据说的炼金术抱有幻想，他们希望通过对神父们的接近从中得益。可是当这种希望破灭之后，他们就自然会将神父们当作骗子来加以对待。

总而言之，神父们在肇庆的那一段日子里，处境是相当尴尬的：虽然他们很痛恨自身所受到的深深误解，但为了安全起见，有时候这种误解又是必须的。有关此点，利玛窦讲得很明白：

> 为了不使一个新的宗教在中华民族中引起嫌疑，耶稣会

的神父们，在公开的场合里，从来不谈宗教。除了应酬来往客人之外，大部分时间都消耗在研究中国的语文、写作及风俗习惯上。

## 三、有关韶州

由于存在着种种误解和摩擦，加上与当地官员的交谊缺乏稳固的基础，神父们被从肇庆撵走只是一个时间问题。利玛窦虽然把他们的被驱逐解释为由主管官员的职位变动所致，但我们还是能够清楚地看出来，即使没有发生职位变动这回事，肇庆也并非神父们的久留之地。

1589 年 8 月 15 日，利玛窦一行离开肇庆转赴韶州。广东当局之所以最终没有赶走这些西洋人，而是将其安置在粤北山区，显然是因为仍将他们当作是佛教僧侣：既然他们是佛僧，他们便理当前往岭南最大的佛教胜地韶州，去与那里的僧侣们一起居住，而不是滞留于当时作为两广行政中心的肇庆。对于神父们来说，与肇庆相比，韶州地区人文环境的唯一差异是，这里的官员相对友好，而普通民众的冷漠和敌意，则与肇庆无异。

神父们到达韶州后不久便迎来了第一个旧历春节。为了吸引附近民众前来教堂观礼，利玛窦在祭坛上安放了一座新雕像，不料竟导致了民众的暴怒，他们在晚间向教堂里大肆抛掷石块，围攻教堂工人，撕破他们的衣服，并进一步进逼神父们的住所。

官府后来调查发现，此案为当地某些士绅之子所策划。

翌年七月的一个晚上，传教会所又遭到了强盗的袭击。一群武装人员撞入会所进行打砸抢，会所人员全力抵抗，由于敌众我寡，包括利玛窦在内的几乎所有会所人员均在不同程度上受了伤。据利玛窦报道：利氏大声呼救，希望邻居前来帮忙，可是因邻居与强盗有牵连，故不但充耳不闻，反而幸灾乐祸。此案因官府的努力侦办而告破。利玛窦虽然以息事宁人的态度尽力为犯人求取免刑或减刑的机会，但神父们与当地民众之间的隔阂，却有增无减。犯人家属先是向官府递交请愿书，后是直接向主管官员当面请愿，要求将神父们驱逐出境。这些图谋终因官员们对神父的袒护而未遂。

1596年秋季，即利玛窦前往南昌的第二年，接替利氏主持韶州教务的郭居静，迎来了与当地民众的又一次严重冲突。一群秀才趁着酒气闯入教堂，与教堂内的工人打成一团，后经郭居静神父的亲自调解，双方才暂告歇兵。翌日，秀才们又启事端，他们聚集一批群众，示威游行，然后向官府状告会所人员打人和伤人。最后官府以杖击修士钟鸣仁及两名会所仆人宣告秀才一方的胜利。

在龙华民主持韶州教务之后，由于采取了较为激进的传教政策，神父们与当地民众的关系甚至变得更糟。例如在龙华民当众销毁了许多佛教偶像之后，当地光孝寺和尚便以侵占光孝寺土地和非法聚众集会为罪名起诉神父们；在久旱未雨之时，当地民众也借机控告神父们指使信徒烧毁观音像导致天气的乖戾；在1606年3月的所谓“郭居静叛乱事件”中，韶州的传教会所也受到了极大的冲击，先是有人在会所的大门口纵火，接着是有人指控龙华民神父强奸妇女，最后是包括一些僧侣在内的近四百人联名向官府请愿，要求立刻将洋人驱逐出去。由于神父们与上层人士之间存在着较良好的关系，加上其自身的机智和冷静应对，这些事件终究没能导致韶州会所的立刻关闭。

概言之，无论是从利玛窦亲身经历过的冲突事件看，还是从其获取的相关间接信息看，利氏对于韶州的基本观感，至少就民众的层面而言，基本上仍然是负面的。

## 四、基本结论

1595年5月，利玛窦跟随兵部侍郎石拱辰前往江西，途经樟树、赣州和南昌等地，后又到了南京。所谓“有比较才有鉴别”，利氏通过与广东省外的某些地方作对比，才发现广东省原来是一个文化相对落后、民风相对排外的省份。他在盛赞樟树的人文气息的同时并没有忘记揶揄广东：“[樟树]城大而出名，人才济济，曾产生四名大官，而广东全省只出过一位如此大的官。”由于我们不知道这里的所谓“大官”的确切涵义，因此也就无法推断利氏这一说法是否符合历史事实。在比较南昌城与广州城时他说道：“[南昌]较广州更漂亮、更高尚，出了不少文人，人人有礼，性格也好，房舍美观，街道宽广又直，各处有官府造的牌坊，这里的牌坊比广东建筑得既多且好。”在广东的种种不愉快经历，与在江西时所受到的热情接待，必定在利氏心目中形成了强烈的反差，这种反差促使他对广东的人文环境作出比较消极的评判：

> [对外国人的恶意感受]在一般黎民中很是普遍，尤其广东省的居民，更是明显。因为广东的文化水准比较低的缘故吧。广东本来属于南夷，他省的居民称他们是南蛮子，在文化的训练上，在考试的名册上，以及在政府作官的人，都不及其他省份的人多。此外，广东地处边疆，海岸线又长，经常受海盗及外军的侵扰，使他们的性格更趋于特别机警。

他在向友人报告中国人的城市生活时，也毫不讳言其对广东的坏印象：

> 这里我们只是看到中国较差的一省，就是广东省，原来这里是放逐犯人的地方。

不可否认，利玛窦对广东的观感和印象，多少带有主观武断性。人们完全有理由质问：利玛窦在没有游遍整个中国的情况下，怎么可以贸然断言广东省是全国文化方面最差的一个省份呢？然而在细思之后，我们便不得不承认，在利氏那充满情绪化的广东印象中，仍然隐藏着某些确实令人沮丧的事实——晚明时期的广东，至少在文化心态上并没有人们所想象的那样开放和包容。作为一名虔信上帝的正直神父，利玛窦故意诋毁广东的几率几近于零，而且我们也的确找不到其进行诋毁的正当理由和动机。那么，他是否会因眼界的狭窄或调查方式的不当而产生误判呢？这当然是有可能的。可是，利氏所驻留过的广东四地，应当说是基本能够代表当时整个广东的经济文化发展水平的：澳门和广州代表了珠三角和沿海发达地区，肇庆代表内地中等发展地区，韶州则代表较落后的山区。由此可以推知，利氏对于作为整体的广东省的基本判断，是拥有较广泛的实践依据的，因而也是可以基本采信的，至少，他的有关在人文气息方面广东比不上江西的说法是真实可信的。我们知道，一个族群的文化心态主要是借助其与相关外来事物的交流互动而体现出来的，由于该族群自身的自我判断具有太强的主观性和功利性而显得甚不准确，此时，与之发生关系的外来者的观感和印象就变得十分重要。例如，当需要对某个城市的开放水平和程度作出评估时，本市市民的自我感觉便是不太可靠的，真正起作用的是外来者的切身感受。这正是在评判晚明广东开放问题上，利玛窦相关书信和日记具有独特价值及重要性的关键所在。

虽然结论并不那么令人愉快，但至少它未曾违背常理。广东的对外开放历史无疑是非常悠久的，可是开放的口子却是极其狭窄的，况且，经济的开放也并不总是意味着文化心态的开放；就明代的广东而言，其思想文化的自由度，相对于内地先进省份是较低的。某些先生喜欢将经济开放与文化开放混为一谈，他们在论及今日广东文化的开放包容特性时，常常将其源头追溯到古代，这种做法不仅与历史事实不相符，而且还可能会引起“夺今人之美”的尴尬。

（原文以“小议利玛窦的广东印象”为题，刊载于《广州与海洋文明 II》，中西书局，2018 年）

# Ⅱ　谈早期基督教的属性问题

在古代多神教文化之中，民间秘仪与公共崇拜常常以相互对立的态势并存于同一个社会。多神教时代的罗马宗教即分为国家信仰与民间信仰两大类。早期基督教既非纯粹的民间秘仪，亦非完全的公共崇拜，而是两者的混合体。

就罗马国教而言，由于它突出信仰的公共性，宗教崇拜只是公共政治生活的组成部分，一切崇拜活动只有直接为公民政治服务，才有存在的价值。这种宗教只关注公民的集体福祉，而不关心个人内心的苦乐，来世观念十分淡薄。因此，它重实践而轻理论，把仪式和献祭视为揣摩神灵态度和博取神灵好感的唯一手段。

秘传宗教与国教相对立，仅流传于民间。它是一个封闭的实体，具有特定的入教仪式、秘密的活动程序和对新入教者的秘密启示。秘传宗教寻求的是个人拯救，重视灵魂的净化，并向信徒许诺美好的来世。1—3 世纪，罗马的秘传宗教主要有厄琉西斯秘仪、狄奥尼索斯—巴库斯秘仪、俄耳甫斯秘仪、伊希斯崇拜、密特拉教等。从本质上说，秘传宗教是与罗马国教背道而驰的，因此历来受到罗马统治者的排挤和打压。

那么,1世纪兴起的基督教,在充分体制化之前是否也属于秘传宗教呢?从已知史料看,罗马当局最初确实把它视为秘仪。既然如此,当然它就无法见容于罗马的公共社会。这便是某些罗马统治者试图将基督教和其他秘仪一并取缔的基本理由。较有素养的异教徒也倾向于把早期基督教与秘仪联系起来。例如,罗马人凯尔苏斯就认为,基督教关于恶人死后遭遇地狱大火的教义,与当时流行的秘教说法没有什么区别。

某些后世的研究者,例如大卫·休谟、爱德华·吉本等人,也对上述说法深信不疑,认为早期基督教的私密性是导致它受到罗马当局迫害的重要原因。客观地说,早期基督教确实含有秘传宗教的许多要素,例如,肉体复活的主张、灵魂拯救的观念、来世的思想、特定的入教仪式、圣餐礼之中的神秘主义色彩等。最近,有的研究者发现,早期基督教的异端教派奥菲特派(Ophites),甚至直接从秘密宗教密特拉教中继承了神秘的礼拜仪式,并发展出了一套诸说混合的教义。早期基督教与古代秘仪之间存在着一定的关联,这确实是不容否定的历史事实。

然而,如果据此就把早期基督教定性为纯粹的秘传宗教,则未免失之武断。从理论上说,基督教直接发源于犹太教。犹太教把国家利益、民族存亡、耶和华一神信仰融为一体,我们无论如何也不能将犹太教与秘传宗教划上等号。早期基督教最初乃是作为犹太教的一个分支出现的,并且自觉地从犹太教母体中寻觅自身的文化源头，它怎么可能会沦为一种秘传宗教呢？

从实践上看，无论耶稣本人、使徒保罗，还是耶稣的其他门徒，都未曾采用过秘密方式传道。更为重要的是，尽管最初的基督徒主要来自于城镇下层的贫民大众，但是，基督教从一开始就朝着体制化的道路迈进。早在使徒时代，为了便于管理教务，基督教就模仿罗马帝国的世俗行政区域，逐渐形成了主教制度。同时，为了消除教内的思想分歧，相邻区域的主教们开始汇集在一个附近城市里召开会议，讨论教义，解决争端。从2世纪初起，随着异端教派的兴起，这种主教会议的召开越来越频繁，为日后的“大公会议”(Ecumenical Council)创设了范例。罗马天主教的教士利奥·戴维斯认为，主教会议实际上是对罗马元老会议的模仿。

随着社会危机的加剧，罗马国家行政组织的功能日益退化，它所承担的社会义务逐渐转移到基督教会手里，使得教会的公共职能迅速扩大。教会历史学家优西比乌(260—339年)记载说，3世纪中叶，罗马基督教会的人事机构已经十分庞大，拥有46名长老，7名执事，7名副执事，42名侍祭，52名驱魔员、读经员和门房，基督教会用自己的资金救助1500名寡妇和其他需要救助的穷人。可以说，1—3世纪的基督教会实际上已经为此后全面接管罗马的官方信仰事务做足了组织系统上的准备，甚至还占据了一部分原本属于罗马世俗机构管辖的领域。

可见，早期基督教具有强烈的使命感，不仅仅关心信徒个人的灵魂救赎和来世前途，而且更关心会众的现世生活和公共福祉。因此，它是一个非常强调入世的宗教，也许这才是罗马当局感到怵惕不安的真正原因。

除上述区别外，早期基督教与一般秘传宗教之间，至少还存在三个差别：

首先，秘传宗教总是与某个神话体系具有密不可分的关联，其宗教创始人往往被伪托为某个神话人物。而基督教则是发源于耶稣这样一位历史人物。尽管少数学者对他的真实身份和生平有所怀疑，但是，至少他与那种具有完整系统的纯神话故事并没有直接关系，有关基督教起源的神话色彩非常淡薄。虽然福音书对耶稣生平的描述确实带有某种神秘主义因素，但是不同的福音书均记载了一个大体连贯的故事。该故事所传递的主要是一个平常人的生活信息，而不是一位神灵上天入地的超自然行为。

其次，秘传宗教的入教者往往只限于某些特定的阶层。例如，狄奥尼索斯—巴库斯秘仪的参加者多数为妇女，尤其是乡村妇女。密特拉教的参加者则一概是男人，女性被排除在外。而基督教却向一切信者开放，参加者的阶层、性别、年龄、财富、职位、社会地位等限制被通通抛弃。虽然耶稣的传道对象主要是犹太城镇的穷人，但是使徒保罗随即将福音广泛地传给了外邦人以及社会上的所有阶层。

最后，秘传宗教的崇拜活动和宗教仪式一般是秘密进行的，对于信徒以外的人具有与生俱来的排斥性。而基督教从一开始，其活动就对一切愿意听道的人开放，基督徒也从不忌讳公开声明其信仰及其崇拜的上帝。虽然在迫害势力猖獗的年代，基督徒在举行崇拜活动时，为了避免受到骚扰，也会关上教堂的大门，但这只是受迫害的结果而已。罗马当局和多神教信徒却常常以此为借口，认定基督教是秘传宗教，对之实施进一步迫害。此外，最初的基督徒大多是赚取工薪的劳动者，他们在白天必须谋生，只有晚上才会有时间参与礼拜活动。这种夜聚昼散的活动方式，很容易引起异教徒和罗马当局对基督徒的猜忌。早在2世纪中叶，这些猜忌就受到基督教辩护士查士丁等人的批驳。然而时至今日，一些研究者仍然根据这些揣测和谣言，把早期基督教等同于秘仪，这不能不说是一件憾事。

在基督教成为罗马国教之前，固然不能称之为真正的公共崇拜，然而，早期基督教从犹太教那里继承了一种准国家的组织形态。在从犹太教母体分裂出来以后，基督教又立即朝着体制化的方向发展。这使得它从一开始就有别于各种各样的民间秘仪，并由此获得了某种公共崇拜的性质。

综上所述，早期基督教可以说是民间秘仪与公共崇拜的混合体。4世纪，它最终战胜多神教，成为罗马帝国的国教，消弭了古代国家公共崇拜与民间秘仪之间的对立。从此以后，来自民间的信仰与来自社会精英的宗教有机地结合一起。美国历史学家彼得·布朗(Peter Brown)在君士坦丁大帝以后的基督教中看到了这种雅俗相混的状况。他认为，基督教内部的“精英信仰”与“通俗信仰”并非截然对立，而是浑然一体，相互依存。对于早期基督教来说，这一看法也同样适用。

（原文以“早期基督教：秘仪还是公共崇拜”为题，刊载于《中国社会科学报》2012 年 8 月 9 日）

# Ⅲ 《岭南信仰研究》序

在这本新著正式推出之前，作者贺璋瑢教授嘱我为其写几句话。作为多年一起工作的老同事，我自命对她的为人和为学还是比较清楚的，故不作推辞，欣然从命。不过，在认真拜读过书稿之后，我却多少有些意外。首先，她的知识面比我想象的要广博。贺教授在硕士阶段专攻印度史，拿的是历史学学位；在博士阶段专攻中国古代思想，拿的是哲学学位。这两个不同学科的知识汇集一起，往往会碰撞出创造性的火花来。因此我便设想，她的主要学术实践活动必定就是遨游于历史学和哲学这两个领域之内。如今看来我明显估计不足。从目前这个书稿看，贺教授不仅在历史学和哲学领域游刃有余，而且在宗教学、人类学、社会学、笔记文学和游记旅游学等方面均有所涉猎。整个书稿共收入二十七篇文章，从写作体裁看，包括专论、散文、读后感、访问记、调研报告及建言献策等多种类型；从撰述内容看，涉及儒教、天主教、基督新教、伊斯兰教、佛教、道教、民间信仰、巴哈伊教、女性主义、中医中药及养生等多种话题。这个把各种题裁和各种内容收拢无遗的集子，最大的好处就是让读者有多种选择余地，于是它便很有可能成为老少咸宜、雅俗共赏的对象。

其次，贺教授的开放和宽容心态也超出我的想象。面对历史上和现实中多种文明竞争的局面，人们似乎都会根据自身的条件和判断力去作出某种本能的反应。在宗教信仰领域，我本以为贺教授作为一个过来人，会毫不例外地在意识形态方面选边站。这本书稿的相关内容却证明我的想法是错的。贺教授在分析了耶稣会士利玛窦“联儒排佛”的传教策略之后指出：明末清初的耶稣会士这种“拉一打一”的做法显然违背了基督的博爱精神；利玛窦等人之所以会这样做，是基于对佛教的不理解。其逻辑结论必然是：假设他们透彻地理解了佛教之后，就会像后来入华的新教传教士那样，不仅与佛教和平相处，而且从中获得教益。我认为贺教授的这一见解是耐人寻味的。在她看来，世界上各不同宗教间虽然存在着差异，但也存在着许多的共性；人们不需要总是纠缠于相互的差异上，而是应当大力挖掘共性，因为这些共性集中反映了人类的共同追求，因而具有普世价值的特性。这种认识非常难能可贵，正是基于这一认识，她才会在继儒教和基督教之后，继续关注其他的宗教，甚至新兴的巴哈伊教。

其三，贺教授在书中所表现出来的现实性情怀，更是令人印象深刻。不少人在现实中稍遇挫折便会逃遁到自己的书斋里，关起门来专心致志地从事个人的精神旅游。本人即属于这样一种类型。贺教授对此甚为不屑。她批评广东高校的某些研究宗教的学者不愿意主动与外界打交道，虽然她没有使用“闭门造车”等字眼，但她的指责不仅有针对性，而且合情合理，我自然是口服心服的。与我截然不同，贺教授是一位经世致用的学者，她一直抱有入世和现实性情怀。例如，她不仅对明清之际入华的耶稣会士排挤佛教的做法感到不满，而且对当今中国基督教不能实现中国化感到遗憾。她关心广东各种宗教信仰的和平发展，不辞劳苦，亲自带领学生跨山涉水，进行广泛的田野调查。为了顺利推进研究工作，她与广东省、广州市及其他各地方相关政府管理当局保持密切的接触和联系。她对宗教管理、文物保护、旅游景点规划、社会公益服务等等，均表现出浓厚的兴趣。

总而言之，我们从贺教授的这部新书中可以更加直观地了解到她的为人处事的风格和特色，这正是所谓“文如其人”；观其文即知其人，这对于著述者而言，是一种何等美妙的自剖内里的手段啊。至于书中涉及的具体叙述和观点，聪明的读者自会作出自己的评判，而无需我在这里班门弄斧。

（原文刊载于贺璋瑢著《岭南信仰研究》，上海三联书店，2017 年）

# Ⅳ　岭南文化研究之我见

近年来，以岭南区域为中心的文化研究重新成为人们热议的话题。有论者提出，广东应当乘新一轮改革开放之东风，进一步把针对本地的人文和社会科学研究推向高潮，以期最终造就堪与“徽学”及“闽学”等较成熟的地域文化研究相辉映的“岭南学”。另有议者或从政策的高度，或从方法论的角度，对未来的研究工作提出了各自的要求和愿景。这些见解甚有启发意义。笔者也一直关注事态的进展，热切希望事遂人愿，故在此不揣冒昧，对岭南文化研究的一些原则问题，聊发一孔之见，以就教于行家。

笔者以为，推动岭南文化研究走向繁荣的最重要的一条原则是，研究者必须严格遵循学术自身的内在规律，把任何研究过程中的浮躁心态均扼杀于萌芽状态当中。我们有时会苛责某些外在的因素，例如科研管理部门出于职业本能，常把主要精力放在进行科研成果的统计上，他们迫切希望研究人员在尽可能短的时间内创造出尽可能多的成果。问题的关键仍在于研究者本身。研究者自律与否，对于岭南文化研究的健康发展而言至关重要。首先，研究者必须是岭南文化的自发爱好者。虽然他未必要对自己的研究对象达到癫狂或酷爱的程度，但他至少不应该是一名被动的奉命研究者或应景创作者。奉命研究和应景创作虽然能够制造出表面的学术繁荣，却绝不可能创造出足以传世的经典之作；历史的经验一再证明，一切只是受外力的驱动而得出的研究成果，无不沦为拙劣的模仿品，只有那些发自肺腑的心作，才能经得起时间的考验。其次，研究者在动笔做文章的时候，应当想象其读者不仅仅是同时代人，而且还有子孙后代，也就是说，必须充分考虑到自己的死后名声。羞耻感一直是国人引以为傲的传统精华，要让这一精华在学术文化圈中发扬光大，这样才能使产生精神次品的几率大大降低。一个人做了错事，一经发现后，即可纠正；而一篇文章公开发表后，要想收回就根本不可能了。一位著名历史学家曾经说过：任何敢于公开发表自己的劣质文章的人，实际上都是把自己永远钉在了历史的耻辱柱上。再次，研究者应当力戒攀比心理，在对待研究工作的成就上保持心理平衡。竞争无疑会促进发展，学术竞争对于学术繁荣而言，是不可或缺的；可是学术研究领域有其自身的发展规律，在一旦进入研究程序之后，研究者看重的往往是过程而不是结果，而过程的投入却是一件高度个人化的事情，它与竞争和攀比基本无关；如果在过程的参与中无端地加入攀比的因素，一切浮躁和不耐烦必然应时而生，在这种情况下，学术研究自身的纯洁性就会受到玷污，无病呻吟的内容和牵强附会的观点就会大量涌现。即使就成果而言，值得攀比的理由也总是贫乏的，因为精神产品是无法真正量化的。例如，一位诗人创作了一首赞美岭南风光的现代诗，一位历史学家写就了一篇有关古南越国对外交流的文章，如果不是借助时间的考验，能够在短期内说清楚两者的劳动量、价值或贡献孰大孰小吗？

推进岭南文化研究的另一条基本原则是，领导者和政府管理部门应当继续解放思想，千方百计地为岭南文化研究工作提供高度宽容的环境。岭南文化研究是政府部门批准立项的工作，因此政府对于研究的宏观指导和物质支持是理所当然的。不过，这里存在着一个度的问题：有关部门的指导怎样才算是适度呢？笔者以为，有关部门首先必须具有完全开放的心态和宽容的思想，应当大胆地把学术从行政权力的依附地位中解放出来。就岭南文化研究而言，有关政府部门只需做好两件事情就足够了：第一，尽其所能地为研究工作提供物质保障，当然也包括对于项目经费的使用情况进行有效的管理和监督；第二，尽其所能地为研究提供安宁有序的工作环境，最大限度地保障研究者的研究时间，包括自觉有效地排除行政程序对于研究工作的不必要干扰。从某种意义上说，第二件事情甚至比第一件事情来得重要。如果研究者把主要精力消耗在应对过于复杂的人际关系上，如果他们整天忙于填写相关表格和玩弄各种数字游戏，如果他们常常被浸泡在文山会海当中，那他们还有什么时间和精力来保证在研究上出“精品”呢？排除各种干扰，还研究者一个清静的研究环境，这是有关部门应当做的头等大事。至于研究者正在做哪些具体研究、使用什么理论和方法进行研究、研究的具体思路和侧重点如何，等等，则不是有关政府部门所要管或所能管的事情，应当相信研究者处理这类问题的能力。无庸讳言，在我国现行科研体制下，成果管理的量化趋势与成果检验的长时性之间的矛盾不仅得不到解决，而且愈演愈烈，急于填报政绩的领导或管理部门不得不向一线的研究者施加压力，在各种指标和任务的逼迫下，潜在的"精品"便常常堕落成为次品或废品。为了扭转这种局面，无论是领导者还是研究者，都必须学会用科学的态度对待研究工作，真正理解"欲速则不达"的涵义。应当克服急于求成的毛病，最大限度地容忍研究成果的零增长。

要促进岭南文化研究，还必须大力弘扬学术自由的精神，高度尊重研究者的个人兴趣。岭南文化是一个包罗万象的说法，它以岭南地区的历史人文现象为主要内容，具体涉及岭南地区从古至今的历史、宗教、经济、法律、社会、伦理、习俗、文学、语言及艺术等领域，换言之，一切与岭南地区直接有关的文化现象都属于岭南文化的范畴。研究者尽可以根据自己的兴趣和爱好在这一范围内选择研究对象和内容，这是学术自由的最起码的体现。近日有论者从宏观指导的角度提出，应侧重研究岭南文化中的某些方面，理由无非是这些方面实在是太重要。对此笔者不敢苟同。如果持此论者自己有意代表政府部门对研究工作提出一个具有指南性质的纲要，这种说法尚可以理解；如果他只是把他所认为的重要性当作是自己从事这些方面研究的根据，那也属无可厚非。但是，如果他作为研究队伍中的一员却要求别人按照他指定的内容去研究，那就是在强人所难了。一个人选择研究一个方面而不选择研究其他方面，这是由极其复杂的多种因素决定的，撇开这些因素不谈，我们最后把他的选择归于兴趣或爱好，根据学术自由的原则，兴趣和爱好是必须得到高度尊重的。众所周知，“徽学”、“闽学”得以如此兴旺发达，岭南文化研究能够如此经久不衰，靠的并不是政府官员划定研究内容和重点，而是众多文化爱好者各自不同的兴趣，倘若没有了这些兴趣，再好的命题作文也只能造就声气雷同的八股式作品来。岭南文化一贯以其开放和包容而闻名，而它的研究者却显得如此偏狭和小气，这无论如何是说不过去的。在旧时代，研究者常常单往独来，依靠自己的兴趣和热情完成经典式的著作；如今现代社会讲究集体力量，于是就出现了各式各样的课题组。可是，无论研究人员的组合情况如何变化，学术自由的原则是不可变易的。因为实际上，天下最佳的课题组仍然是由志同道合的成员们自愿组合而成的。

最后，岭南文化研究还必须充分调动民间研究力量的积极性，尽一切可能促进各式各样的“土专家”的成长。目前岭南文化研究的主要阵地是各相关的研究单位或高校属下的研究中心和研究所。这种学院式研究机构无疑具有官办机构的一切特征，例如它的人员以政府薪酬为生，它的立项和经费均来自政府。这类研究机构的人员专业素质高，力量相对集中，而且有资金保障，成为研究的主力是毫无疑问的。不过，学院式的研究仍有许多难以克服的弊端：首先，由于学科分类的限制，不同学科人员之间的交流殊不容易，研究者个人的研究方法和思路常常无法拓展，真正的跨学科研究必然十分罕见；其次，学院派研究者也许在基本文献资料方面占有一定的优势，可是在某些边缘性和专题性材料方面未必占有优势；再次，由于有官方研究指南的束缚，学院派研究者在把自身的兴趣和热情融入研究的过程中，不一定能够放得很开。这些弊端，对于课题研究的深化和细化无疑是一大障碍。学院式研究的所有弊端，在纯民间研究力量那里却都变成了优点：民间土专家们常常可以借助自己的研究冲动和需要拆除学科间的藩篱，实现真正的学科渗透；他们中的一些人手头上常拥有学院派研究者所无法拥有的一手资料；他们不受“指南”的限制，喜欢什么就研究什么。此外他们还占有地理上和人脉上的优势。例如，珠江三角洲有一位大盐商的后裔，手头拥有其先祖遗留下来的较完整的商业文书和族谱，他本人对于本地的经济史充满浓厚兴趣，希望在近年内撰写一篇有关明清之际当地盐运业盛衰问题的文章。这样的民间学术爱好者是应当受到大力鼓励的。鼓励的方式可以有两种：一是让其直接参与到有关的课题组中来；二是派出人员对其研究进行具体指导。总而言之，民间土专家是一支不可小觑的力量，这一点在“徽学”和“闽学”的研究实践中已经得到了有效的证明。

原文刊载于《华南师范大学学报》(哲学社科版)，2009 年第 4 期

# V 《宗教史概论》导言

对于“宗教”一词，学术界有着五花八门的解释。仅就该词的词源而言，不同的民族也有不同的理解。英文的religion，来自拉丁文的religio，意为“敬拜神灵”，可见西方的宗教最早与神灵崇拜有关。中国最早一批儒学文献并无“宗”、“教”连用的习惯，如《诗经》及其他先秦作品分别有“既燕于宗”和“教之诲之”的说法。在这里，“宗”指的是祖庙，不过《说文》却引申说：“宗，尊祖庙也。”从崇拜的对象到崇拜本身的发展，在一定程度上反映了古代中国人宗教观念历史进化的过程；同时，以祖庙为崇拜的对象和中心，这多少说明了中国人的传统宗教与宗族活动及祖先崇拜有着密切的关系。印度佛教在传入中国时，佛教信徒以释迦牟尼所言为教，以其弟子所言为宗，宗成为教的分派，二者合成“宗教”，这是佛教意义上的宗教。由此看来，既然各民族均按照自己民族历史上所形成的宗教模式去理解宗教，那么要给宗教下一个各方面都能接受的科学定义是困难的。

不过，在各不同宗教间，无疑也存在着某些共性的东西，这些共性便是宗教的核心。一般认为，宗教的核心有两个：一是有神论，亦即任何宗教均必须崇拜某个神或某些神；二是灵魂不朽论，即认为灵魂独立于肉体而存在，肉体死后，灵魂便进入来世的世界。宗教的最初发生至少已经呈现出一种能够为现代人所把握的规律性，即任何宗教的发生，都与某种当时的人力所无法控制、无法摆脱和无法理喻的外部力量有关。恩格斯把这种诱发宗教的外部力量概括为两类，他说："一切宗教都不过是支配着人们日常生活的外部力量在人们头脑中的幻想的反映，在这种反映中，人间的力量采取了超人间的力量的形式。在历史的初期，首先是自然力量获得了这样的反映，而在进一步的发展中，在不同的民族那里又经历了极为不同和极为复杂的人格化。……但是除自然力量外，不久社会力量也起了作用，这种力量和自然力量本身一样，对人来说是异己的，最初也是不能解释的，它以同样的表面上的自然必然性支配着人。最初仅仅反映自然界的神秘力量的幻想的形象，现在又获得了社会的属性，成为历史力量的代表者。"

恩格斯的结论无疑是正确的。宗教首先是人屈服于外来压力的产物。早期的人类对于来自自然、社会及人生的种种压力没有能力获得正确的认识和理解，他们不仅无法以理性的手段去控制和支配这些压力，相反，他们在很大的程度上要受这种种压力的控制和支配，于是，这些压力所由产生的原因，便被归之于某种神秘的力量，他们只能采取超自然的方式去获取与这种神秘力量发生关系的机会和权利。最初的宗教观念便是这样萌发起来的。

《易经》在谈到中国古代宗教发生的原因时说道:“观天之神道,而四时不忒,圣人以神道设教,而天下服矣。”孔颖达疏:“微妙无方,理不可知,目不可见,不知所以然而然,谓之神道。”可见宗教最初是与某些高深莫测的神秘事物联系在一起的。不过,从另一方面看,宗教不仅仅是人类对外来压力的一种消极反应,它同时也是人们对于这些压力进行积极抗争的产物。按照恩格斯的理论,宗教在本质上不过是人们对于客观世界所作出的虚幻反映或错误判断。如此说来,只有在人类智力发展到了需要对客观世界作出总体概括和判断的时候,才谈得上宗教观念的发生。在人类社会的发展水平极为低下、人们尚未突破形象思维的局限的情况下,宗教是不可能出现的,因为那时的人们还不能对客观世界作出概括性的判断——尽管是虚幻的和错误的判断。考古学的证据是与这一理论相一致的。迄今所知的人类最早的宗教观念产生于氏族时代,这表明宗教并不是人类与生俱来的现象,它是人类思维发展到一定历史阶段的产物,它的出现标志着人类思想史上的一大进步,即由个别事物的感性认知向一般事物的理性概括发展、由形象思维向抽象思维的飞跃。虽然就其体系而言,氏族时代的宗教是不完善的,但它毕竟具备了宗教的某些最初的特征,如由做梦所诱发的灵魂不死的观念和万物有灵论,以及建立在这些理论上的图腾崇拜、祖先崇拜和其他种种拜物教等。

氏族时代的宗教观念主要是渊源于自然方面的压力。由于当时的社会生活相对简单和淳朴，宗教所据以形成的物质生活条件还比较单一，因此各地原始人的宗教观念和崇拜形式具有较多的共性。例如近代发现于亚洲和欧洲极北部的萨满教，以及北美印第安人的部落宗教，就与文献上所记载的日耳曼人的早期宗教有许多类似之处。不过，随着文明时代的到来，国家管理机器代替了氏族部落组织，私有制造就了社会的不平等，人们在承受自然压力之余，不得不同时承受种种新的社会压力。于是，原始宗教开始向文明时代的宗教过渡。在全新的社会框架下，开始出现了一整套包括宗教观念和思想、宗教感情和体验、宗教实践活动以及宗教组织和制度在内的完整的宗教体系。由于各地进入文明社会的途径不同，不同国家和民族在社会生活条件方面的差异不断扩大，于是在各不同的地区和民族当中出现了千差万别的宗教信仰。各式各样的民族宗教和国家宗教就是这样发展起来的。国家组织一旦取代氏族部落组织，部落神便开始向民族神和国家神转化。在干预阶级冲突和协调整个社会生活方面，国家政治权力发挥着不可替代的作用，因此它也逐渐成为受崇拜的对象；从对于国家权力的崇拜发展为对于君主的个人崇拜，是一件顺理成章的事情，因为君主是国家权力的代表和人格化。随着社会阶级和等级制度的产生，神界也开始形成了上下递相统属的等级体系；在大大小小的神灵当中所发生的关系，均借助神话和传说的形式充分地表现出来，神界的这些关系常常成为现实社会关系的曲折反映。在统治阶级所占据的一切领域都被神圣化了的时代里，下层民众所发起的反抗斗争，便不得不经常采取宗教斗争的形式。因此，历史上的许多宗教冲突和教派斗争，不过是社会阶级斗争或民族矛盾在宗教领域的反映。

然而，神灵世界并非到处都是对等地和直接地反映着现实世界的实际状况，虽然这种对等和直接反映的情况也的确存在。希腊及罗马共和国时代的城邦政治，使希腊罗马的神灵具有共和体制下享有平等权利的公民的种种特征；专制的古埃及政治使埃及的最高神灵带有专制君主的色彩。但是，独尊皇权的古代中国并没有产生一神崇拜，而基本上不存在强大王权的以色列民族，却在较早时期就抛弃了多神教并发展起了一神教。这表明神灵世界和人间世界常常是不一致的。我们不能笼统地说一神教必定比多神教更为先进，因为这种比较在世界范围内是毫无意义的。例如佛教无论从哪个角度看均不能说是一神教，但我们不能据此便断言它在发展水平上要比作为一神教的犹太教或基督教落后。不过，就特定的历史时期和特定的民族而言，一神教取代多神教则肯定是历史的进步。按照恩格斯的说法，一神教的出现，意味着原先"许多神的全部自然属性和社会属性都转移到一个万能的神身上，而这个神本身又只是抽象的人的反映"。这样一个万能神虽然从本质上来说还是由人创造出来的，但它的出现毕竟是人类认识水平提高的结果。在多神教的时代里，人们崇拜各种各样的自然与社会的物质和现象，以及由这些物质和现象所直接推衍出来的各种虚拟形式；而在一神教的时代里，人们则崇拜创造这种种自然及社会万物的虚拟的原因和源泉。由崇奉受造物到崇奉造物主,由认识各个具体的事物和现象到探求这些事物和现象的最终起因,由对事物的客观结果顶礼膜拜到对万物之源的信仰,这是人类智力和思维的一大飞跃。而且,伴随着一神教的出现,原先多神教时代所特有的、包括人祭和角斗在内的种种野蛮习俗被基本废止了,取而代之的是安静的祈祷和相对廉俭的仪式,这在一定程度上减少了社会人力资源和物资的浪费。

毋庸讳言,任何宗教均具有或多或少的排他性,文明时代的宗教尤为如此,这便使得本已十分复杂的社会阶级关系、民族关系和国际关系更加复杂。历史上和当今的许多阶级冲突和民族仇视均与宗教上的不宽容有关。从阿拉伯帝国的扩张、十字军东侵到近代欧洲的海外殖民所引起的跨文化冲突,无不打上宗教信仰的烙印。今天发生在中东、南亚及北爱尔兰的国际争端,也可以溯及不同宗教和教派冲突的影响。即使是以宽容著称并以儒教立国的古代中国,也曾出现过"三武一宗"打击佛教的事件。当宗教与政治、种族、民族及意识形态纠缠在一起的时候,不宽容的事件便屡屡发生。但是,我们不能据此便否定宗教的积极作用。对于一个民族或国家而言,宗教是促成社会内聚力的原初动力,它以信仰的形式把所有的社会成员团结在同一个神灵体系的祭坛之下。宗教还为社会提供必不可少的伦理准则,像戒杀、戒偷和戒谎等这类宗教禁律作为国家法律的重要补充,对于一个社会的稳定发展，发挥了无法替代的作用。宗教还是文明的载体，一个民族的传统和文化常常借助宗教教义的形态不断地传递给子孙后代。

本书以叙述世界上较有影响的宗教的发展历史为主要目的。其中佛教、基督教和伊斯兰教是具有世界性意义的宗教，其历史理所当然地成为叙述和介绍的对象。书中还叙述了道教的历史，这是因为它与中国传统文化的关系十分密切，作为一个中国人对它不能不有所了解。本书没有把中国儒教列人叙述范围，这并不意味着我们不把儒教当作是宗教，而是因为中国通史课以及其他类型的专题文化课已经涵盖了该方面的内容。宗教既然是人类历史发展到一定阶段的产物，它同时也便是人类思想文化史上的一个必经阶段，这对于中国历史来说也不例外。对于一个中国人而言，不把儒家看成为宗教，这未必是明智之举。16 世纪末至 17 世纪初第一批来华的天主教耶稣会士通过对当时中国的国情和传统作了一番调查研究之后，确立了在中国施行和平的知识传教的方针，并出于策略上的考虑，故意不承认儒家的思想体系是一种宗教。他们把儒学说成是世俗的学说，把尊孔敬祖看作是单纯的习俗，如此一来，在一个没有宗教的文化体系内和平地引人一种宗教，似乎就是一件顺理成章的事情，于是，“以耶补儒”便成为这些传教士和他们的中国朋友津津乐道的话题。不过，他们万万没有想到，他们写回欧洲的信函在欧洲起到了反作用，一些思想敏锐的人——如伏尔泰和莱布尼茨等，不仅在这些信函中看出儒家是宗教，而且看到它是一种最完美和最理想的宗教，虽然这种判断带有不少武断和夸张的因素，但它仍然具有某些真实的成分。如今，国际汉学界中不少学者均把儒家看作是一种宗教，因而把它称作“儒教”。我们认为这种观点是可取的。儒家体系无疑具备了宗教的种种特征，正因为它是宗教，它才具有与其他宗教——尤其是西方基督教平等对话的权利。当我们进行文化比较研究时，这种平等的权利是一个基本的前提。

必须指出的是，我们是把宗教作为一种文化传统来看待的。本书所叙述的四大宗教，均为人类文化的发展作出了非凡的贡献，并且在今天仍然是属于活的宗教，对当今世界的人类生活产生重大影响。其中佛教是四大宗教中最先出现的宗教。佛教虽然发源于古代的北印度，但它却主要兴盛于古代的中国及其周边地区。作为文化载体的佛教，在其传播过程中不断使自身得到发展和完善。古代印度和中亚的文化借助佛教的传播而进人中国，中国的传统文化则因佛教的传人而变得丰富多彩。在哲学、艺术、文学及民俗等方面，中国受佛教的影响是如此深刻和广泛，以至于今天的人们已无法撇开佛教来单独谈论中国文化。与此相应，古代中国文化的对外传播，在很大程度上也是借助佛教传播的方式来进行。例如隋唐时期中国汉族政权与朝鲜半岛及日本列岛的文化交往，常常是随着僧人间的互访、译经和传教等活动而得到加强。需要特别提醒注意的是，除了个别特殊的情况，佛教的传播和拓展常常采取和平的方式。

基督教最初兴起的情况有点类似于佛教，它诞生于巴勒斯坦和叙利亚等东方地区，却发展和兴盛于欧洲。不过，由于基督教成功地实现了官方化，与世俗政权结成了同盟，它在早期的发展过程中便得以借助国家政权的力量并常常通过强制的手段对外传播，因此在拓展速度和规模方面，基督教远远超过佛教。中世纪是欧洲基督教的黄金时期，教会的势力在那时曾发展到空前绝后的顶点，它把有关思想文化和教育的一切知识均纳人了自身的体系当中，形成了万流归宗的局面，基督教一时成了“西方文化”的代名词。虽然到了文艺复兴时代和近代，各个学科开始逐渐地从基督教当中独立出来，但各学科仍然带有基督教影响的深刻烙印。基督教与西方文化的关系之密切，可从一个例子中窥见一斑：近代的基督教传教士在向亚、非、拉各地人民传播基督教的过程中，不得不同时介绍西方的科学技术和文化，因为离开科技文化的基督教是空洞的，因而是无法令人信服的。

道教是中国土生土长的一种传统宗教，它大约崛起于东汉中期，经魏晋南北朝，到隋唐宋元时达于兴盛。在唐宋时代它甚至几乎成了国教。它在长期的发展过程中，与儒学和外来的佛教既互相排斥，又互相吸收和融合，它对古代中国的政治、经济、哲学、文学艺术、自然科学和社会生活等方面，均产生了深远和广泛的影响。道教追求长生不死，从事炼丹并讲究养生之道，这与中国古代的化学、医学和药物学等自然科学的发展，都有一定的联系。在中国文学史上，以道教思想为题材或在道教神仙思想直接影响下创作出来的诗歌、小说及戏剧等，为数很多，它们丰富了中国古代文学的宝库。此外，道教文化还渗入到普通民众日常生活的各个方面，许多发源于道教的民俗和语言术语流传至今，成为人民精神文化生活的不可或缺的组成部分。要全面了解中国的传统文化，离开道教文化也是行不通的。

相对而言，伊斯兰教出现的时间较晚，但它的崛起却相当神速：从其开始产生，到最后形成为一个东起印度河，西临大西洋，横跨亚、非、欧三洲的伊斯兰大帝国，只花了一百余年的时间（7世纪初至8世纪中）。它早期的成功与它所推行建立的政教合一的神权体制有关。比起西欧来，阿拉伯帝国的政、教关系更加密切。哈里发兼有世俗君主和宗教首领二重身份，成为集政、教大权于一身的独裁者，这大大地增强了对外拓展的效率。作为一种世界性的宗教，伊斯兰教在文化方面的主要贡献，首先是它包容和整合了伊斯兰各民族的不同文化，使之成为一种具有伊斯兰特色的文化整体。其次，伊斯兰教在东、西方文化交流史上起到了沟通渠道的作用，例如，在中世纪早期被西方人所遗忘的希腊罗马古典文化，就是在伊斯兰文化的作用下重新在西方得以恢复的。又如，中国的许多古代发明便是借伊斯兰教进入西方世界的，而印度和中亚的一些技术和文化，也是通过阿拉伯人传入中国的。

人类文化的发展是多元的，各大宗教的发展和存在均有其独特的历史意义和现实价值。我们期望通过这套教材，使学生们在掌握宗教史知识的同时，既能加深对于本国及外国传统的认识，也能增强对当今国际上的宗教、种族、民族事务和国家关系的理解。

（原文刊载于林中泽主编《宗教史概论》，高等教育出版社2002年，本文个别内容有改动）

# Ⅵ　谈在职硕士生论文的质量

在职历史专业教育硕士生，是历史专业硕士生当中的一个特殊群体。其特殊性主要体现在两个方面：其一，他们在职攻读学位，这意味着他们不可能投入全部精力来进行专业学习和课题研究；其二，他们不是纯粹的历史专业学生，而是教育行业硕士生，这意味着他们必须要把自身的历史专业知识与教育学理论及教学法技巧等知识有机结合一体，而这种结合仅靠单纯的理论训练是远远不够的，必须同时进行实践方面的磨砺。随着我国普通教育的改革向纵深发展，普通中学对历史师资提出了新的要求，这势必推动高等师范院校历史专业教育硕士生培养模式的同步改革。在这一改革浪潮中，提高教育硕士生毕业论文的写作质量问题，无疑是整个改革的焦点所在。本文试图对该问题的本质作出简要梳理，并对问题的解决提出一点思路。

## 一、目前我院在职历史教育硕士生毕业论文质量状况分析

根据笔者的工作经验，至少在近五年内，我院在职历史教育硕士生毕业论文的整体质量不太尽如人意。当然，这并不是说没

有优秀论文出现。其实，有个别论文从选题、结构、条理性、观点创新和文字表达等方面均常常使人耳目一新。这种状况一般出现在那些极其勤奋好学、动手能力和理论水平皆佳、把读书修炼当作自己的天职而不是一种纯粹获取文凭手段的学员身上。可是，这部分人毕竟属于极少数。对于多数学员而言，论文的写作不过是获取一张文凭的无奈手段，而文凭又是提升晋级的有效的敲门砖。

学员们的毕业论文普遍出现的问题主要有如下几个方面：

1. 把论文写成一篇教学总结。论文理当包含教学总结，可是教学总结却无法取代论文。因为论文需要理论的支撑，而教学总结只是不成系统的经验之谈。每一堂课下来，都可以有一个教学总结，而论文则是千百次教学实践的理论升华。现在各行各业都在评职称，而各行业的评职称都要求申请者提交“论文”，于是，论文被彻底庸俗化，阿猫阿狗都来做学问、搞研究，一篇简单的工作体会被升格为“论文”，人们从此以轻蔑的态度对待论文。这就难怪在高校深造被普遍称作“混文凭”。严格来说，笔者所指导过的在职历史专业教育硕士论文，有三分之二以上是教学总结而不能称作真正意义上的毕业论文。

2. 在教学总结的前面贴上理论的标签。由于教师要求论文中必须既要有实践，又要有理论，许多论文就在教学总结的前面摆上了一大段理论。这些理论倒是很时髦，从社会学上的建构主义，到历史学上的文明史观，初看之下，以为作者甚具理论素养。

可是再看下去，就会发现理论与具体的教学步骤的阐述是完全脱节的，作者在接触有关理论时，最好的状况是囫囵吞枣，造成消化不良，究其原因是作者并不完全了解相关理论的真意；最糟的状况是所铺陈出来的理论与论文主题毫无关系，理论变成了纯粹的装点门面。其实，研究生培养计划中设置教育和教学理论课程，是要让学员在理论学习中提高理论素养，最终达到在总结实践工作中自觉萌发一种理论意识，理论应当消融到解决实际问题的能力之中。而在论文中出现大段大段的理论抄袭状况则是不能容忍的，可是这一种情况太过于普遍，以至于法不责众，指导者也就只能睁一只眼，闭一只眼。

3. 选题多有重复，内容多有抄袭。近年来历史教育硕士论文选题走入了一个多次重复的怪圈，由于没有新的主意，许多学员声称受到某某人的文章启发，便选定人家已经研究过无数次的题目。如今最喜欢做的题目是：中学历史教学的有效性教学；中学历史教学中问题意识的培养；中学历史教学中的学案教学方法；中学历史教学中的第三课堂的作用，等等。笔者并不反对旧题新做，不过这里的前提是一个“新”字，如果题目是旧的，但论述角度、内容或使用的材料哪怕有那么一点新意，也是值得大赞特赞的。现在的问题是，许多学员坚持旧题旧做，满足于就近挪用别人的现成之作，高度雷同的现象屡屡发生。笔者没能作出大规模的调查统计，因此对这种抄袭风的级数无法作出清晰的判断。不过，就笔者近年来所指导的论文情况看，抄袭现象恐怕并不局限于极少数。

4. 文理不通，词不达意。作为一名中学历史教师，按理应当接受过文法修辞方面的基本训练，故不应当出现文理不通和词不达意的情况。可是事实上却不然，许多学员的论文简直是不堪卒读。在笔者指导的论文中，甚至出现了遣词造句也难以为继的极端现象，在这种情况下人们不禁要问：某些学员是通过什么手段得以登上神圣的中学教坛的？如果论文的指导者还要对学员的遣词造句进行一番矫正，那何不干脆直接让他们下放到小学去重新进修一遍汉语初级语法呢？

日前笔者有缘审阅来自福建师范大学的一篇历史专业教育硕士论文，其选题之新颖、结构之严密、论述之清晰、理论与实践对接之完美，令人直感汗颜。我们一直自以为是师范院校当中的佼佼者，而如此不起眼的一所大学的论文水平却是如此之高，他们成功的奥秘何在？笔者百思不得其解。

## 二、决定论文质量诸要素

一篇论文的质量高低，主要取决于三方面的因素：

其一，学员方面的因素。首先是学员本身的素质，包括其原有的知识基础、在学期间知识积累的总量以及学习或写作的态度。其原有的知识包括了其本科阶段知识获取的数量、知识结构情况以及从教以后在教学实践当中获得的实践和理论知识。学员原有知识对于入学以后课题研究的顺利与否是至关重要的，这就是我们在招生时要设置一个基本门槛——必须是“优秀本科生”——的主要理由。如果我们不设置这样一道门槛，我们就没有理由要求学员最终写成一篇合格的硕士学位论文，除非论文的标准完全不设限。现在的问题是，某些学员的本科学历不是通过正常渠道获取的，相当一部分人的学历是通过在职进修拿到的；实际上，由于我国成人教育的功利性，这部分人中一些人的真正学识的确是值得怀疑的。学员们通过录取进入在职硕士阶段的学习，由于个人的情况五花八门，他们在学期间积累的专业知识在数量上和质量上也有很大的差异，这种差异在课程考试制度极其宽松的情况下更为凸显。而且由于每个人对于专业学习的态度不尽相同，他们作出的努力也迥然相异。一个把专业学习当作是自己的事业来追求的学员，与一个把论文写作只是当作纯粹的敲门砖的学员，其课题研究的结果之差异，是可想而知的。

除了学员的素质以外，还有外部环境对于学员的影响，例如学员所在学校的工作安排情况及重大变故等等，都会对学员的论文撰写质量造成或大或小的影响。

其二，教师方面的因素。首先是教师的指导水平。指导水平与历史专业水平有一定的关联，但未必起决定作用。一名学术造诣很高的教授，在一名很不争气的学员面前，也会徒叹奈何，显得无能为力。而且，学术水准高，并不意味着同时熟悉中学历史教学环节，了解教学规律与方法。其实，真正胜任指导教育硕士课题研究的教师，应当既具备一般的历史专业专门知识，又掌握普通教育改革与实践的行情，如果对照这两个标准，那就非从事历史教学法的教师莫属了。其次是教师的工作态度。一名专业教师如果能充分意识到指导教育硕士也是他的工作本分，他就会投入适度的时间和精力去进行这种指导工作。可是据笔者所知，不少教师虽然也尽了力，却从来不认为指导教育硕士是自己重要的本职工作，因此在这方面花费的时间精力都较少，这当然也就影响了学员论文的写作质量。

其三，制度方面的因素。首先我们必须接受这样一个事实：教育硕士生的起点与全日制硕士生的起点不可同日而语，前者五花八门，差异性较大，而后者则比较整齐划一。承认了这样的差异之后，我们就来反观我们的制度：我们的培养计划、课程设置、学习年限的规定等并没有多少体现出应对巨大差异性的特点来。对不同起点的生源，要求用完全相同的标准来衡量，这多少是违背教育规律的。从我国教育改革的整体发展趋势看，培养质量问题的痼疾在体制。

## 三、提高在职历史专业教育硕士毕业论文质量的几点思考

上面已经分析了制约在职历史专业教育硕士毕业论文质量的三大因素。其中学员的因素和教师的因素虽然可以加以渐进调节，却是在短期内无法加以迅速改变的。我们唯一能做的，是通过制度革新的杠杆，去改造原有的培养环境，触发体制的活力，变被动为主动，争取用较短的时间促使论文质量的提高。具体思

路如下：

1. 提高进入门槛，增大招生考试的严肃性，通过考试这一关卡来尽力缩小生源自身的差异性。当然，通过增大考试难度提高生源质量的做法，其前提是大规模压缩招生指标。笔者认为，只要仍保持原有的招生规模或试图继续扩大招生规模，都无法从根本上改变培养质量大幅度滑坡的状况。我们不断在呼吁为成为一流的高水平大学而努力，可是我们的招生环节却没有一流高水平大学来得大气。真正的名牌大学把声誉看得比任何东西都重要，而我们却想着法子尽量多招生。在人力物力资源有限的条件下，招生的规模与学校的声誉及名气往往成反比例发展。我们的一家邻校过去一直是省内甚至国内稍有名气的专业院校，近年来由于大规模扩大招生规模，学生是增加了，可是声誉也在直线下降。这是值得我们记取的教训。

2. 改变课程设置内容，实行个性化培养。既然学生生源参差不齐，就必须要灵活设置相关课程，不能大家都上一样的课。除了一些大家共修的必修课程之外，要设置更多的选修课程让学员自由修读。选修课不一定非要遵守课堂讲授的老套路，可以采取面谈、讨论、讲座及读书报告等多种形式。此外，这些课程的设置都要围绕着课题研究和论文写作来展开。

3. 实行弹性学制，允许学员延期答辩和毕业。目前的学制规定太死板，在规定的年限内学员仓促做完论文，应付答辩，这给那些能力较有限或工作任务较繁重的学员带来了很大的压力，在无路可走的情况下，一些人不得不东抄西拼，弄虚作假，草率了事，这势必给论文的总体质量带来极坏的影响。如果实行弹性学制，学员愿意哪个时候答辩都可以，只要论文拿得出手。这种弹性学制不仅有利于学员本身的工作安排，也有利于论文质量的提升，应该是一种可供选择的方法。

4. 实行真正的导师制。目前的体制下，导师与学员的见面，主要是在有限的上课时间内，大量没有任课的导师，与自己的学生极少见面。毕业论文的指导，基本上是通过邮件往来。邮件指导有其天生的缺陷，如果师生不是面对面地讨论问题，一些深层次的问题就无法得到真正解决。因此，必须用制度化的方式，保证师生有单独见面谈问题的最少时间。否则，指导就会流于形式。

5. 严控论文答辩关。现在的论文答辩太容易通过，在笔者的记忆中，通过率几乎是百分之百，这本身就是不正常的。为了保证论文的质量，有必要大致规定一个通过率的最高百分比，因此可以采用末位淘汰制，其前提是，遭受淘汰的论文指导教师如果其指导工作严格遵守既定规范，便证明责任不在其身上，因而便不应该受到责罚。

（原文是2010年秋提交给历史文化学院第一届研究生工作会议的讨论文章，未曾公开发表）

# Ⅶ 《君士坦丁传》是献媚之作吗？

在西方历史上，很少有一部人物传记像优西比乌的《君士坦丁传》那样既享大褒亦遭大贬。

对这部著名作品的诟病由来已久。继优西比乌之后崛起的教会史家苏克拉底批评道，此书的写作目的在于对君士坦丁作高度颂扬，而不是要准确陈述事实。这一说法深深地影响着后代学者对《君士坦丁传》的总体评价。如18世纪的历史学家爱德华·吉本在叙述君士坦丁的生平时，便含沙射影地抨击了优西比乌："有些人热衷于谀媚奉承，经常把失败者贬得一文不值，将全部光荣归于获胜的对手。"19世纪的历史学家雅各布·布克哈特断言，优西比乌为了把君士坦丁塑造成教会的第一位伟大的保护者和理想的统治者，不惜采用"歪曲、掩饰和伪造"等手段，因此他的作品不能作为决定性的史料来使用。与布克哈特同时代的不少学者均拥有类似的看法：克里维鲁奇认为《君士坦丁传》不过是一部历史小说；格里斯认为它的价值与当时流行的拉丁诗人的颂词差不多；曼索则认为它甚至比这些颂词"更加可耻和更加虚伪"。

与此相反，另有学者在极力称赞优西比乌人品的同时，对《君士坦丁传》的价值进行了充分的肯定，理查森和麦克吉佛特便是这类学者中的典型代表。针对上述各种指控，理查森作出了如是回应：《君士坦丁传》"是由一名有理智和道德能力、并且充满真诚的作者，借助丰富的材料，在没有蓄意造假和误解的情况下撰述出来的，它也许代表了当时的基督徒对于这位皇帝的基本看法，其准确度和诚实度不亚于后来的林肯传或威廉大帝传"。麦克吉佛特则用较为婉转的方式表达了对理查森的支持："的确，优西比乌强调了皇帝的优秀品德，他未能提及其性格中的黑暗点；可是据我所知，他并没有歪曲事实，他只是做了天下的人们通常都会做的事情而已，即称颂一位辞世的朋友。"

这部著名作品的确是以颂词的形式比较准确地描述了君士坦丁不平凡的一生，因此上述正反双方的观点都是有一定道理的。不过，客观地说，在颂词充斥着整个文坛的帝国时代，恐怕任何作者都难以戒除掉夸耀和赞颂的文风；优西比乌既然立意要树立一位基督教皇帝的高大形象，其写作风格就不能不受时俗的影响。因此，评判《君士坦丁传》是否有"谀媚"之嫌，就不能仅限于分析作品中的措辞和表达方式，更重要的是要弄清楚该作品的真正写作动机。"谀媚者"的一个最大特征，是为了谋求一己之私，无原则地讨好长上。在这里，谋私利是目的，讨好是手段。如果一个人不是为了自己的私利，而是由于某种信仰的原因而对君王有过分溢美之词，则不能算是严格的谀媚。公元 327 年，安条克主教一职出空，叙利亚人联名致函皇帝，要求由优西比乌来填补这一空缺，该要求虽然一度获得批准，却遭到优西比乌本人的断然拒绝。安条克主教属于大区主教，对整个叙利亚行省的其他主教拥有管辖权，从一个普通地区主教升任大区主教，对于某些贪恋权势的小人来说自然是一件梦寐以求的美差，而优西比乌却对之毫不心动。或许有人会说，他可能有更大的野心，例如谋求更有权势的亚历山大里亚或罗马大主教职位，但是根据当时教会的传统惯例，这种可能性是绝对不存在的，聪明无比的优西比乌不可能不知道这一点。因此我们至少可以说，推动优西比乌蓄意讨好一名世俗君主的政治企图并不明显。

手头所掌握的材料告诉我们，优西比乌与君士坦丁的私人关系并不像后来的人们所想象的那么亲密。他既不是皇帝的廷臣，也不是皇帝的顾问，当然也算不上是皇帝的挚友。他常驻在恺撒利亚，与皇都君士坦丁堡相距有千余公里之遥，他不可能成为皇帝的常客。终其一生，他与皇帝最多见过五次面，所有这些会见都具有集体活动的性质，两人从未有过单独相处的机会。两人的信函来往也不多，皇帝写给优氏的书函一共不超过六封，而且其中至少有一半是写给包括优氏在内的巴勒斯坦人或东方主教的。这些函件充满着对收件人的尊重，但语调并不亲密。由此看来，君士坦丁无疑只把优西比乌当作一位值得敬重的作家、学者和神学家来看待，双方交往中所表现出来的更多是礼节和客套，他们的关系并未超出一般君臣之间的限度。

优西比乌对于自己一贯倾慕的皇帝及其亲属，也并非一味地曲意逢迎。实际上，在大是大非的问题上，他是颇能坚持原则的。例如，君士坦丁在一次演讲中，曾经长篇累牍地引述西比尔预言和维吉尔的田园诗，力图证明古代异教神谕早就预告了基督的降临、传道、死难及复活；针对这一标新立异的做法，优西比乌并不认可，他质疑道："（古时）有哪个预言家或占卜师能够预言，他们的仪式将随着一位新神莅临这个世界而消亡、全能君王的知识和崇拜将被自由地授予全人类？"又如，君士坦丁的妹妹君士坦提娅曾经给优西比乌写信，要求他送给她一幅她所听说过的基督的画像；优西比乌在复函中对她进行了严厉批评，并强烈地指责了这种画像的使用，理由是，这会导致偶像崇拜。由此可见，优西比乌虽则尊重帝王的权威，却同时把这种权威置于信仰的控制之下。换言之，在信仰与王权出现矛盾时，信仰仍被看作高于王权。

尽管在优西比乌与君士坦丁之间不存在诚挚的私人交谊，但可以肯定的是，他们有着大致相同的神学倾向。优西比乌对于三位一体论的理解接近于阿里乌派，在他看来，作为逻各斯出现的圣子虽然也是神，但他不能够与生他的圣父同等，他只能够从属于圣父。贬低圣子基督的客观后果就是相应抬高世俗君王的地位，最终把二者同列于一个崇拜档次之内。因此优西比乌坚持认为，基督和君士坦丁都是上帝的工具，其中一个是宣布上帝王国的到来，另一个是确立一神教；就此意义而言，君士坦丁无异于第二位救主。优西比乌的神学在君士坦丁那里获得了共鸣。这位皇帝在一次演讲中，极力赞扬和推荐柏拉图的二神论。柏拉图把第一神和第二神明确区分开来，让前者居于真实世界之上，后者低于并附属于前者，两者虽是一个单一的完善体，但他们有着不同的本质，而且第二神从第一神那里获得其存在。君士坦丁断言，柏拉图的这种二神论对于基督徒理解神学原理具有重大的参考价值。由此看来，君士坦丁的哲学背景与优西比乌是同源的。

十分明显，君士坦丁虽然在阿里乌争端中常常态度暧昧，可是出于政治上的考量，他最终不得不在神学倾向上偏袒阿里乌派，这是他与优西比乌有效合作的前提和基础。就优西比乌而言，由于有了这位皇帝的密切配合，他的阿里乌派信仰与其对君士坦丁的尊崇便获得了高度的统一；如今，他得以通过塑造一个人间基督教皇帝的形象，来与天上的耶稣基督相匹配，从而最终实现其阿里乌主义的愿景。总之，优西比乌是出于信仰的原因撰写《君士坦丁传》的，他对君士坦丁的刻意吹捧和神化，不过是一种信仰本能而已，从这一角度看，他算不上是一名真正的谄媚者。既然如此，他的《君士坦丁传》就不能被视作一部献媚之作。

（原文刊载于《中华读书报》2015 年 10 月 21 日第 10 版）

# Ⅷ　在汉译名著读者见面会上的发言

大家上午好。我很高兴看到有这么多的读者对这套丛书感兴趣。我想大家所关心的问题，必定与下列三点有关：一、这套汉译名著丛书自身有何内在价值？二、这套丛书对我国的专业研究有何影响？三、这套丛书对我国的普通读者又有何影响？下面，我将围绕这三个问题，简要谈谈我的个人感受。

## 一、这套汉译名著丛书的内在价值

在我看来，这套丛书中的许多译作堪称经典之作。

我们通常将人类的精神产品划分为三大类：一般作品、名著、经典。在我们这个连幼儿园阿姨升职都需要提交学术论文的国度里，论文何其多，著作何其多！可是一般的作品(包括某些畅销书)，常常是过眼云烟，瞬间出现，瞬间消失，其生命力极短。随着时间的流逝，在众多的作品中，渐渐地冒出了足以影响一两代人甚至好几代人的名著。这些名著，犹如陶去了矿渣和杂质的金子，是人类文明的光源；这套丛书就其内在价值而言，就是这样的金子和光源。

当然，虽然经典也包括了部分名著，但名著还不能等同于经典。因为经典的影响面不只是一两代人或几代人，而是所有世代和所有地区的人类；经典超越一切时间和空间的限制。因此，当一个人最终得以写出经典之作时，他实际上就超越了死亡而达于永恒。我认为，这套丛书中的许多译作实际上就是经典之作，尤其是古希腊罗马人的作品、中世纪教父作品、文艺复兴时期的作品及启蒙大师们的作品。

商务印书馆何以能够保证这套丛书具有经典性意义呢？我认为主要有两个途径：精心选材和精心选人。在选择题材方面，该馆坚持读者市场的检验与高端专家严格论证双管齐下的原则，从而确保入围的作品具有真正的学术生命力。而在选择翻译者方面，该馆则坚持翻译技能和经验与学术造诣相一致的原则，因此我们看到，许多翻译者同时也是著名的学者，如翻译过希罗多德《历史》的王以铸先生、翻译过《法兰克人史》和《查理大帝传》的戚国淦先生、翻译过《罗马帝国衰亡史》的黄雨石先生、翻译过《罗马十二帝王传》的张竹明先生、翻译过《理想国》的郭斌和先生，等等。尽管中译者的名字在每部译作的封面上被毫无例外地隐去，但透过流畅贴切的译文，读者仍能深切地感受到译者对主客双方具体文化场景的洞察，以及那种运笔如神的语言操控能力。

## 二、这套丛书对专业研究的影响

我以为，对于许多专业人士而言，这套丛书是其进入专业研究领域的指路明灯。

这套丛书从商务印书馆建馆一开始就陆续出版，迄今已有120年的历史。如果设定每二十年为一个世代，那么这套丛书影响了我国学界整整六代学人。我推测，在这120年里成长起来的人文社科学者（文学艺术类学者除外），有底气毫不领情地自称从未受到过这套丛书的任何恩泽的人，应该不会太多。

本人从事专业研究的最初历程，就是一个很好的例证。实际上，本人之所以能够进入到目前的研究领域——世界古代中世纪史和早期基督教会史，便是这套丛书引领的结果。大家知道，马克思所构想的那个无限美好的未来社会蓝图，曾经吸引住了千千万万学子的眼球，本人当然也是其中之一。不过，追本溯源的秉性，却不断地驱使我们去探求马克思理想的源头。我们的认识总是随着阅历的增加而不断趋于深化：就构建未来理想社会的蓝图而言，马克思之前有傅立叶和圣西门；傅立叶和圣西门之前则有托马斯·莫尔和康帕内拉。如果不再进一步阅读相关的作品，我的认识也许就只能到此为止。可是，有一本书不仅把我的认识引向深入，而且激起我学习西方古代史的兴趣，这本书就是柏拉图的《理想国》。该书使我意识到：原来在托马斯·莫尔和康帕内拉之前还有柏拉图，柏拉图才是空想社会主义思想的始作俑者。那么，柏拉图的这种思想又是基于何种历史条件而出现的？于是，西方古代史的研究前景，就逐渐地展现在我的面前。

如果说柏拉图的《理想国》引领我走上了探讨古代史之路，那么奥古斯丁的《忏悔录》，则将我带上了研究早期教会史和中世纪史之路。在后一本书中，奥古斯丁以向上帝忏悔的方式，系统地交代了他本人从一名放荡的异教徒逐渐地转变成一名虔诚的基督徒的心路历程。这种毫无保留的信仰倾诉给了我很大的震撼，我不禁要追问：促使奥氏发生根本性转变的基督教，其真正的魅力何在？于是，早期基督教（尤其是基督教思想）连同完全受基督教支配的中世纪历史，便成了我的另一个专业关注点。

## 三、这套丛书对普通读者的影响

我认为，对于广大的普通读者而言，这套丛书既是了解世界的重要窗口，又是提高文化素养的重要工具。

大家都知道鸦片战争的失败，驱使中国人开始睁眼看世界。但实际上，最初睁眼看世界的，不过是像林则徐、龚自珍和魏源那样一些有机会与洋人直接打交道的极少数士大夫。对于广大的普通知识分子而言，则要等到清末时介绍外国风物的书籍大量问世之后，才得以借助这些书籍去对外部世界作不同程度的了解。这套丛书恰好开始编撰于清末，它也便恰逢其时地充当了普通读者了解世界的重要窗口。例如，借助柏拉图和亚里士多德等人的作品，人们开始了解到在遥远的西方世界，曾经存在过一个完全足以与中国文明相媲美的西方早期文明；借助布克哈特等人的作品，人们开始了解到西方历史上曾经有过中国历史上所没有过的文艺复兴运动；借助启蒙思想家的作品，人们开始了解到中国文明所缺乏的近代宪政民主、自由和法治国家等西方理念，等等。这些新东西给中国人带来的思想震动无疑是巨大的。

至于国人文化素养的提高问题，则总是与现代化的过程相辅相成。既往文明遗产对当代人整体素养的提高是否有所助益，归根结底取决于此类遗产是否具备对现代社会的正面价值，亦即是否具有“现代性”。由于现代性往往超越了时代和地域的限制，因此便具有了普世的意义。当前国内学界和民间围绕着中国传统思想和价值观（即“国学”）是否具有现代性问题，争论得不亦乐乎，本人无意介入其中。不过我要强调的是，无论世事发生怎样的变化，这套丛书所传递的总体思想和理念，早就大大地超越了其出现时的时代，而成为全人类共有的永久遗产。例如，苏格拉底的人格魅力，柏拉图的奇思妙想，亚里士多德的科学方法，教会教父们的虔诚信念，启蒙大师们的创造精神……这些伟大历史遗留的现代性和普世性特征，难道还有任何质疑的余地吗？

总之，无论是就其自身的内在价值而言，还是就中国学术的发展抑或中国民智的开启而言，这套汉译名著丛书均具有里程碑式的意义。因此，在过去，我的老师在给我开列第一批中文必读书目时，最主要的部分便是来自于这套丛书；如今，轮到我给我的学生开列第一批中文必读书目了，我仍然继承了这一传统，将这套丛书作为主要的考虑对象。

谢谢大家。

（本文是《对谈/林中泽、李云飞：汉译名著（120 年纪念版·分科本）问世》的一部分，刊发于商务印书馆学术中心官网，2017 年 12 月 23 日）

# 后　记

近些年来，商家的炒作与日子的改善一道促成了国内节庆经济的蓬勃发展。我们除去继承了所有传统节日并引入了几乎所有的西洋节日之外，还拥有了各式各样由商家一手发明出来的和不中不洋的新节日；如今一年下来，属于非节庆的日子已经所剩不多，这自然是商家和青少年们皆大欢喜的事情。我很诧异我自己从未为任何节日的喜庆所感动。我对节庆的麻木可能来自于我身子里所固有的冷漠基因。例如，自打从母胎里呱呱落地之后，就几乎没有人告知我本人的生日也是值得庆贺的。因此，我一直像一名早期基督徒那样让自己的生日悄然而过。在我六十周岁那年，已经在外地工作的学生不知通过什么途径打听到了我的生日日期，于是便张罗着要给我举办生日"帕提"，我知道后立刻加以婉言谢绝。理由很简单：既然从未有过，今后最好也不要有；何况我实在看不出办生日庆典于我有何意义。这种态度倘若对于商家多有获罪，也只好请其多多包涵。

不过，在这部书稿基本成形之后，我却平生第一次主动邀请全家人前往一家较上档次的酒楼，去着实庆贺了一番。撰写这本书，是十多年来我的一个心结；如今这个心结就要解开，我的轻松和惬意便是可以想象得到的。世上的一切快活，都没有收获感来得实在，这便是世上所有农耕民族都设有丰收节的缘由，而丰收节则是所有其他节庆之母。

在这部书稿完成之际，我又不由自主地想起了十年前猝然离世的故友董立章先生。他既是我大学时的同班同学，也是我的好友。他的强硬个性令一些人望而生畏，但他绝对是一个好人。我作为能够读懂他的情感和真挚的极少数人之一，对他的故去总有一种狐死兔悲的感觉。最近，我大学时的同学会想要编辑一个毕业纪念集，委托我为老董撰写一个小传，我毫不推辞，欣然命笔，全文如下：

董公立章，祖籍河北武邑，少有宏志，未及弱冠，即插队务农，勤耕垄上，旋即赴琼崖服垦边之役。及壮，喜逢考禁废撤，遂入读华师历史系，四载学成，荣登留校名录。此后公乃专攻先秦典籍，潜心考据，先后著成《国语译注辨析》、《三皇五帝史断代》及《周易之乾坤二卦研究》等煌煌巨作，并据以擢升副教授及教授。公治学谨严，读必三绝纬编，写必六易其稿，教必谆谆不倦。公亦不囿于先人成见，常能独辟蹊径，以小见大，举一反三，其真知灼见每获令誉。公生性耿直，嫉恶如仇，于世之曲枉，素怀愤懑，终致忧劳成疾，夭殁于英年。

同道闻之，无不怅然嗟叹：哀哉，公固喜作浩然之梦，奈何天弗降寿与伊乎！

（本书稿在出版过程中，承蒙代国庆博士、龚伟英博士和黄韬总编的大力支持，在此谨表衷心谢意）

林中泽

戊戌年仲夏

谨识于广州华南寓镜园

**图书在版编目(CIP)数据**

秋夜的反思:从历史角度看人生/林中泽著.—上海:上海三联书店,2019.3
ISBN 978-7-5426-6631-4

Ⅰ.①秋… Ⅱ.①林… Ⅲ.①随笔—作品集—中国—当代
Ⅳ.①I267.1

中国版本图书馆 CIP 数据核字(2019)第 033459 号

# 秋夜的反思——从历史角度看人生

著　　者/林中泽

责任编辑/黄　韬
装帧设计/陈弘烨　吴　昉
监　　制/姚　军
责任校对/王凌霄

出版发行/上海三联书店
(200030)中国上海市漕溪北路 331 号 A 座 6 楼
邮购电话/021-22895540
印　　刷/上海盛通时代印刷有限公司

版　　次/2019 年 3 月第 1 版
印　　次/2019 年 3 月第 1 次印刷
开　　本/890×1240　1/32
字　　数/185 千字
印　　张/9.625
书　　号/ISBN 978-7-5426-6631-4/I·1500
定　　价/58.00 元

敬启读者,如发现本书有印装质量问题,请与印刷厂联系 021-37910000